1. 中年时代的任大星（约1964年摄于上海人民公园）
2. 1978年，任大星摄于庐山召开的全国少儿出版会议期间
3. 1964年，任大星和弟弟任大霖合影
4. 和上海儿童文学界同仁一起访问农家途中

1. 任大星夫妇在东山宾馆后门外留影
2. 任大星夫妇和女儿任雪蕊合影
3. 任大星夫妇俩雨中合影

任大星

（上空一行）

你想到奇异世界去历险吗？

我敢保证，██你很想去。

只是你不愿对我说。

你怕你这么对我说了，有人会说你头脑有毛病。

实际上你完全可以这么对我说，你不说我也很清楚，世界上没有一个像你这么大小的孩子不想到奇异世界去██历险的██████就连天生的瞎小鬼也很想去，凡██人人都想去。

不过，真正能到奇异世界去历险的孩子千中无一，而那么说，很少很少，少到一千个孩子当中至多，顶多四个或者五个，我还从来没有看到过超过六个██████历险的孩子██都██，因为真正能到奇异世界██是善面的孩子，他们都是一些特别的孩子，首先是头脑头脑特别，他们██都有一些特别的，被普通孩子看作是头脑有毛病的古怪████，此外，就因为他们的头脑特别，他的行动也常，很特别。

（上空一行）

5

新娘年满十八

任大星　著

文汇出版社

目 录

抗日战争胜利不久，从 1945 年秋天开始，我在杭州市园林管理局当文书混饭吃。杭州素以风景优美的旅游城市闻名于世，园林管理局在当地按说应该是一个十分重要的机构。但那时候国民党当局还一直忙于接收敌伪资产，后来又忙于和共产党打内战，哪还顾得了市政建设和园林管理。我们的工作最多只是让各个基层单位的工人定期到公园里去除除草，洒洒灭虫剂，修剪修剪树木，别的一切都因缺少经费而处于停顿状态。我们这个高高在上的管理局，便成了一个无所事事的空衙门，养着我们四十几个公务人员在那里白拿薪水。

好在我从少年时代开始便酷爱文艺，不是忙于阅读和写作，便是弹琴唱歌或者学习绘画，能在这样的清闲单位工作正合乎我的心意，反正薪水照拿，很有点得其所哉的滋味。

既然是全市的园林管理局，近水楼台先得月，我们单位的房子当然特别漂亮和宽敞。办公大楼靠近"柳浪闻莺"风景区，一栋乳白色的三层楼花园大洋房；集体宿舍距离办公大楼只有十分钟的路，是一栋假三层的花园洋房，屋外的广场上还有一个篮球场，供我们玩篮球或打羽毛球。广场另一头通向商店林立的竹竿街，每天早晨出去吃早点也十分方便。

我是浙江富阳人，姓郁，和我国的浪漫主义大作家郁达夫既是同乡又是同族，这使我感到十分光荣和自豪。听妈妈说，我祖父的祖父和郁达夫的一位祖宗是亲兄弟，仔细算起来郁达夫还该叫我一声叔叔呢。也许正因为这个缘故，在我国的现代作家中，我特别爱看的就是郁达夫的作品，尤其是《沉沦》《春风沉醉的晚上》那样一类的小说。我觉得郁达夫在这类小说中从不说一句假话，从不用冠冕堂皇的漂亮话来掩饰他内心的思想感情。

我家有兄弟四人，我排行老四。按东南西北前后次序排，爸爸给我取的名字叫北英，也不知道是什么意思。三个哥哥中有两个已经在抗日战争期间不幸因病早死了，大哥已经成家，子女成堆，一直生活在外地。爸爸去世后，妈妈的生活就由我供养，我大体上每隔两星期回富阳去看望一次妈妈。

那时候我们小公务人员的薪水还是可以的，养得起一个母亲；而且这期间我已经在上海的《万象》《幸福》《茶话》《宇宙》等刊物和几种报纸上经常发表小说和散文了，常常能拿到一点稿费，所以生活过得无忧无虑。最大的问题是，眼看着我已经是个二十岁的堂堂男子汉，却还没有找到一个对象，妈妈一遇机会就会在我耳边无休无止地唠叨，只怕我错过了年纪讨不上称心如意的好老婆。一年前我原有一个女朋友，是我家的隔壁邻居，比我小一岁年纪，人长得相当眉清目秀,我和她已要好得像兄妹一般的了,每次见面总得找个避人的地方去偷偷说话,她高兴起来还会和我扶肩搭背地表示一下亲热。但没想到这姑娘是个没良心的家伙,忘情负义,一切都只是和我闹着玩罢了。我刚到杭州工作,她连个招呼也没打,就嫁到上海去和一个银行职员结了婚。为这件事使我伤心了很久很久。从此我就把心思完全投入在文学创作中,再也不想和谁去玩这类谈情说爱的鬼把戏了。

记得是1945年10月上旬的一个星期六晚上,窗外秋风阵阵,密密的雨点敲打着窗玻璃。和我同一间宿舍的同事朱大伟请假回家乡探亲去了。我照例一个人专心致志地在看小说。这天我看的是苏联作家奥斯特洛夫斯基的《钢铁是怎样炼成的》(我记得是由新知书店出版的),看得特别津津有味。

这本书是我们单位里行政科长的儿子吴必芳借给我的。吴必芳刚从艺术师范学校毕业,在附近的柳浪小学里当教师,思想很进步,他手头有的是进步书籍。因为都爱好文艺,他和我常有来往,成了意气相投的好朋友。

我看书看得正入神,猛觉得双眼被人用双手蒙住了,身后响起了一个小女孩的笑语声:

"我是谁?猜一猜!"

我一听就听出是吴必芳的小妹妹小慧。因为行政科吴科长全家都住在这个集体宿舍的二楼,小慧有事没事常常喜欢一个人到我们这个假三层的小阁楼里来玩,让我和朱大伟给她讲讲电影故事,一起唱唱歌,还要我教她画画铅笔画什么的。

小慧大概还只有十岁出头年纪,天真烂漫,眼睛大大的,有点像小猫那样的神气，长得很是活泼可爱。我和朱大伟都很欢迎她来玩。

"小慧，别闹！快放手！"我把她的手迅速拿开了，笑着说，"你没见我看书正看得很入神吗？你这样顽皮，都把我吓了一大跳！"

"看的什么书，这么好看？"她随即挨到了我的身边，抢过书去，歪着脑袋看了看封面。"呵，《钢铁是怎样炼成的》！这本书讲的是什么事，我知道！里面有个男青年叫'保尔'，还有个小姑娘叫'冬妮娅'！对不对？听我姐姐说，他们都只有十六七岁就谈上了恋爱，还偷偷拥抱和接吻呢！"

小慧的姐姐小敏是个高中生，个子很高挑，明眸皓齿，长得非常漂亮，而且能歌善舞，星期天常常有男同学前来找她约会。不过她和我，还有朱大伟，从来没有任何交往，从未和我们说过一句话。我们都把她看成为一位天上的仙女似的，可望而不可即。

"你啊，还是个小学生呢，怎么别的都没记住，只记住了'保尔'和'冬妮娅'接吻拥抱谈恋爱？这不行！这类事女孩子可不能懂得太早！"

"书上也写着了，为什么女孩子就不能懂得太早？我又不会像姐姐那样和谁去谈恋爱，怕什么！"

小慧说着，看了看朱大伟的空床位，突然凑近了我的耳朵小声说："对你说一件事，一个秘密，你听了可不能去对别人说。"

"好。我听着。"

"你们的朱大伟是个大坏蛋，下流极了。我以后再也不会去理睬他了。"

"为什么？朱大伟不是很喜欢你的吗？你每次来他不是都给你

讲电影故事吗？"

"你还记得吧，那天他带我去看电影，我问过了妈妈才跟了他一起去的。可是，就在电影院里看电影的时候，他，他偷偷用手……我大声叫喊了起来，他才……"

她不再往下说，我当然也不想再往下问。她的话使我很感意外和吃惊。我没想到朱大伟是这么一个下流家伙，会对小慧这样的小女孩去干这类见不得人的坏事。

"有这样的事？"我说，"这样的事你不应该对我说。你应该早点告诉你的爸爸妈妈。"

"我不敢对爸爸妈妈说，我说了他们肯定会骂我，谁叫我跟了他去看电影。我还怕朱大伟知道了会偷偷杀了我，因为他一再不许我对别人说。以后只要他在这里，我永远不会再到你们这里来了。我见他今天回乡下去了，所以才来。我知道你是一个很好的好人，爸爸妈妈，还有我哥哥，他们都常常这样说你。"

"谢谢，我听了很高兴。不过，我希望你也不要在这里玩得太久，我得赶快把这本书看完了，你哥哥让我早点还给他呢。"

"那，让你看看我画的几张铅笔画可以吗？只有六张画，一会儿就能看完，都是我自己画的人物画。"

这时候我才注意到，小慧的一只手一直放在她的身后，大概拿着她的那些画。

她终于拿出了她的画，把它们摊放到桌面上，兴趣勃勃地说："他们都说我画得很好，里面有一幅画的还是你呢。让我们一边看，一边听我解释好吗？"

"好。"

我刚做了这么一个回答,没想到她已经挤进了我身前的桌沿边,紧接着就一屁股坐上了我的双腿。

　　"你先看这一张,这是我爸爸,像不像?"她得意非凡地问。

　　老实说,我的注意力已经不在她的那些画上了。她这样不当一回事地迅速坐上了我的双腿,使我非常惶恐不安。她虽然还是一个小孩子,但毕竟是一个女孩。这样做,合适吗?我应该叫她立即站起身来,站到一边去吗?

　　我匆匆考虑了一下:如果我这样做,她肯定会感到莫名其妙,不知道是怎么一回事。这叫我该怎么对她解释呢?她太天真烂漫了,我的解释反会使她受到不应有的坏影响吧?

　　于是我就竭力忍着,决定暂时不去提醒她。

　　"很好,画得很像你爸爸,你爸爸不是也戴着眼镜的吗?"我有口无心地答道。

　　"你说的是真话还是假话?"她回过头来看了我一眼问。

　　"当然是真话。"

　　"我也相信你说的是真话。那么这一张怎么样?猜猜是谁?"

二

　　"这是你妈妈吧？对不对？你妈妈头上也是这样的烫发，很像，尤其是头上的烫发。"我逗着她说。

　　"还有我哥哥和姐姐的，等会儿再给你看。先看这一张，猜一猜是谁？像个电影明星吧？"

　　"电影明星？哪一个电影明星？你家哪来的电影明星？"

　　"这一张画的就是你啊！我姐姐常常说你长得像个电影明星，所以我拼命想把你画成一个电影明星，不过看上去画的还不及你长得漂亮。"

　　"别胡说！我长得像个丑百怪似的，怎么能和电影明星相比！"

　　"谁说你长得像丑百怪？朱大伟才是个丑百怪，又瘦又高，还满嘴香烟味！自从那天……我每次见到他，觉得他更像一个可怕的丑百怪，比妖魔鬼怪还可怕！"

　　"你姐姐真的这样说过我？我不相信！"

"不相信拉倒！可她常常这样说你，我为什么要哄骗你呢！她还说，就因为这个缘故，她都不敢和你说话，只怕一开口说话就会脸红……"

我正满怀兴趣地想听她继续往下说，不料底下楼梯口已响起了她妈妈的大声呼叫：

"小慧！小慧！你怎么还不下来洗澡啊！你不想洗澡了？"

小慧慌忙跨下了我的双腿，急着要走了。不过她还是回过头来对我说：

"这些画就放在你这里，你先好好看看，明天晚上再来和你说。明天晚上朱大伟还不会回来吧？"

"他请了五天假。"

"这就好。我希望他永远都不会回来！"

小慧离去了以后，我的心一直都平静不下来。我想得很多，要是她明天来了以后还是这么做，我该怎么办？这可不是闹着玩的事嘛！

她是一个天真烂漫的小女孩，这样做根本不当一回事；我可是已经是一个二十岁的大男人啊，怎么可以让一个女孩子（实际上她的身躯已经很有点少女体态了），一直坐在怀里和她亲亲热热地说话？让她家里的人知道了会怎么想？怎么说？幸亏她妈妈是在底下楼梯口叫唤她；如果她妈妈上了楼推开房门来叫唤她，见了这副模样，肯定会认为是我在玩弄她了，至少也是对她有了居心不良的坏念头吧？

再说，既然小慧不把这样做当作一回事，这就有可能有意无意地去讲给别人听，尤其是讲给她妈妈听。可见，这里面的确存在着很大的危险性,甚至比真正想干坏事的朱大伟还存在着更大的危险性。如果让人知道了,不但会使我名誉扫地,见不了人,甚至可能会毁了我的一生前途。我很懂得大男人玩弄未成年女孩的严重后果。

尽管事情的责任决不在我,我却还是越想越害怕。我终于断然下定了决心:等明天晚上小慧进来了以后,一定不能再让她这么做了。我得想尽一切办法不让她这么做!

星期天单位食堂休息。我心虚胆怯,一早起来便外出去游荡了一整天,天黑后胡乱在小店里吃了晚餐,才回宿舍。经过二楼,小慧的妈妈正巧在走廊窗前给她家的盆花洒水。小慧的妈妈已有四十七八岁年纪,年轻时候肯定长得很漂亮,笑起来还是一副年轻相。她一见我的面便微笑着说:

"小郁回来了?我家小慧一直在等着你回来呢。今天晚上我们都有事外出,家里没有一个人。小慧说她非要你教她学习绘画不可,我们只好把她托付给你了。老是让她给你添麻烦,真不好意思。"

"不,不,小慧很懂事,没问题。不过我也教不了她多少绘画知识。"

我大松了一口气,悬着的心终于落到了原位。我高高兴兴地快步上了三楼,匆匆忙忙地做了一点应有的准备。

不一会儿,小慧进来了。她换上了一件连衫裙,一进门就说,这是她姐姐嫌小了才给她穿的连衫裙。"我还是第一次穿连衫裙呢,妈妈总是不肯花钱给我做连衫裙。好看吗?我自己觉得穿上了连衫裙好像变成大姑娘一般的了。"

她这一说,我也觉得她穿上了这件稍稍过大的连衫裙,的确好像一下子增添了几岁年纪似的。"小慧，我倒想问问你了，你今年究竟有多大？大概还不会超过十二岁吧？"

"谁说的？我已经十三了！"

"我不相信。你不是还在读小学吗？"

"你啊，总是不相信我的话。我是1933年夏天出生的，到了现在，虚年龄不该是十三岁了吗？不过照实足年龄算，还只有十一岁半；再说，我很小的时候因为时局太乱，耽误了一年上学的时间，所以现在还在读小学五年级。你问这个干吗？"

"不'干吗'。我只是觉得你有时候还是满身孩子气，像个不懂事的小娃娃。"

"我可不是什么小娃娃！你自己才是个不懂事的小娃娃！"她瞅了我一眼说，假装生气了。"那些画你都看过了吧？快坐下，让我来说给你听，我自己是怎样画自己的，然后由你教我该怎样才能画得更好。妈妈已经托付过你，刚才我洗澡的时候都听到了。"

"你能画这样的人物画的确很不容易，可是你还不知道应该怎样使用铅笔，所以画不出光和阴，都成了单线条的画。实际上画铅笔画应该有几支不同粗细的铅笔，有的用来画线条，有的用来表现光和阴。你看，这是我为你准备的一套不同粗细的铅笔，而且都已经给你削得好好的了，现在就送给你。"我一本正经地说着，把一套铅笔交到了她的手里，却仍然隔着方桌站在她的对面。

小慧惊喜万分了，先是仔细察看了每一支铅笔，还在她的画纸背面都试了一下，然后怔怔地望了我会儿，吐吐舌头说：

"这么多的鸡牌铅笔，我还是第一次见到呢！小郁哥哥，你对我这么好，我该怎么办啊？我能把这个对爸爸妈妈他们说吗？"

"这有什么不能说的。我相信你爸爸妈妈知道了也一定会很高兴。他们都希望你成个小画家。"

"可是你花了很多钱吧?"

"没有花钱,我本来就有两套铅笔。你哥哥借了那么多的好书给我看,还请我去看电影,去游玩西湖,所以我这点小意思完全是应该的。只要你以后好好使用它们,成个真正的小画家,别再是那么不懂事就好了。"

"好吧,我就听你的,"她歪着脑袋想了想说,"以后我不再偷偷蒙你的眼睛了。"

三

"不过你得赶快教会我该怎样使用粗铅笔!"小慧紧接着又说,"你快点过来!像昨天一样,到这里来坐着教我!"

"我站着教你好了,你们老师不也都是站着教你们的吗?"我认真地说。

"不，我喜欢你坐着教我。妈妈教我结毛线，也都是坐着教我的，还总是让我坐在她的大腿上，这样才能仔仔细细地教，有什么不对的地方她一看就清楚。"

我听着，都有点哭笑不得了。

我当然不会听她的。我依然站着不动。但是，没想到她过来拉我了——又是拉，又是推，使劲把我推到原来的那张椅子上坐下。谢天谢地，幸亏这一次她倒是没有挤到我的身前来，只是紧挨在我的身边站着，托着下巴看着我画画。

为了给她做个样子，我就仿照她的自画像，给她另外画了一张，没费多少时间已经画好。每当我用粗铅笔表现光和阴的时候，我都仔细对她做了说明，下笔时该怎样掌握轻重，做到浓淡适度。当然，我给她画的这张肖像画，那才是一张真正的肖像画，把她那天真烂漫的神情都画出来了，尤其是她那对闪闪发亮的大眼睛。

小慧拿起这张画看了又看，看得爱不释手了："你的水平真高，把我画得这么好看！看上去比我姐姐还漂亮呢！我真有那么漂亮吗？"

她说着，便坐在我身旁的椅子角上开始画画。她在临摹我画的那张画，画得很专心。但是，她还是不懂得该怎样掌握粗铅笔的轻重，画得一塌糊涂，只好拿起橡皮擦了再画，结果还是画得一塌糊涂。

"我真笨，总是画得一塌糊涂！你就把着我的手，教教我该怎样使用粗铅笔吧，教会了，我再自己画……"话没说完，她已经很快挤到了我的身前，又是一屁股跳上了我的膝盖，分开双腿坐在我的双腿上了。

"不，你这样坐在我的面前，挡住了我的视线，叫我怎么教你画画？"我非常严肃地对她说。

"那该怎么办？"她回过头来看了我一眼，"我可以歪过一点身子去，这样你就能看清面前的一切了。"

"不行！小慧，这样不好，我不能这样教你画画！"

"为什么？"

"我问你，你除了坐到你妈妈身上去，还坐到谁的身上去没有？"

"我也常常坐到爸爸身上去。我喜欢坐在爸爸的膝头上和他说话，从小就这样。爸爸也喜欢这样和我说话。你问这些干什么？"

"此外，你还坐到别的人身上去没有？也许还常常坐到你哥哥和姐姐的身上去吧？"

"不，我从不坐到哥哥、姐姐和别的人身上去。我一点也不喜欢坐到哥哥、姐姐和别的人身上去。怎么啦，你为什么要问得怎么多？"

"因为你已经不是一个小娃娃了，我不喜欢你坐在我的身上和我说话或者教你画画。我不喜欢你这么做！"我神色严峻地说。

小慧不作声了。她很快跨下了我的双腿，转过身去背对着我，站在桌旁久久不再说一句话。

"怎么，小慧，你不开心了？不会为了这个生我的气吧？"

她还是什么回答也没有。

我有点不安了。我当然不希望和她闹别扭。她父亲也算是我的一个上级，她哥哥又是我的好朋友，而且同在一个集体宿舍里居住，我可不能得罪了她啊。何况她还是一个不懂事的小孩子，如果她真的和我闹了别扭，谁知道她回去以后会说些什么？

我连忙站起身来扶着她的肩膀说："小慧，快别这样，我这都是为你好，有什么值得你不高兴的？"

她又很快转开了身子，依然背对着我，还用手背拭了一下眼睛，把两大滴眼泪甩到了我的衣服上。

这不，她已经在哭了。我自然更加发慌，更加手足无措。怎么办？我还能对她说些什么呢？

没料到这时候小慧猛然放开嗓门大哭了起来，在哭声中叫嚷着说："你不喜欢我！一点也不喜欢我！你讨厌我！"

"别胡说！我怎么会讨厌你呢？你该知道我有多么喜欢你，真的！要不你每次来，我为什么总是高高兴兴地和你说话，还高高兴兴地教你画画？"

"我不相信！你是在那里哄骗我！"

"我为什么要哄骗你？你太会胡思乱想了！这样好不好：你快收起你的眼泪，然后我们就一起坐下来画画，你爱怎么坐就怎么坐；但到了哪一天让你爸爸妈妈知道了，骂你是个不学好的坏女孩，骂我是个头脑龌龊的下流东西，那可不能怪我，都只能怪你自己！"

小慧忽闪着眼睛想了一想，便收起了眼泪。她的眼泪掉得快，收得也快，脸上立即恢复了原来的平静状态。不过她不再坐到我的双腿上来了，甚至也没有挤到我的身前来，而是乖乖地站在我的身边，歪着脑袋让我把着她的手，专心一意地画画。

我也终于可以安下心来认真地教她画画了。

这天晚上，小慧在我的宿舍里画画一直画到了八点半钟。等她初步掌握了该怎么使用粗铅笔的要领，这才想到该早点回家去睡觉了。她说，她爸爸妈妈说定了九点钟回家，她得赶在他们前头回去睡觉。

"对了，"我笑着夸奖道，"你开始懂事了，这才像个这么大年纪的女孩子。你的确不能在我这里逗留得太久。"

"和你在一起真好！你从不哄骗我，还让我懂得了不少从来也没有想到过的事情！这种事情只有你才会提醒我！我知道你都是为我好！不过……"

"'不过'什么？"

"我要你闭上你的眼睛，闭上一会儿就行！"

"为什么？"

"闭嘛！闭嘛！"

"好。"于是我就闭上了眼睛。我不知道这调皮女孩为什么要我这么做。

突然，我发觉她很快在我的脸颊上像小鸡啄米似的轻轻啄了一下，紧接着就像个逃跑的小偷似的逃出了房门。我听着她那迅速奔下楼梯去的脚步声，心里涌上的真不知道是一种什么样的滋味。

看上去小慧的确很是喜欢我，要不她就不会这么做。让她这么一个虚龄才十三岁的女孩子喜欢我，我该怎么办才好啊？我能像她喜欢我一样去喜欢她吗？

决不！决不！我决不能这样做！我只能像一个"大哥哥"似的一样去爱护她！

四

　　小慧这个女孩子，从我第一次见到她，她就给我留下了很好的印象。她既是那么天真活泼，对人的态度却又意想不到地热情和友好，非常讨人喜欢。至少在我看来是这样。

　　记得我刚从家乡来杭州工作的时候，在南山路局机关报了到，便背着行李去寻找集体宿舍。到了广场，整个广场上只有三个小女孩在篮球架边上跳橡皮筋，都跳得浑身热气腾腾。地上堆放着她们的书包。其中一个眼睛特别大的小女孩，一边跳，一边上气不接下气地高唱着什么儿歌。我见不到别的人，只好向她们打听竹竿街611弄6支弄3号在哪里。

　　"我知道，"那小女孩立即停下了跳，和小伙伴们小声说了些什么，便急匆匆拿起了书包，"我家就住在6支弄3号，跟我走吧。要不你再找也找不到，那里没有门牌号。"

　　"谢谢你，小朋友真热心。"

她却只顾自己奔奔跳跳地往前走了，走的都是一跳一跳的跑跳步，很远了才回过头来等着我。她穿的是一套薄薄的紧身红毛线衫裤，这使她的身子看上去更像个小不点儿。

等我知道了我的卧处被安排在三楼，她就高高兴兴地带我上了三楼，还主动对我说，她是行政科吴科长的小女儿，名叫小慧，她家就住在二楼，全家都住在这里的就是他们一家，以后如果遇上了什么不方便的事，可以去找她的爸爸妈妈帮忙。

这小家伙说话的口气倒十分老练。她的话使我这个初来乍到的外乡人安心了不少。

此后我们几乎天天都能见上面，不是在二楼她家的门口，就是在屋门外的广场上。我发现她每天傍晚放学后，总得在广场上和同学们跳一会儿橡皮筋才肯回家。每次见面她总会朝我不声不响地笑一笑，我也总是笑着对她招呼一下。

不久，随着我和她的哥哥吴必芳成了好朋友，和她在一起的时间也就渐渐多了。吴必芳知道我有一架手风琴，常常在宿舍里独自弹奏，就特地前来找我，说，他们学校里每次组织学生们表演节目，只能用立式风琴伴奏，不大方便，效果也不好；他问我能不能帮帮忙，演出的时候给他们用手风琴伴奏一下。我当场就答应了他的要求。这样，经过几次节目演出，我和他的友谊便得到了迅速的发展。这时候我才知道，原来小慧和她的姐姐都是唱歌跳舞的能手，这小家伙常常在节目演出中担当主角。每次演出前，吴必芳总得让我到他家去专门为小慧排练几次，使我们能配合得更加协调。

那时候青少年学生中特别爱唱民歌，小慧表演的也大都是民歌，什么《小小读书郎》《哪里来的骆驼客》《山那边呀好地方》等等之类。有时候排练完了，意犹未尽，我们也常常会演唱一下《可爱的一朵玫瑰花》《在那遥远的地方》《达坂城的姑娘》之类带有爱情色彩的民歌。实际上这类带有爱情色彩的民歌在当时的中小学校里也到处流行，老师们唱，学生们也唱。小慧也早和她姐姐一样唱得十分熟练，不过不适宜让她到舞台去表演罢了。我们往往会在他们家阳台上唱到黄昏后才收场。小慧的姐姐虽然从来不和我们一起唱，但我注意到她也会在她的房间里跟着我们轻轻哼唱。

　　这里我得说一下：吴必芳和朱大伟在我未去以前已是朋友。朱大伟的思想也很进步，对当时的社会现实非常不满。他也常常向吴必芳借书看，借的多半是《大众哲学》《社会发展基础知识》一类的进步理论书。朱大伟为人很热情，很豪爽，但不拘小节，很有点随心所欲的习惯，想要怎么做就怎么做，不会设身处地去为别人想一想。他的年纪只比我大一岁，但烟瘾已经十分厉害，还非常喜欢喝黄酒，到小酒店里去喝醉了酒回来，就躺在床上大骂国民党和蒋介石，或者毫无缘由地泪流满面，大哭大叫。他没有家庭负担，花起钱来大手大脚，花光了钱就向我借。有一次他把我妈妈的生活费完全借光了也忘了还。不过我和他的感情也还过得去，能够融洽相处；最使我受不了的是房间里的香烟气味太浓了，又不好意思去多说他。

　　这年阳历年底的一个星期日下午，由朱大伟发起，约了吴必芳和我一起骑自行车到西湖沿岸去玩。吴必芳家里有一辆自行车；我和朱大伟都没有车，只能到租车行去租借。临到出发的时候，小慧听说了这回事，就非要跟了我们一起去不可。吴必芳没有办法，只好把她带上了自行车一起走。

　　我们三辆自行车从膺白路（解放后改称南山路）沿着西湖往西

南方向走，先游玩净寺，接着就近到花港观鱼，再经过苏堤、岳坟，到了孤山，然后顺路从白堤到断桥，进入市区回家。

我刚来杭州的时候也曾独自游玩过一次西湖，走的也是这条路，一路步行，走了差不多有一整天。那时候还是秋尽冬来的日子，又是一个人，形单影只，觉得西湖虽然山明水秀，给予我的却处处是一派落寞凋零的景色，并没有留下什么令人赏心悦目的好印象。然而，这一回可完全不同了，三辆自行车并驾齐驱，一路上说说笑笑，令人心情舒畅。特别是有了小慧，她本来就是一个只知欢喜不知愁的女孩子，外出游玩更使她格外兴奋，对每一处景点都是兴趣勃勃的，怎么玩也玩不够。在她的感染下，使我们的玩兴也增添了不少。

这天净寺里的大批和尚正巧在做法事，大殿里一片唱经声低沉而悠扬，十分动听；但其中有两个小和尚年纪太小了，发的还是童音，听上去显得很不协调。每当小和尚的尖嗓门"哇啦哇啦"地出来了，小慧都会"咯咯咯"弯腰大笑。她的笑声太肆无忌惮了，惹得领头的老和尚几次对她怒目而视。她哥哥不得不把她拉出了大殿，以免扰乱了和尚们这场庄严肃穆的大法事。

到了花港观鱼，小慧的玩兴更大了，好像一辈子没有见到过在水里游动的活鱼似的，怎么看也看不够，看了大概有一个钟头，还向她哥哥要钱买了鱼食喂它们，好不容易喂完了一袋鱼食，才走。

最有趣的是上了孤山以后。当时日头早已西沉，暮霭四起，孤山上已经没有别的游客，到处是叽叽喳喳的鸟叫声。其中有一只大鸟叫得特别响亮，"呜哇呜哇"地像个老头子在哭着怪叫似的，听了令人毛骨悚然。但小慧不觉得害怕，一个人在密林里钻来钻去只想找到这只大鸟的身影，看看它长的是什么样子。因为她的注意力全都集中在树顶上,结果不留神脚下一绊,翻滚下了一道小山坡。我们都被她吓坏了,她却什么事也没有,爬起后还想钻到密林里去继续寻找那只大鸟,手臂上划出了血也顾不上擦一擦。最后被她哥哥喝住了,她才不得不打消这个主意。

本来我们说好了还打算顺便去爬宝石山,在宝石山附近的宝俶塔下玩一玩。可惜天色已经发暗,只能作罢。这使小慧失望了,显得很不高兴。她偷偷对我说,等她长大了以后一定要来玩一次宝石山,在那里看看整个西湖究竟是怎么一个模样,特别是到了春天,她无论如何也要来看看,因为她很想把西湖的全部景色画成一幅美丽的水彩画。

刚出发的时候,小慧一直由她哥哥带在他的自行车上。后来在朱大伟的一再劝说下,才改由三个人轮流带她。回家途中,当她坐上了我的自行车杠子以后,我没料到她的身子已有相当的重量,少说也该有四五十公斤了吧。

我这才注意到,原来,小慧早就不是一个小不点儿了——在不到一年的时间内,她已经长高了至少在 10 多公分以上,而且体型也丰满了不少,从小女孩变成了少女模样,简直疯长得令人不敢相信。没有改变的只是她的小孩子脾气,依然是那么天真烂漫得令人喜欢。

总之,经过了这次一起去游玩西湖,小慧和我已经熟悉得像一家人似的了。此后她就常常会有事没事到我们房间里来玩,还开始把我叫成了"小郁哥哥"。

五

　　我自信不是一个糊涂蛋。那天晚上小慧突如其来地在我脸上这么亲吻一下，虽然使我一时之间感到十分意外和吃惊，印象深刻，甚至有点感情冲动；但事后细细一想，头脑便渐渐清醒了过来，认为她这么做只是一种孩子气的表现。大概她爸爸妈妈常和她这么亲吻，已经成了习惯，一时兴起，就分不清对象，把我也看成了她的一个亲人。她毕竟还是一个未成年的少女，我怎么能想到不该想的地方去？我终于完全恢复了理智，便一笑了之，再没有把这当作一回事。

　　这以后不久，朱大伟已从家乡回来。当我和朱大伟在一起时，小慧远远一见就避开了我们，连招呼也不肯打一下。从此以后，她就一直都没有再到我们的卧室里来。每天早晚在她家门口遇上了，她也像以往那样只是不声不响地朝我笑笑，只顾忙着她自己的事；我和她说话，她也是心不在焉的，一转身就匆匆走开。这倒好，我又可以静下心来用功，专心致志地看我的书，写我的小说了。

春去秋来，就这样将近一年过去了。

在此期间，我和小慧虽也仍能常常见面，但只是匆匆打个招呼，偶尔说上几句话罢了；如果边上有人，只是相互笑笑就走开，甚至一句话也不说。这年夏天，她哥哥听说我从小在富春江边长大，是个游泳好手，经常在晚上约了我和他们兄妹两个到游泳池去游泳，教他们各种游泳姿势。这使小慧和我更加亲密无间了，但她哥哥却并不在意。不过，只有她哥哥约了我一起去游泳，我才去；我从不会带了小慧一个人去游泳。除此之外，我和小慧之间，再没有发生过别的任何事。

到了这年初秋时节，一天晚上，刮起了大风，天气特别凉快，朱大伟又外出喝黄酒去了。我在灯下埋头赶写着一篇短篇小说，门口突然响起了轻轻的叫唤声：

"小郁哥哥！"

我一听是小慧的声音，忙着回头一看，果然是她。只见她推开了一条门缝，探着脑袋问："刚才我见朱大伟出去了，他会很快回来吗？"

"不会。他到酒店里喝黄酒去了。"

小慧进来后看了看我面前的稿纸，在我的一侧坐下了问："这回你写的是什么文章啊？哥哥说报纸上常常有你写的文章，我可从来也没有见到过。可惜我不一会儿就得回家去，要不我真想看看你文章里写的是些什么。"

"你要看很便当，我这里有不少刊物你可以拿去看，里面都有我写的作品。不过都不是写给小学生看的，等你长到了和你姐姐那么大年纪,再给你看吧。"

"中学生可以看,我为什么不能看?你总是像一年以前那样,把我看作小孩子!其实我现在身高快要赶上姐姐了!从去年冬天到现在,我差不多又长高了12公分,你总能看得出来吧?算了,反正这几天我也没心思拿去看,我心里很不开心!"

"为什么?你也有不开心的时候?"

"现在我就是为了告诉你这件事才来的。对你说吧,爸爸妈妈要把我送到大姑妈家去了,永远和大姑妈在一起生活!永远!永远!后天就得走,我很怕以后永远也见不到你了!"

"我不相信。你爸爸妈妈不是特别喜欢你的吗?为什么要送你到大姑妈家去?"

"因为大姑妈太可怜,太寂寞了。她一辈子没有结婚,每天都孤孤单单地生活着,连一个说话的人也没有。她很喜欢我,早就想叫我住到她家去,爸爸妈妈这一回终于下定了决心,我哭闹了几次也没有用。他们已给我转好了学,到那里先读城关小学的毕业班,毕业后再上县立中学,什么都已经安排好。为了这个,他们叫我放学后天天都在广场上学骑自行车,你没见到吗?"

"见到了。"

"现在你该相信了吧?"

我不出声了。我已经相信了她的话。我一下子变得哑口无言,心里很是乱得慌,不想再说一句话。我自己也无法明白这该是这么一回事。

"大姑妈家很远很远,在钱塘江的南面,过了江还得乘长途汽车,下了车再走不少路。我怕我以后永远也回不了杭州,除非爸爸妈妈肯来接我回家。我……我……"小慧说着,猛地俯身在桌面上,紧埋着脸抽抽搭搭地呜咽了起来,呜咽得非常伤心。

我又不知道该怎么办才好了,能用什么话去劝慰她呢?她这种不愿离开家庭和亲人的伤心模样深深地打动了我。我的确非常同情她,怜惜她,为她难受。她毕竟还是一个不懂世事的女孩子嘛。

"不,小慧,快别哭,哭有什么用?让你爸爸妈妈听见了不好,以为我们在干什么了。我相信你到了你大姑妈家也有那里的快乐,你大姑妈不是非常喜欢你吗?你是一个很让人喜欢的女孩子,到哪里都会有人喜欢你的。你会在新学校里交上很多新朋友。"

"不,我不要什么新朋友!也不要大姑妈喜欢我!我喜欢永远住在这里!"

"对了,"我说,"你可知道你大姑妈家在钱江南面的什么地方?能叫得出地名来吗?"

"他们都说那里有一个很大的湖,名叫月亮湖,比西湖还大,大姑妈家就在月亮湖边上,叫什么吴家桥。"她终于抬起头来说,带泪的双眼紧紧地看住了我。"那里离开你的家乡不会很远吧?"

"我只知道我家乡的邻县萧山有一个月亮湖,可是从没去过那个地方。如果你愿意,什么时候我可以趁着回家乡的机会去看看你。但不知道你大姑妈会不会欢迎我?会不会把我当作一个不三不四的坏家伙?"

小慧忽闪了一下眼睛说:"我真希望你能到那里去看看我。你可以对我姑妈说,那里离开你的家乡很近,去一趟很方便,而且有你的一家亲戚也住在那里。这样,你趁着去走亲戚的机会到我那里看看我,他们还能说些什么呢?我相信大姑妈也一定会欢迎你的！"

我笑了，忍不住拍了拍她的肩膀："想不到你这小家伙还有这么多的心计，头脑比我灵活得多了。好吧，到时候我就去看看你。不过我不能很快去看你，等你在大姑妈家住上一段日子以后我再去看你，这样好吗？"

"只要你真的肯来，我会很高兴的。不过这件事你一定不能对朱大伟说，要不，如果他也想跟了你一起来，那就糟了。"

"这我知道，你完全可以放心。"

说着说着，该是她回家的时候了。她嘴上这么说着，却还迟疑着不肯走。我不免又紧张了起来。我很怕她又会在临别的时候再来亲我的脸蛋。幸而她这回并没有这么做。

但是，当她打开了房门以后，却又回过身来说：

"明天一早妈妈要带我去买东西，还要带我去看一场电影。我们没时间再说话了。我问你：你真的会来看我吗？不会是在哄骗我吧？"

"我可以用人格担保，一定去看你！"

"要是你一直不想来看我，我该怎么办？"

"不，我不是一个说话不当话的人。不过希望你不要老是在那里等着我，你该好好读书，在乡下多交一些好朋友，让你大姑妈永远喜欢你。我只能见机行事，有了合适的机会便去看你，你可以绝对放心。"

她又忽闪着眼睛想了很久，然后留给了我一道满含着期望的目光，这才转身出了房门。

我不能不说，她给我留下的这道目光竟是那么殷切，太让我感动了，使我第一次对她真正产生了某种不该有的感情。

六

　　等小慧到她大姑妈家去了以后，转眼间两年过去，已经到了1948 年。在此期间，我才从吴必芳那里知道，她爸爸妈妈所以要把小慧送到萧山去，还有一个经济利益上的原因。他大姑妈从青年时代起便是一位画师，专门设计绸布、花边之类织物的图案和花样，在杭、嘉、湖一带非常出名，甚至上海也常常有厂家出重金前去请教她，因而收入十分丰厚，上了年纪以后就在月亮湖边上买了几处田产，还修建了一栋相当漂亮的房子。让小慧过继给她，既减轻了他们自己的家庭负担，日后又可以名正言顺地继承大姑妈的遗产，这也是为小慧的一生幸福考虑。

　　不过吴必芳说他是反对他们这么做的，因为他知道小慧自己很不愿意住到大姑妈家里去；而且，"从国家大局看，内战的发展趋势已经很明朗，将来……"吴必芳说到这里，就没有再往下说。

吴必芳的这番话，使我对小慧越发增添了不少同情心理。

有点历史知识的人都知道，1948年，正是决定我们国家前途命运的一年。国共内战更趋激烈，人民解放军在几次大会战中每战必胜，势如破竹，革命成功在望；国军步步败退，军心涣散，已到了溃不成军的地步。当局者在经济上也搞得一塌糊涂，改革币制后发行了金圆券，但很快又大幅度贬值，物价飞涨，黑市泛滥，民不聊生。我们小公务员的薪水朝不保夕，每次拿到了一点可怜的薪水便得赶快到黑市上去买几个银元，否则就会迅速变成为一叠废纸。我和妈妈只能在节衣缩食中过日子了，以防什么时候会挨冻受饿。

也许妈妈在家里节约得太过度了，营养不良，日子一久得了贫血症，成天头晕眼花，没有一点力气，只想躺在床上休息。我每次回家去，她虽然打起精神照常忙家务，但看得出是在勉强支撑着。富阳县城里没有西医，只有中医，我陪她去看了一位老中医，吃了几帖药也不见成效。怎么办？我又没有条件接她到杭州去和我一起生活，唯一能做到的就是尽力节省点钱给她买点红枣、桂圆之类的补品，希望她的体力能慢慢恢复过来，不至于卧床不起。此外，我每星期都得回去看望她了，一到家就逼着她躺下休息，什么事都由我动手，给她安排好日常的柴米油盐和一切生活所需。

为了在经济上多有一点收入，我更加不分昼夜地忙于写作。幸好这期间杭州的《浙江晚报》有一位名叫陆春芳的年轻女编辑通过投稿已和我见过几次面，成了朋友，十分熟悉了。她很欣赏我的文笔，每篇稿子都能采用发表，还让我在副刊上开了一个《读书笔记》的专栏，每天一篇。这就使我天天都能有一点稿费收入，可以让妈妈的生活过得好一点。

谢天谢地,过了几个月,妈妈的身体果然渐渐好了起来,已有精神和体力像以往那样到处托人在给我寻找结婚对象了。我终于大松了一口气,虽然我丝毫也没有结婚的兴趣和打算。

这一年,杭州的学生运动更加风起云涌,如火如荼,尤其是革命摇篮"浙大"和"杭高"的学生。市中心的几条马路上,几乎每隔几天就能见到大、中学生们的游行队伍,"反迫害、反饥饿、反内战"的口号声此起彼伏,响彻云霄。此外,蛮横无理的伤兵和流离失所的难民也涌到了杭州城,处处可见。不过,到杭州来寻欢作乐的上海有钱人却依然不在少数,大饭店和舞厅里依然灯红酒绿,歌舞升平,构成了一幅光怪陆离的社会现象。

吴必芳看上去更加忙碌了,和朱大伟的关系也一下子密切了起来,相形之下,反而和我显得疏远了。有一次,在路上和吴必芳偶尔遇上,他一见面就说:

"你怎么还有心情天天都在写这类读书笔记?记的不是十八九世纪的外国文学作品,就是我国的古典文学作品,离开现实生活不是太远点了吗?"

"这些读书笔记都是我以前随手记下来的读后感,有报纸愿意发表我就拿出去发表了,谈的都是艺术问题,也许对喜欢写作的读者会有点参考价值,相互交流嘛。"

"你这不是在'为艺术而艺术'了吗?"吴必芳笑着说。

"'为艺术而艺术'不好吗?"我笑着反问道,"照我看,艺术像吃饭一样,也是什么时候也少不了的生活必需品,精神生活的必需品。"

"可是艺术总该为人民大众服务,为革命斗争服务吧?我真希望你多写点联系实际的随笔或小品,别把自己置身于人民大众的喜怒哀乐之外才对。"

"谢谢你的关心和爱护。"

"听说你家里有一个妈妈需要你供养生活?"

"我妈妈前一阵身体很不好,使我精神上负担很大,非常为她担心,幸而最近已有了好转。"

"这倒是一个实际问题。大概就为了这个,你才把这些陈年古董似的读书笔记也拿出去发表,想多赚一点稿费?"

"是的。"我坦然答道。

此后,吴必芳对我的态度似乎更加疏远了,见了面也只是略略招呼一下便各走各的路。有一天他在我们宿舍里和朱大伟说些什么,见我进门,两个人都不再继续往下说,开始嘻嘻哈哈地尽是开玩笑。

这一年,日子好像过得特别快,匆匆到了10月上旬,又已进入了风雨连绵的季节。一天晚上,我照例一个人在宿舍里看书,窗外又已秋风阵阵,密密的雨点不住地敲打着窗玻璃。此情此景,不由使我想起了三年之前小慧进来让我看人物画的种种往事,她毫不在意地坐到我双腿上来的印象在我心头还记忆犹新。

对啊,她到她大姑妈家去已快有两年了,我却一直操心着妈妈的身体,把这件事完全丢之于脑后,失约了。这不行,说定了的事我可一定要做到,尤其是对小慧这样的孩子。我无论如何也得挤时间去看她一次。

自从小慧去了乡下以后,我从未听到过她的一点消息,又不好意思去向她妈妈和哥哥打听。可不知道她的情况怎么样?是不是已经习惯了那里的生活？还像原来那样喜欢画画和唱歌跳舞吗？

也许她会骂我是一个说话不当话的坏小子了吧？

七

到了星期六，我特地请了半天事假，午后不久便赶回到富阳，给妈妈安排好了生活上的一切。我对妈妈说，星期天我要到萧山去看望一个朋友，一早就得出门，然后由萧山直接回杭州去。

"到萧山去看朋友？看什么朋友？"妈妈笑着问，"我没听说过你在萧山有什么好朋友？大概你已经在萧山找到女朋友了吧？"

"妈妈别开玩笑，找女朋友哪有这么容易！再说现在局势这么动荡，今后的生活会怎么样也还心中无数，我怎么会去找女朋友？"

"能对我说说是一个什么样的朋友吗？"

"妈妈别问了，反正是一个很普通的朋友。"

第二天，我赶到萧山县城西门口还是早晨八点半。打听了一下，人们告诉我说，月亮湖沿边的吴家桥离县城西门不算太远，走快点只需半个钟头。有一位老妈妈，听说我去找一位专门画织品花样的女画师，想了一想后说："吴家桥是有一位出名的吴家老小姐，以前专门给厂家画印花花样。等你去后望见了湖面，就沿湖岸西北方向寻找一栋白墙头楼房，那楼房坐北朝南，就是她家。当地人都把她家叫作'白墙头屋'，那一带大人小孩都知道。"

从县城出发沿西山山脚往南走没多久，绕过几处小山冈，金黄色的稻田远处，果然出现了波光粼粼的湖面。这时候太阳离开地平线还不很高，把我的身影拉得长长的；但湖面上却已经被阳光照射出万道金光，耀人眼花。迎面吹来一阵阵带有水草香味的湖风，空气特别清新，令人心胸舒畅。这使我很为小慧的生活环境感到欣慰，在这么一个风景优美的地方，住的又是面临湖水的楼房，应该是身在画图中，过的是神仙一般的好日子了。

走近了湖岸，我极目远眺，月亮湖的湖面怎么看也不像一个月亮，而是略呈葫芦形状，称作为"葫芦湖"倒是更加合适。远远看去，水波浩瀚，望不到边，尤其是西南方向，山连水，水连山。湖水中央到处有水鸟在飞翔或游动，叫声不断；靠近北岸则是大片的菱丛，正有几个农家姑娘坐着一个个大木盆在忙着采摘菱角。

我很快在不远处的湖岸上望见了一栋白墙头的高楼房，洁白的围墙和围墙中间的白楼房都显得十分醒目，在一大堆低矮、灰暗的农舍中间给人以鹤立鸡群之感。

正当我兴冲冲地沿着湖边小路朝目的地走去，有几个赤脚的男女小孩带着一只大黄狗朝我迎面跑来。在狭窄的小路上，大黄狗尽是对着我龇牙咧嘴地狂叫，我只好在田边树丛下退让了一下。

就在这一刹那间，有一个衣着整齐的姑娘骑着自行车越过了孩子们和大黄狗，往县城方向急急驶去。这姑娘好像并没有注意到我，我也没有去注意她。但自行车驶出了一段路，突然停下了，那姑娘很快回过头来在看我，紧接着就高声叫唤了起来：

"你这不是小郁哥哥吗？"

"小慧！"我大声欢叫着，再也顾不得那只龇牙咧嘴的大黄狗了，快步跑上前去，来到了她的身旁。

好大一会儿，我们两个你看着我，我看着你，都说不出一句话。小慧和我一样激动，她的脸色已变得通红通红，然后又很快低下了头。

小慧长大了，长大得令我吃惊。我没有料到在这匆匆而去的两年岁月里，她已经完全变成了一个大姑娘模样——身穿一件细红花布的短袖旗袍，脚下是一双白跑鞋，亭亭玉立，既挺拔又苗条，无论脸形和体态都称得上是一个发育健全的成熟少女了。两条粗粗的长辫子，在胸前形成了高高的曲线，特别显示了她身材的丰满；唯一不变的是她脸上的笑容，还是原来的神气，依然满含着我所熟悉的那股天真意味。

"你是专门来看我的吗？"她高兴地笑着问。

"当然！"

"想不到你还会来看我，我以为你永远不会来看我了！"她说着，两只眼睛已经发潮，眼眶也完全发红。

"对不起，去年我老是忙于写作，今年我妈妈身体一直不好，所以我总是抽不出时间来看你。最近妈妈身体好了一点，我就来了。

你都很好吧？小学早就毕业了吧？"

"小学？读小学那还是两年前的事了！我现在已在读县立中学初二下了。可是数理化对我总是很困难，跟不大上，这会儿我就是到老师家里去补课的。对，要不我就不去补课了，让我们一起去见了大姑妈再说吧。不过……我大姑妈的脾气很怪，要是她对你的态度不大客气，你千万别当一回事，反正我会好好招待你的。你肯来，我非常高兴，真的，我太高兴了。我有不少事情要问你呢。我很想念杭州的一切，想念爸爸妈妈，还有你的情况我也很想知道。我们这就走吧，你没听见那几个野小孩已经在那里胡唱着什么下流小调了。乡下就是这样，见了姑娘小伙单独在一起多说几句话，小孩子就会唱这种下流小调，有些无聊的男人也会唱。"

她说着，立即掉转车头推起了车。我就帮她推着车，边说话边朝她大姑妈家走去。我对她说了说她杭州家里的大体情况。

快到"白墙头屋"的时候，小慧悄悄对我说："你听了可别发笑，我大姑妈对世界上所有的男人都抱有成见，认为没有一个男人是好东西，所以她在这方面对我管得特别严格。她不允许任何男同学到家里来找我。我们的班主任是一个年轻的男老师，一天他来家庭访问，因为说的话太随便，又不太注意自己的行动态度，我大姑妈也不给他好脸色看，还对他下了逐客令，闹得班主任非常尴尬。这次你来，可得看你的本领了，看你能不能使大姑妈对你表示欢迎？"

"这么说，我们两个都得小心一点才对，尤其是你，再不能像以前那样对我要孩子气了。不过我倒是不怕的，只要自己心中没鬼，光明磊落，就不怕你大姑妈会对我怎么样。"

"那么，可以对她说你是专门来看我的吗？"

"对，就说我是专门来看你的！事实上我也是专门来看你的嘛！"我胸有成竹地大声答道。

八

这栋"白墙头屋"修建得十分精巧，既漂亮又让人看了很舒服。高高的围墙成四方形，里面至少有一亩半地大小。二层楼房三楼三底，由园地包围着。园地里种着各种蔬菜，还有不少花草、果树、竹林和一个池塘。迎门是一条石板路，直通楼房的台阶。楼房二楼正对着大门有一个阳台，站在阳台上肯定可以望得见风景如画的湖面。

小慧取出钥匙打开了院门，进去后在门边放好了自行车，便高声叫唤着说：

"亲娘，来了一位杭州客人，正巧在路上碰到，我不去补课了。"

"亲娘"就是她的大姑妈，一位衣着十分整洁的老太太。她闻声从屋子里出来了，眯起双眼仔细看了看我们两个，却什么话也没有回答。小慧赶快丢下我跑到她亲娘面前去轻声细语地说了不少话，这才招呼我走上前去和她亲娘见面。

小慧的亲娘和小慧的爸爸像极了，长方脸，高鼻梁，单眼皮，好像是从同一个模子里出来的，可说是她爸爸的一个"女式版"，只是比她爸爸还老了几岁年纪。我立即想到，幸亏小慧和她姐姐一样都像她们的妈妈，姐妹俩才能长得这么漂亮。听说她妈妈是安徽芜湖人，皖南多美女，这才造就了她们姐妹俩天生可爱的脸型和体态。要是像她的爸爸，上了年纪就会和她大姑妈一样令人望而生畏了。

小慧急急忙忙地说："他姓郁，是爸爸的同事，又是哥哥的好朋友，和我家同住在一个宿舍里，所以我们非常熟悉。我一直叫他小郁哥哥。"

我略略欠了欠身子，叫了一声"阿姨好"。

老太太把我上上下下打量了一番，脸无表情地问："郁先生是顺路来的，还是专程前来看望我家小慧的？"

"专程前来的，"我应声答道，"我家在富阳县城，离这里很近，半个钟头的汽车就可以到达萧山西门，十分方便。小慧在杭州读小学时常常要我教她学铅笔画，我觉得她很有画画的天赋，所以一直都很喜欢她。我答应过她一定要抽时间前来看看她，看看她画的画，一方面看看月亮湖景色。我还是第一次见到月亮湖呢。"

"你们当公务员的也懂得绘画？"

"绘画只是我的一个业余爱好。实际上我从未进过什么美术学校，在自学中略懂得一点绘画的基础知识罢了。"

"他不但喜欢绘画和音乐，还喜欢写文章呢。报纸上常常有他写的文章。"小慧插嘴说。

"这么说，你的学历一定很高了？读书读到了什么程度？"老太太还是毫不客气地盘问着我。

"不，我小学毕业后因为发生了抗日战争，从没进过一天中学，一点粗浅的文化知识都是从自学中得来的，根本谈不上有什么学历。"

老太太再次紧紧地看了我会儿，想了一想，脸上总算有了一点笑容。她小声对小慧说了些什么。小慧来不及和我打个招呼，便高高兴兴地奔出了院门。

于是，在老太太的邀请下，我跟着她一起在客堂间坐下。她给我倒来了一杯茶，然后和我正儿八经地交谈了起来。她一开口就说：

"现在这世道太坏了，到处都有居心不良的坏男人，不能不让人多长一个心眼。小慧如今已有十六岁，大概是月亮湖里的新鲜鱼虾和野鸭之类的野物吃得太多了，营养丰富，比别的女孩子都长得快，特别早熟，一转眼已出落得像朵含苞初放的花。但实际上她还很不懂事，对男人没有一点防范之心，处处都得由我为她操心。像她这么一个半大不小的女孩子，正是到了情窦初开的年纪，最容易受男人的骗，上男人的当。她学校里有一个年轻男教师，还有几个高中部的男同学，常常有事没事跑来找她，来了尽是对她废话连篇开玩笑，嘴上却说得很好听，说什么偶尔经过，就顺便进来做一下'家庭访问'，'帮助她做做功课'什么的，使我听了非常生气。这以后我就再不许他们上门。我这人一向听不进一句假话，最恨的就是这类口是心非、满怀鬼胎的轻浮后生。"

"是啊，阿姨都为了小慧好。"

"现在社会上，像你郁先生这样爱说老实话的青年人已经不多了，刚才我一听就能听得出来。别以为我年纪大头脑糊涂，这一点我还能分得清。我可决不是一个老封建，老顽固，来了正正当当的客人，又是远道来的杭州客人，哪有不欢迎的道理？"

接下去，她向我打听了一下杭州的社会现状和小慧一家人的生活情况，我都就我所知做了如实的回答。

正说着，小慧已经回来，跟她一起进来的还有一个中年农妇。那农妇手里提着一只竹篮，里面大概是鱼虾之类的东西。小慧见她亲娘和我谈话谈得这么投入，显得非常开心，在远处朝我微微一笑，便和中年农妇一起进灶间忙碌去了。

中午饭吃的都是新鲜鱼虾和新鲜蔬菜，令我胃口大增，一连吃了三大碗饭才放下手来。这让老太太看了更加高兴，连声夸奖我为人爽快，不爱作假，没有半点虚情假意，说她就是喜欢这样的青年人。

小慧越发高兴了，趁机说："亲娘天天看报，也许还看到过他写的文章呢！"

"是吗？可我还不知道他的名字啊！"

"他叫郁北英，北平的北，英雄的英。"

"郁北英？"老太太沉吟了片刻，"郁北英，好像的确看到过这个名字……呵，对了，想起来了，该是在《浙江晚报》上吧？"

我连忙向她点点头，说："那都是一些学着写的读书笔记，请阿姨别见笑，多多指教。"

"真没想到这些读书笔记都出自你这个年轻人的手，我看的时候还以为是大学教授的讲义呢。不容易！不容易！年纪轻轻就看过了这么多的书，还能讲出了那么多的道理来，难怪你一开口说话就那么知书达理，一副文化人的风度！是啊，年轻人的确应该这样，靠自己的努力去造就自己的前途，有了这一点，走遍天下也不怕了！

小慧,你只要有你小郁哥哥的一半,我就完全可以放心了!"

老太太说着一下子陷入了沉思。她再一次久久地看住了我,仿佛竭力在重新认识我似的;然后又转过脸去紧紧地看了小慧几眼,脸上泛起了似有所思的神色。

可不知道她这是什么意思?

总之,从进入她家到吃完午饭,我自以为一言一行都没有引起这位老太太的任何怀疑和反感。我想我应该早点告辞走了,使她保留着一个好印象,以便以后还能有机会前来做客。

九

老太太听说我要走了,也没挽留,只是问我先回富阳还是直接回杭州。我说我准备直接回杭州。

"直接回杭州,这太好了。我想请你顺便带点土产给小慧的爸爸妈妈,大概不会有太多不方便吧?"

我当然一口答应了。

"小慧,快去叫长根婶婶准备十斤活鱼虾,再买几斤红菱和嫩藕,然后把这些东西放上自行车,由你帮着你小郁哥哥推到汽车站去,顺便送他上汽车。"

小慧喜出望外了,立即兴高采烈地叫上那个中年农妇,带着她奔出了院门……

准备定当,我和小慧快要出发了。但小慧猛然想起了什么似的,忙着奔上楼去拿来了她的书包。她对她亲娘说,如果时间来得及,她还打算顺路到数学老师家里去问她几个数学难题,如果迟一点回家,用不着为她担心。

这时候天气已开始发生变化,阴云密布,很有点像要下雨的样子。老太太非要我们带上了雨伞不可,还叮嘱我们说,万一遇上了大雨,就找个地方躲一躲。

果然,等我们出村不远,雨就下来了,而且越下越大,斜风挟带着密密的雨点,一把雨伞根本不管用。我们勉强走了一段路,已经打湿了半身衣服,尤其是一直把手里的雨伞紧遮着小慧的我。幸而临湖的湖岸上正巧有一个管鱼的棚子,小慧赶忙把自行车推了进去。

这棚子又小又低矮,仅有的一道门面向着湖面。但整座棚子却建造得很严密,算得上是一个十分理想的避雨处所。棚子里没有别的东西,只是在里头铺着一层卧铺大小的厚麦秸。厚麦秸铺得很整齐,干干净净,散发着一股清香味。

我们放好了自行车,便在麦秸铺上坐了下来,望着门外白茫茫一片的湖面,一边等待着雨过天晴,一边说话。

这时候小慧不但很是心安理得,还显得格外高兴。她说,我这次去看她,去得突然,走得也太匆忙了,都使她来不及和我好好说上几句话,她画的不少画也没时间让我看一下,多亏老天爷帮忙,现在总算有了一个说话的机会。她叫我先仔细说说杭州的一切,不管是我自己的还是她家的,甚至是社会上发生的,只要是杭州的事她都喜欢听。

"当然,特别是关系到你的,譬如,我走后你和我哥哥一起做过些什么,玩过些什么地方,说得越具体越好。还有,我妈妈有没有对你说起过我在乡下的事?她对你说了些什么?"

我却沉默着没有回答。因为她走后我从未和她妈妈说过一句话,和她哥哥又很少再有什么联系,实在说不出能让她听了高兴的话。此外,我还渐渐想到了一个问题:要是她亲娘知道了我和小慧是在这么一个小小的棚子里久久地躲雨,难免会产生什么不该有的想法吧?

"你为什么不说话?你在想些什么?"小慧捉住了我的一只手摇晃着问。

"小慧,我想我还是应该早点上汽车站才对,在这里躲雨不知道该躲到什么时候。我不怕淋雨,淋湿了身子权当是去游泳,到了杭州洗个澡就可以解决问题。我的意思是你不必送我去车站了。你还是赶快回家吧,免得你亲娘一直在等着你,为你担心。这包土产就让我一个人拿到车站去,让我多花些力气出一身汗反而更好,免得伤风感冒。"

我说着,从她手里轻轻抽出了我的手。

听我这一说,小慧惊奇地看了我一眼,那对好看的双眼皮大眼睛瞪得圆圆的。她气鼓鼓地说:

"奇怪!你这算是什么意思?亲娘让我送你到车站,你为什么急着叫我回家？那么远的路赶来看我一次，你却不高兴和我多说几句话，真不懂得你心里是什么意思？你叫我回家我偏不回家！也决不让你丢下我一个人上车站去！就算等到天黑也不让你走！反正这是亲娘让我来送你的，现在雨又下得这么大，我什么也不怕！亲娘问我，我完全有理由回答她！"

她把我的手再一次捉了起来，抓得紧紧的，唯恐我再一次抽出我的手。

从心里说，能和小慧在一起单独相处，亲亲热热地说说话，我哪会没有这样的想法和要求。特别是，当我意外地发现她已经变成了一个亭亭玉立的青春少女，而且越长越可爱，越长越迷人，正像她亲娘说的那样已成了一朵含苞初放的花，我的这种想法和要求甚至比原来还强烈了好多倍，看她一眼也会使我感到有说不出的快乐。正因为这个缘故，跟着她一起进入这个小棚子以后，我的思想顾虑也就特别大，心情也就特别紧张，只怕自己在这个小小的棚子里和她身挨身相处得太久，会身不由己地会犯上什么不该犯的大错误。她毕竟还是一个十六岁的青春少女，如果我真的在某种情况下犯上了诸如此类的错误，这在伦理道德上也是说不过去的，准会被人们视同为丧心病狂的流氓行为。

然而，我想是这么想，她那种恋恋不舍的态度却让我很是犹豫不决。她的话完全对，我来的目的本来就是为了她，这会儿好不容易有了和她单独在一起的机会，怎么能就这样硬着心肠匆匆离开了她呢？

于是，为了给她一点可能的安慰，我不再抽出我的手，反而转过手心去握住了她的手心，然后用另一只手给她疏理了一下耳边的几绺头发。我想，即便真是她的一个大哥哥，也应该这么做的吧。

小慧默默地看看我，气鼓鼓的神态一下子就消失得干干净净。她眼巴巴地问："你不想丢下我走了？那我就对你说说我在乡下的事怎么样？"

"好啊，我很想知道。我先问你：你在学校里还忙着唱歌跳舞表演节目没有？画的画都是在课余时间里画的吗？"

"我哪有这么多时间再去唱歌和跳舞啊，补习数理化还来不及呢！不过，我却一直丢不下画画。亲娘也希望我能好好学画。我现在不但画铅笔画，亲娘还教会了我画钢笔画和水墨画。亲娘是月亮湖师范美术科毕业的，学过铅笔画和水墨画。告诉你，我把这些画全都放在书包里偷偷带来了，现在就让你看一下怎么样？"

说着，她很快从书包里取出了一个画夹，递给了我。

我打开画夹一看，可没想到她已经画成了这么多的钢笔画和水墨画，厚厚的一大叠，至少有二十几张，大部分是人物画，也有少数是风景画和静物画。我一张张仔细看着，每看一张都使我由衷地发出一声欣喜的惊叹。原来她的绘画水平早已远远超过了我，虽然在绘画技巧上还显得相当稚嫩，但所有的画面都很耐看，能给人一种艺术欣赏的快感。其中有一张水墨人物画画的显然是我，也就是以前她曾经用铅笔画画过的那个我，不过比那张铅笔画上的我已经像样得多了，也神气了很多。

在我看画的过程中，小慧一直都很兴奋，似乎很有点手足无措的样子。也许为了和我一起看画，她把一条手臂圈在我的肩背上，让她的身子紧靠在我的腰背部。那温暖柔软的感觉是她小时候所没有的，这使我更加不安了，心头不住地在怦怦乱跳。

好不容易看完了画，我连忙挺了挺身子，以便及时摆脱她这不自觉的半搂抱状态。我略略往外移了移身子，回头看着她说："很不简单，画得非常好。你在这方面的进步超出了我的想象，使我非常高兴。学校里的老师也知道你有这一手绘画的本领吗？"

"学校里谁也不知道。亲娘绝对不许我让老师和同学们看到这些画，免得我更加招人注意。她说我在学校里已经够受人注意了。你可是第一个看到这些画的人呢，不过这件事我也不想让亲娘知道。你说，我以后能不能成为一个画家？要是我真能成为一个画家，你愿意我给你写的文章画插图吗？"

"你有这样一位好亲娘，我相信你一定能成为一个好画家。如果那时候你还愿意给我写的文章绘插图，世界上再没有比这更让我开心的事了！我会一辈子都感到很幸福！真的，小慧，只怕你那时候早把我忘记了！"

小慧不作声，只是心满意足地对我微微一笑。但是，等她把画夹放进了书包以后，却猝不及防地从我身后一把抱住了我的腰，把她的头脸紧紧靠上了我后背部的肩膀。

我大惊失色了，既吃惊，又不安，顿然陷入了手足无措的境地。可是在这样的情况下，我怎么还能把她推开啊，要不我还算得上是一个有感情的人吗？我可不是一个冷血动物！

然而，我还是竭力克制着自己的感情。因为我仍然没有忘掉她还是一个十六岁的女孩子，我怎么能和这样的青春少女去发生什么亲密行为呢！我挺着腰杆久久地坐在那里，既没有躲开她的搂抱，也不敢动弹一下身子，两只手也不知道应该往哪里放，就像一尊泥菩萨似的。

小慧犹豫了片刻，把她的头探过了我的肩膀："你可想知道，亲娘现在最关心我的是什么问题？"

"说吧，我听着。"

"我怕你听了会发笑……你先答应你不发笑，我才对你说！"

"放心说，我怎么会笑你亲娘呢！"

"说出来你肯定不会相信，亲娘现在最关心的是我的婚姻问题，很想给我早点找定一个能使她完全放心的毛脚女婿！"

"有这样的事？你还是一个在读的初中学生嘛！"

"也许亲娘担心我像她一样耽误了一生幸福，又见我一下子长大得比她还高出了不少，只怕我不懂事受了哪个坏男人的欺骗，特别是学校里的男老师和高中部的男同学。她常常对我谈起她年轻时候一次不幸的遭遇，在师范学校里受了一个男同学花言巧语的欺骗，结果又被他无情地抛弃了，从此她就一生心如死灰。所以她最恨那些喜欢花言巧语的男人，最怕我也遇上这样的男人。"

"就算是这么一回事，你现在谈这个问题，不是也太早了吗？"

"你啊，"她突然把嘴凑上了我耳朵根，"你为什么总把我看成是一个小孩子呢？亲娘可不像你那样，她早就知道我已经是一个十六岁的大人了！早在前年春天，我发觉自己身上……可又不知道是怎么一回事……当时亲娘就高高兴兴地劝我别害怕，说我已经变成个大人了！我觉得事情很滑稽：亲娘只怕我忘记自己已经成了大人，你却只怕我忘记自己还是个小孩子，永远也长不大！真不知道应该听谁的好？"

尽管她的话里还充满着口没遮拦的孩子气，却使我听了十分震动和感动。她竟是那样的信任我，说的话已经到了毫无保留的地步，我怎么还能畏首畏尾，无动于衷呢！

接下去，我所一直担心着的事就这样在自然而然的状态下迅速发生了。当我把小慧的身子从我的身后移到了我的身前，我看出小慧丝毫也没有害怕或躲避的意思，她的身子是软软的，什么都顺着我。她双眼微眯，朦朦胧胧地满含期待的柔光。

坦率地说，这时候我已经完全失去了主意。毋庸讳言，投入在我怀抱里的该是全世界最可爱的一个姑娘！她的美是世界上最迷人的美！这不仅是她那明眸皓齿、青春焕发的脸蛋，以及她那发育完备、婀娜多姿的身躯；尤其是，还有她那天真无邪、一往情深的勇气和决心！

可是我能做些什么呢？我能和她接吻拥抱吗？

我相信这是万万不能的！一个二十三岁的大男人，怎么能和一个十六岁的未成年少女去接吻拥抱啊！我可不是一个禽兽不如的下流家伙，一个将被所有的人们卑视和唾弃的流氓坏蛋！

我可不愿在良心上遭受痛苦万分的自我煎熬！

幸而这时候我猛然想起了三年前的那个夜晚，当时小慧不是曾经偷偷亲吻过我的脸颊吗？如果我也这么做了，那倒不妨说是一个应有的回报，不会太让我于心不安的。于是我第一次笨手笨脚地抱住了小慧的双肩，迅速在她的脸颊上轻轻地亲吻了一下。

也许我太心慌意乱了，当时小慧也不太安静，没料到我的嘴唇竟然稍稍碰上了她的一点嘴角，都把我吓了一大跳。

除此之外，我们再没有发生过任何见不得人的亲密行为。我相信小慧也不希望我这么做。

雨渐渐停了下来，湖面上开始出现了淡淡的阳光，已有船只在不断地来往。我们当然应该赶快离开这个令我一辈子也不会忘记的管鱼棚子了。

结果，小慧并没有送我上汽车站。因为经过了刚才这番孩子般的亲热接触以后，她出人意料地变得十分害羞了，眼睛一直看着地面，很有点心神不定的样子。我很快发觉了这一点，就趁机劝她说，她还是应该早点回家，可以避免亲娘对她有太多的盘问。

"好，我就听你的了。"小慧红着脸说。"可是……可是我们什么时候再能见上面呢？你还能早点再到这里来吗？"

我认真地考虑了很久，然后说："来得太勤大概不太妥当吧？我想，最快也得在过阴历年的时候。那时候我可以用拜年做借口，给你亲娘送点拜年礼物来。她请我吃了饭，我送点拜年礼物作为答谢，该说是名正言顺的事吧？"

"我还没有对你说呢，现在时局这么乱，我们这里也像杭州一样并不太平。村里人都说,离月亮湖岸不远的山上,不久前来了一小股便衣队伍,说是为了'抗日救国',实际上干的都是敲诈勒索的坏事。亲娘一想起来就觉得非常害怕。如果你能常常来走走,使我们家里热闹一点,我相信亲娘不会不欢迎你的。你愿意到这里来工作吗?可以找个学校去教教书,这样我们就能常常见上面了!"

"可是,到萧山来工作没这么便当。"

"那么,我可以给你写信吗?"

"写信?就怕你爸爸在传达室里看到了你的信,会认出你信封上的笔迹来的。"

小慧在那里站着不动了,显得很不高兴。

她的不高兴使我十分发慌,只能抱住了她的肩膀,又在她的脸颊上轻轻地亲吻了一下。

十一

这一年年底,也就是 1948 年的 12 月月初,人民解放军开始发动规模很大的平津战役。不出两个月，解放军已攻破了天津防线，北平守军在四面被包围的情况下，以"和平解放"的名义接受改编。国军在北方已无立足之地，只好退守长江一线，暂时形成了南北对峙的局面。

杭州的局势更加混乱了。虽然有关当局加紧了新闻封锁和武力镇压，但老百姓都已做好了迎接解放的心理准备，反抗也就越来越激烈。学生罢课、工人罢工、商人罢市，甚至有的公教人员也因为裁员而起来闹事，加入了反抗的行列。不过我们单位里并没有发生裁员的事（因为人数本来就不多），大家还照常在那里白拿着可怜的一点薪水过活，用平静的，或者是带点前途未卜的不安心情等待着解放。

我从小受父亲"两耳不闻天下事，一心只读圣贤书"的消极影响，在政治上历来都很安分守己，只想做个普普通通的老百姓，做个规规矩矩的小公务员。再加上我又没有机会接受共产党的教育，也未曾看到过任何革命宣传品，所以头脑里谈不上有什么进步思想。正像一般老百姓那样，只是因为当时的社会太腐败了，到了民不聊生的地步，这才使我产生了对政府的许多不满。有时候我就私下暗忖，也许共产党来了会有所改变，老百姓都能过上好日子了。在曾经读到过的一些苏联小说中，已让我隐约体会到了这种新生活的曙光。

然而，我在古今中外的文学作品中，尤其是五四以来的新文学作品和西方十八九世纪的经典作品中，受到"自由、平等、博爱"的人道主义思想影响却十分强烈，其中当然也包括同情弱者的思想。所以我写小说，即便有时候写的是爱情题材，也多半包含着这种思想感情。我常常以此而自慰，认为自己在这方面毕竟和一般的老百姓有所不同,或许也算得上是一个有觉悟的知识分子吧?

在此期间,我很少再有心情写作了,发表的作品就特别少。《浙江晚报》因为经济困难已停止出版,我认识的女编辑陆春芳失业后不得不嫁了人,过起了家庭主妇的生活——这可说是一个客观原因。但主观原因却特别大。自从和小慧在小棚子里偷偷发生了那回事以后,使我一想起来就有点惶惶不安,追悔莫及。是啊,我当时的确太感情用事了,头脑发昏,居然和一个十六岁的女孩子去干了那样的事。即便仅仅是亲吻了一下她的脸颊,明摆着也该是一种亲密接触嘛,让妈妈知道了也一定会骂我是一个糊涂透顶的下流坯子。她会说,给我找一个正正当当的对象我不要,却专门跑到萧山去和一个根本不到年龄的女孩子偷偷调情,甚至还偷偷亲吻了她的脸颊,这不是自找苦吃、自甘堕落还能是什么呢?

万一这件事让小慧的亲娘或者她的爸爸妈妈哥哥姐姐知道了,他们还肯罢休吗?我这辈子还怎么能心安理得地做人,心安理得地写作吗?要想洗刷掉留在小慧脸上的那个亲吻,永远不会有这个可能了!

此外,使我特别担心还有小慧的态度:当时她虽然一时感情冲动或者出于青春情怀接受我这么做,谁知道她事后会怎么想?如果她回过头去想想认为这是我在欺骗她、玩弄她、猥亵她,那就更加不得了,她肯定会恨我一辈子的!肯定会把我看成为另一个朱大伟,甚至比朱大伟还更加朱大伟!因为我已经在事实上这么做了!

过完了阳历年,眼看着就得过阴历年。我的心情更加惴惴不安,不知道该怎么办才好。既然我对小慧已经许下了诺言,这个诺言还应该去实现吗?我真的可以去向她亲娘拜年,再一次和她见面吗?

去,要是小慧也像对待朱大伟那样,不再理睬我,我该怎么办?那会使我羞愧得无地自容的。如果她对我仍然像原来那样的情意绵绵,我又怕我见了她很可能会再一次头脑发昏,一有机会便重蹈覆辙,做出不该做的事来,使自己在犯罪道路上越走越远,永远不会再有改过自新的机会了。

不去,我既然已经答应了她去拜年,怎么能不守信用呢?如果她的确还是在那里等着我,这一来我怎么能对得起她?她没变心,变心的倒是我了,把她弃之于不顾,不就成为一个负心的家伙?事实上我已经亲吻过了她的脸颊,我相信这对像她那样的女孩子来说,可能算得上是一件大事,决不会轻易忘记的。

已经到了小年夜,第二天下午单位里就得开始放假。这天晚上,我到竹竿街去给妈妈买过年物品时,不知道怎么一来给小慧的亲娘也买好了两斤桂圆和两斤冰糖作为拜年礼物,还让店员包成了菱形六角形的拜年礼物包。于是我就索性跑了不少文具店,买了一套专画水墨画的毛笔,算是送给小慧的过年礼物。不过我仍然没有决定去还是不去。如果到最后决定不去,反正桂圆和冰糖也可以让妈妈吃,毛笔留下了也可以给自己用。

我回宿舍的时候已经九点钟。刚进宿舍大门,迎面出来了两个警察,免不得使我有点吃惊。因为我们宿舍里以往从未进来过警察。上了二楼,我发觉吴科长家里不像以往那么平静,小慧的妈妈呜呜哇哇地哭得很厉害,她丈夫在连声劝着她,不知道发生了什么事?

等我进了三楼卧室,朱大伟一见我进门就迎上来对我说:"你这家伙,还有心思买了这么多年货准备回家去过年?和吴必芳一比,你的思想实在太落后了,总是在浑浑噩噩中过日子!告诉你,吴必芳走了，瞒着家里人走了，他已经去奔赴革命队伍，听说参加了浙江游击区的金萧支队！我很佩服他！也很羡慕他！"

"真有这样的事？"我连忙放下了手里的东西，"我早就看出吴必芳思想很进步，近来又是那么忙，发生这样的事也并不奇怪。可不知道会不会影响到他家里人的安全？好像刚才已经来过了两个警察，他们对吴必芳的爸爸妈妈怎么样？不会给他们一家人带来太大的麻烦吧？"

"你这家伙就是胆子太小。眼看着国民党反动派就要垮台，现在反动警察对这样的事还敢怎么样？大不了前来调查一下，问些情况，例行公事一桩！整个杭州城里前去参加革命队伍的大中学生已经多得不计其数，能把他们的家属全部抓起来去坐牢吗？反动警察也得为自己留一条后路嘛！不过，吴必芳这家伙也太不够朋友，对我也瞒得这么紧，要不我一定跟了他一起走！我可不想眼睁睁等着人家来解放我，将来在单位里被人当作一个留用的伪职员太没意思了！我问你：如果我走，你有没有胆量和我一起走？"

"我不知道。我没有想过这个问题。"我老老实实地回答。

"对了，郁北英，这会儿我突然想到了一个计划：要是我跟了你一起到你家去过年，你欢迎我去吗？"

"怎么，你不想回自己家去过年了？"

"在如今这个局势下，我哪还有心思回家过年？到你家去，目的也并不是为了去过年。你们富阳和萧山是邻县，我很想到萧山乡下去打听一下金萧支队的消息。既然叫金萧支队，萧山肯定有他们的据点，我相信到了萧山一定能打听到，打听到了我就去找吴必芳。就这样说定了好不好？明天就和你一起走，这点朋友交情你总该有吧？"

这一下，我可再也说不出什么话。我怔怔地看了他很久，只好答应了他这突如其来的要求。

当天晚上，朱大伟上床后就呼呼地睡得很好，我却一直在心神不定中失去了睡意。我想的事情可多了，头脑里一片混乱，到了下半夜才勉强迷糊了一会儿……

十二

第二天，朱大伟这位不速之客的突然来到我家，使我妈妈慌了手脚。

我妈妈历来是一个十分好客的人，虽然这期间手头特别紧，家里没有置备多少年货，但来的是我单位里同寝室的同事，称得上是一位好朋友，她哪会不尽心尽力地招待他。她听朱大伟说他喜欢喝黄酒，酒量很大，就专门去买了两斤绍兴花雕，还在原来准备的过年菜以外专为他炒了两盘下酒菜。朱大伟毫不客气地大吃大喝，喝光了两斤绍兴花雕不说，还让所有的碗底都朝了天。这顿年夜饭足足吃了两个半钟头。这在我们家里可还是第一次。

朱大伟酒醉饭饱以后，东歪西倒地说是要睡觉了，我赶忙给他端来了洗脚水。但他连看也不想看，倒下了头去，脚上的臭袜子也来不及脱掉，已经直挺挺地睡上了我的床。

妈妈已看出朱大伟是一个不懂礼貌，只顾自己而不顾别人的人。不过她还是十分宽厚地容忍着。她看看朱大伟一转眼之间已鼾声大作，便一边和我一起收拾碗筷，一边小声说话。

"他睡了也好，我们可以私下说些话了。你这个同事不会是专门到我家来过年的吧？到富阳来还有别的什么事没有？"

"他说他明天要到萧山去。"

"大年初一到萧山去干什么？他在萧山有什么亲戚吗？"

"我也不知道他要到萧山去干什么。"我怕妈妈为我担心，没有把事实真相说出嘴来。妈妈一向胆子很小，尤其是关系到政治方面的问题。

妈妈看了看放在碗橱外面那两个菱形的拜年礼物包，又说："要是他明天就要到萧山去，我们收受他这两个正正经经的大礼包就有点过意不去了。你明天会跟了他一起到萧山去吗？要是你也一起去，你就请他再回到这里来好了。我可以再省下点钱来给他去买几斤绍兴花雕，反正过年小菜碗橱里还是有一点。"

妈妈说的那两个"正正经经的大礼包"，指的当然是我打算送给亲娘的桂圆包和冰糖包。在这样的情况下，我当然只好顺着妈妈的话默认了。我忙说："朱大伟为人爽气，他送的礼物收下就是了，我已经谢过了他，你不必再对他提起这件事了。"

说完，我赶紧把两包礼物都放进了碗橱。

第二天早晨朱大伟一直睡到八点钟才起床，吃完了一大碗白糖糯米豆沙馅汤圆，他果然提出要我陪了他一起到萧山去。他说他的浙西口音太重，对萧山的情况又不熟悉，一个人去可能会遇上什么不方便，由我陪他一起去，事情会好办得多。

老实说，我从一开始就认为朱大伟这样凭着一时的热情想到萧山去打听金萧支队的行踪，投奔革命，绝对是一种心血来潮式的盲目行为。萧山乡下那么大，东南方向到处是辽阔的山区，没有一点线索能到哪里去打听？向什么人去打听？再说，他又没有一个联系人，即便真的打听到了金萧支队的行踪，也不容易找到他们，找到了他们也不可能会轻易收留他吧？

不过，他这种急着想去投奔革命的热情也让我相当佩服，我可不能过分泼了他的冷水。此外，我也不想再听他骂我是一个"胆小的家伙"，把我看成为一个真正的胆小鬼。到萧山去又很方便，跟他一起去打听打听或许也能让我多了解一点萧山的情况。我没忘记小慧说起过月亮湖东南山上有一支为非作歹的反共队伍，这件事一直搁在我的心上，很为小慧她们娘儿俩担心，所以我很希望能趁机在这方面打听到一点确切的情况。

于是我就答应了朱大伟的要求。

但是，万一我们在萧山碰上了小慧，那该怎么办？说好了去拜年我没去，却和她最讨厌的朱大伟在萧山一起游荡，这叫我该怎么向她解释呢？"也许不会有这么巧的巧事吧？"我只能这样自己安慰着自己了。

我们在萧山西门外长途汽车站下车已经快近十点钟。因为这天正是大年初一，萧山本地人在街上来往的很少。令我吃惊的是，这里也到处见得到伤兵老爷和北方来的流浪汉了，他们在街上大呼小叫，见了我们也流露着恶意的目光。好在我们两个的个子都不算矮小，尤其是朱大伟，一米八五的他穿着一件满是油腻的棉大衣，脚上是一双高帮老爷翻皮鞋，更显得威风凛凛，所以没有人敢对我们怎么样。

商店十有九家都上紧了门，贴着"春节假期停止营业"的纸条。

"你可知道这附近有茶店没有？我们应该先到茶店里去喝杯茶，茶客们中间很有可能会有人谈到我们需要的新闻。"朱大伟小声说，一脸胸有成竹的神气。

我们走没多远，果然看见西门上街有一家茶店在照常营业，便进去坐下了，要了两杯绿茶。不料我们很快发现，店堂四周的柱子上都贴满了小小的字条，上面写的都是"莫谈国事"四个字，这不免使我抽了一口冷气。事实上茶店里的茶客很稀少，只有几个看着茶杯在发呆的老伯伯。我这才敢于断定，要想从茶店里打听到有关金萧支队的消息，不过是朱大伟自作聪明的妄想罢了。

中午饭我们就马马虎虎在茶店里买了几只肉包子充饥。下午还该怎么行动，朱大伟自己也已心中无数了。他闷声不响地坐着，看上去好像已失去了到乡下去打听的决心。

然而，正是在这个令人灰心丧气的时刻里，我们渐渐听到附近不远的什么地方，传来了嘈杂的人声，不一会儿人声突然停息了，随着响起了十分嘹亮的齐声大合唱：

"团结就是力量，

团结就是力量！

这力量是铁，

这力量是钢！

比铁还硬，比钢还强！

向着法西斯蒂开火，

把一切不民主的制度死亡！

向着太阳，向着自由，

向着新中国发出万丈光芒……"

这支歌我和朱大伟都是十分熟悉的。杭州的大中学生人人都会唱，人人都爱唱，有的小学生也会唱。我也常常到处随口唱，甚至在办公室里也不当一回事地唱。朱大伟由于五音不全，不会唱歌，但他常常把歌词当作诗歌朗诵，在寝室里朗诵得声如洪钟，怒目圆睁，仿佛他的眼前就是那些个"法西斯蒂"，恨不得"把一切不民主的制度"立时"死亡"。

我们知道，在那段时期内，如果什么地方有大批的人在群情激昂地高唱着这支歌，那就说明那里肯定有进步学生将要举行什么进步的群众活动了。这支歌就是举行进步活动的前奏曲。

歌声一起，朱大伟立即猛地站起了身子，神情振奋地说："你听！你听！天哪，那才是我们该去的地方！"

等我叫来堂倌付清了茶钱和肉包子钱，朱大伟早已奔出店门，很快消失了踪影。

我就迎着歌声的方向没命地追去，好不容易才在一条弄堂后面的开阔地里追上了他。

十三

出现在我们面前的是"萧山县立高级中学"的大门。大门里面是一个很大的操场,操场后面正中搭着一个舞台,舞台上首拉着一副横幅,横幅上写着很大的一行字:

"全校同学庆祝 1949 年春节联欢演出。"

演出还没有正式开始。操场上已经人头挤挤。在一位高个子男同学的指挥下,所有的人都不断地齐声高唱着这首《团结就是力量》。

朱大伟只顾昂首挺胸地往前走,却被站在大门口的两个学生纠察拦住了。我也只好停下了脚步。

"请问你们到这里来干什么?"

"我们是从杭州来的,找你们的学生自治会负责人。"朱大伟说,态度不亢不卑,语气很坚定。

"你们是什么部门的?"

"浙大！"朱大伟毫不犹豫地大声答道。

两个学生纠察相互对望了一下，立即流露出了惊喜和友好的目光。不过他们还是悄悄耳语了会儿，然后问："可以看看你们两位的学生证或者介绍信吗？"

朱大伟笑了笑，十分从容地解开了他的棉大衣扣子，敞开了，让对方看了看他佩带在黑色学生装胸口上的一枚"国立浙江大学"的校徽。这使我绷紧了的心总算略略放松了一下。

真不知道这家伙从什么地方弄来了这枚"浙大"的校徽？呵，对了，想起来了，朱大伟说过他有一个表哥刚从浙江大学新闻系毕业，大概他早有准备，从他表哥那里拿来了这枚校徽。可是，这里面已包含着弄虚作假的成分，在中学生们面前有弄虚作假的必要吗？

或许他认为浙江大学的学生更容易和他们搞好关系吧？

"都是自己人嘛，"朱大伟傲气十足地说，"我们是偶然经过的，听到你们的歌声就前来助兴，想和你们的负责人见见面，建立点友谊罢了。"

那两个嘴上没毛的中学生又小声商量了会儿，说了一句"我们的自治会主席姓陈，现在不知道在哪里，你们自己进去找"，便给我们放了行。

进入学校大门，朱大伟叫我在操场墙角边上等着，他自己便大摇大摆地朝学校大楼走去，大概急于去寻找学生自治会负责人所在的地方。

这时候我终于有了一点属于我自己的清闲时间，可以用来考虑我自己的心事了。我首先想到的自然是会不会在这里碰上小慧的问题。如果她今天也来参加联欢活动，这会儿也必然在学校里，很可能就在我面前的人群当中。我既怕碰上她，内心深处却又很是想见到她，充满了难以言说的矛盾。我还是忍不住细细扫视着人群，渴望能找到她的身影。

果然有一个女学生从附近的人群中挤了出来，快步跑到了我的面前。

这不是小慧还能是谁呢！

"啊，小郁哥哥！你怎么到我们学校里来了？"她十分惊奇站在我面前问，一边回头朝四下看，脸上已变得通红通红。她身上穿的是一件棉旗袍，外面是非常朴素的灰布罩衫，"你不是说好了要到我家来拜年的吗？我还怕你今天下午能来呢，在家里碰不到我那该怎么办。因为学生自治会要求我们人人都来参加这个活动，我才不得不来的。大概你已经去过我家了？是亲娘叫你到这里来找我的吗？"

"不，我没有去过你家。"我回答着，不知道事情该从何说起。不过我已经看出小慧对我的态度并没有改变，依然是那么热情和友好。我的最大的心病很快就完全消除了。

"我哥哥对你说了我们已搬到城里来居住的事没有？"

"没有啊！是你写信让你哥哥告诉我的吗？"

"就是。我怕你新年新岁到乡下去扑空，所以不得不给哥哥写了这封信。他怎么会没有对你说呢？"

我就把她家最近发生的事小声对她说了一下。

她很吃惊，许久才说："要不，我现在就去请个假，先和你一起回家，到了家再好好听你说。我和亲娘现在就住在这里附近，走去只有十分钟的路，过了西门桥就到。我已经对亲娘说过你准备来拜年，她听了很高兴。真的,一点不骗你。不过亲娘的身体不大好,近来常常发头晕病,吃不下饭。"

"不,我现在不能去。"

"怎么啦?你不想去给亲娘拜年了?"

我正在考虑该怎样对小慧说清楚我来萧山的原因,一抬头看见朱大伟已经来到了我们的身边,就赶忙闭上了嘴,一时显得很尴尬。

"这是小慧吧?"朱大伟一脸惊奇的神色,"我都有点认不出你来了!你们两个怎么会在这里说话?"

朱大伟的突然出现,小慧很感意外。她用疑虑重重的目光看了我一眼,根本不去搭理朱大伟,转身就走开了。她很快挤入了人群,挤进了原来的地方。

可是,当我和朱大伟走出学校大门不远,猛然听到小慧在后面大声叫唤着我。她上气不接下气地追了上来,拼命在向我招手,叫我回到她的身前去。

等我走近,她迅速把一张字条塞到了我的手里,用极低的声音说了"新地址"三个字,一扭身便奔回了学校。

"你和小慧从什么时候起变得这么亲密了?"朱大伟笑着问,看得出他脸上是一副莫可奈何的苦笑。"刚才她给了你什么?"

"她虽然读上了中学,实际上还是一个孩子,完全是小孩子闹着玩的事。"

"孩子?她哪还是个孩子啊!我没想到她会长大得这么快,至少已在一米六七了!比她姐姐还长得苗条、丰满和光彩照人呢!"

"怎么样?还是说说你自己的事吧?"我赶紧岔开了话题说,"找到了学生自治会的负责人没有?可已打听到了金萧支队的消息没有？"

"这个，叫我怎么对你说呢？我只能对你说，我准备现在就到诸暨乡下去，那里可能会有点希望。不过，实话对你说，我的皮夹子已经空了，这个月的薪水全部还了小酒店里的欠账。到诸暨去，买火车票的钱也没有了。"

朱大伟的话使我大大地松了一口气，既为了我自己，也为了我妈妈，更为了小慧。小慧追上来给了我她家的新地址，当然很希望我到她家去拜年。我只有摆脱了朱大伟，才能去拜年。

可是我的口袋里也没有足够的钱能够资助朱大伟到诸暨去。

怎么办？

我当机立断，决定把腕上的手表拿去换钱，立即付之行动。我决不想为了朱大伟而失去和小慧在一起的机会。

算是我的运气（其实也是朱大伟的运气），我们来回跑了近一个钟头的路，终于在一条弄堂里找到了一家当铺。谢天谢地，当铺还是在照常营业。经过一番讨价还价，我的一只花了二十二枚银元代价才买来的手表，"当"了大概相当于八枚银元代价的金圆券。我把大部分钱给了朱大伟，估计他足够买来回火车票和维持三四天的食宿费（如果他不再喝酒的话）；余下的，还可以让我给小慧的亲娘买一点不至于过分寒酸的拜年礼物了。

我把朱大伟送上火车已经三点钟过头。等火车离站以后，我就在火车站附近一家南货店里照原样买了两斤桂圆和两斤冰糖。

这时候我才可以细看小慧的字条了，那上面只有"西门桥下街15号旗杆墙门第5进"这么一行十分潦草的铅笔字。

我万万没有想到，不一会儿，等我来到了"西门桥下街15号"

大门外,看见小慧已经在那里等着我了!

小慧一见我就高高兴兴地说:"我相信你一定会来的,所以从学校里回来连家也没有进,就在这里等着你。"

"你怎么知道我现在能来?"

"我当然知道!我相信你只要有可能,一定会摆脱了朱大伟到这里来的!不过,我可得问问你了:你是怎么摆脱了朱大伟的?"

"算我们运气,他突然说要到诸暨去了。要不我还不知道该怎么摆脱他呢。"

"就算他不想到诸暨去,我相信你也会有办法的!这一点我哪会不知道?你肚里有几根肠子我都知道!"

说着,我们已经进入了大宅邸的小边门。小慧在前,我在后面小心翼翼地跟着她走。小边门里面是一条长长的屋内弄堂,没有一扇窗户,非常黑暗,简直到了伸手不见五指的地步。

"到你们家去,怎么一进门就是这样一条长长的黑弄堂?你平时进出也走这条黑弄堂的吗?要是在这里遇上了下流的坏蛋该怎么办?"

"我也常常这么想,亲娘也常常为这个为我担心。所以我平时都是绕道到屋后的后门进出的,免得亲娘为我担心。"

"如果走后门的确比较安全,我也希望你以后还是走后门的好。"

"可是,今天怎么样啊?你不怕我已经遇上这样的坏人了?"小慧笑嘻嘻地说着,很快把她的一只软软的小手,递到了我的手心里。

这一下,我自然又心慌意乱地失去了主意,全身的血液立刻像即将暴发的岩浆那样沸腾了起来。不过,小慧的手虽然让我紧紧地握着,她却并没有停下脚步的意思。我也没有停下脚步去做那类不该做的事。我自信不是一个胡作非为的流氓坏蛋，也不是另一个朱大伟。

十四

　　这天我在小慧她们家里并没有留得很久。因为我去得太晚了，已接近于傍晚，按规矩已不是上门拜年的时候。小慧的亲娘本来睡在床上，听说是我去拜年，还是勉强坐到厅堂里来和我说了不少话。她的脸色很憔悴，瘦了，长方形的脸盘更像她的上海兄弟一般，而且比她的上海兄弟苍老得多。

　　她说她的身体都是因为心事太重，天天都在惶惶不安中过日子，日子一久才成的病，头晕起来就浑身出冷汗，天昏地暗，不住地呕吐和心头痛，心慌得喘不过气来，已经看过了几次中医，吃了二三十贴药也不管用。

　　她说，月亮湖岸山上那股反共便衣队伍，实际上是一伙十足的土匪强盗，他们在一个风雪夜抢了一座尼姑庵，把老尼姑架在火盆上烤,逼着她说出庵里的全部金银财宝和两个小尼姑的藏身处,抢走了所有的金银财宝不说,还强奸了这两个十四五岁的小尼姑。听到了这样可怕的消息,她们怎么还敢在那里生活下去呢? 但搬到了城里以后,现在看来也不是太平无事的天堂。满街都有为非作歹的伤兵老爷,他们什么事都做得出来的,调戏年轻妇女更是他们的拿手本领。小慧上学虽然总是和宅邸里的几个同学一起走,路又很近,但有时候难免还是会碰上几个伤兵老爷,听到一些很不入耳的下流话。只能说,县城里毕竟到处有老百姓,人多势众,比乡下稍稍多了一点安全感。

她问我现在杭州的治安情况是不是更加恶化了。我就在介绍治安情况的同时,把小慧家里近来发生的事对她细说了一下。她对她侄子吴必芳投奔革命部队的事并不感到怎么吃惊,只是立即告诫小慧说:"这件事你听了就算,千万不能让别的任何人知道,对长根婶婶也不能说。现在我们这里还是民国政府的天下,乱世多灾祸,一切都得小心谨慎。"

我刚坐下的时候,上一次曾在乡下见过面的那个长根婶婶,很快给我端来了茶水,看上去她已在她们家当长期保姆了。

时间过得很快,我还没有和小慧说上一句话,她们家的时鸣钟已经敲响了五点钟。我知道回富阳的末班汽车该是六点钟正,不得不站起来告辞了。

然而,正像上次在白墙头屋里做客时那样,临到我快要离开的时候,亲娘又突然说出了一番让我感到十分意外和高兴的话。

"小郁,"她神色庄严地看着我说,把"小郁先生"中的"先生"两字给省略掉了,"你今天能来,我很开心。我家交际太少,没有一个比较知心的年轻朋友能给我帮忙做些事。和你交往的时间虽还不长，但我已看出你是一个老实可靠的人，所以很想请你帮我处理一件私事。但不知道你肯不肯帮忙？"

"只要我能做到的，我一定尽力做到。"

"从我现在的身体状况看，我想我也得好好考虑一下身后的事了。我放心不下的是两件事：首先是小慧，过了年，她已经十七岁的大姑娘，比'二八年华'还大了一岁年纪，按照我们小县城里的习惯，早就是该找婆家年纪了。我很担心姑娘家到了这个年纪还是懵懵懂懂的，错过了青春年华，就会像我一样白白耽误了自己的一生幸福。我就是放心不下，小慧日后究竟会找上怎么样的一个男人，因为她的男人也就是我的后代，成了我家的当家人。这却不提。我现在要和你商量的，如果你哪天有空，能不能前来帮我计算一下我这辈子里究竟有了多少积蓄，给我开一张简明扼要的账单，使我一看就能明白。我自己的头脑已经不行，小慧成天只知道功课和绘画，叫她算账比我还算不清楚。所以我经过仔细考虑，在我相识的有文化的年轻人中间，你是最合适的人选了。上次你到我家来，等小慧送走了你回家以后，我就认认真真地问了她一下，她在我面前回答得倒也老实，吞吞吐吐地对我说，说是……说是……"

"亲娘！"一直静坐在一边的小慧猛地尖叫了一声，站起身就逃进了卧房。

亲娘的话当然使我感到非常意外，同时也让我满脸通红地不知道该说些什么才好。我只能装作是"木知木觉"的样子，闭嘴不说一句话。不过，亲娘要求我做的事，我立即满口应承了。

于是，当时就这样说定了：第二天一早我再到她们家里来一次，给亲娘算好这份财产明细账。

我是当天晚上七点钟才回到家里的。妈妈发现朱大伟没有和我一起回来,似乎有点失望,因为她已经买好了两斤绍兴花雕。她问我朱大伟究竟是怎么一回事,我仍然答非所问地对她搪塞了一番。

不过,有关我自己的事,我经过慎重考虑,便向妈妈直言不讳地公开了。我说,我在萧山已经找到了一个让我非常钟爱的姑娘,姓吴,单名一个"慧"字,家里人都叫她小慧。我把小慧的家庭情况,她为什么要过继给她大姑妈的原因,她大姑妈是怎样一个人,以及她如今还在读初中,等等情况,都毫无保留地对妈妈说了一遍。唯一没说实话的,就是把小慧的年纪说大了一岁。我说:"最大的问题是对方还只有虚龄十八,和我相差了好多岁,按照现在大城市里的流行习惯,似乎太年轻了一点。"

妈妈听后却意外地高兴,立即说:"只要双方感情好,相差六七岁年纪也说不上是什么大问题。我嫁给你爸爸那年还只有十六岁,你爸爸当年已经二十三,第二年就养下了你的大哥,我和你爸爸还不是和和睦睦地生儿育女了几十年。不过,那姑娘虚龄已经十八,怎么还在读初中呢?"

"那是因为她小时候时局太乱,迟上了一年学。"

"还有,从你说的听来,姑娘的继母好像很有钱,这倒是一个问题,她继母怎么会看中你这个穷书生呢?"

"这就不管了,反正只要她本人愿意就行。"

"大概那姑娘长得如花似玉一般吧?我早就看出你近些日子来,一直有点神魂颠倒的样子,无缘无故赶到萧山去。也好,只要你自己中意,我就放心了。你也的确应该早点解决这件大事了。"

十五

第二天吃完早饭,我又提出了要到萧山去,妈妈笑着说:

"你要去,我怎么还能阻止得了你。不过有一点我得提醒你一下:对方还是个初中学生,和这样的姑娘谈朋友一定得有个分寸,可别亲热得太过头了,闹出什么不该做的事来!"

给小慧的亲娘计算财产,花了我整整一个上午。因为她的存款存折多得不得了,什么中南银行、兴业银行、中央银行、商业银行,凡是杭州有的银行都有她的存折。实际上里面的存款已大大贬值,数目虽大,却已派不得什么用。不过她还有相当多的大小金条和银圆,使我看了大开眼界。此外就是房契和地契。她在月亮湖周围一带加起来共有八亩出租田,每年都委托代理人给她收租米。至于首饰之类的贵重物品,更是不计其数。

在我忙着给她算账和写清单的时候,她都在一边看着,时不时给我做一点说明。小慧只顾自己躲在书房里绘画和做功课,没有出来和我说过一句话。昨天她亲娘最后说的那半句话，反而使她和我生分了，这让我很有点心绪不定。

亲娘对我所做的一切非常满意。吃中饭的时候，她突然拿出了两只手表，一大一小，显然是一对男女鸳鸯手表，叫我和小慧伸出手腕去，非要给我们戴上了不可。

"北英，"她眉开眼笑地对我说，已经直呼着我的名字了，"今天把你辛苦了，谢谢你，这点小意思给你留个纪念。"

我大吃一惊，一而再、再而三地拼命推辞，结果还是没有推辞掉。

亲娘在给小慧戴上手表的时候，只说了一句话："你也到了该戴手表的年纪了，但不能到同学们面前去招摇。"

饭后，老太太快要上床去午睡的时候，小慧好像临时想到似的提出了一个主意，说："亲娘，你不是常常想去整理一下白墙头屋里的东西吗？今天趁着他在这里，就由我们两个去整理一下好不好？"

她亲娘看了她一眼，脸上露出了一丝隐隐的微笑，说："好啊，你想去，就和北英一起去整理一下吧，叫长根婶婶和你们一起去，帮着你们打扫打扫。"然后，她关照我以后经常到她们家来走走，就进房睡觉。

我们到达月亮湖边上的"白墙头屋"，还不到一点半钟。一路上小慧一直和长根婶婶走在一起，和我没说多少话。进了屋，我们都脱下了棉外衣，系上布围裙，帮着长根婶婶打扫屋子，上上下下都打扫得干干净净。接下来，在小慧的指点下，我就帮着她一起整理东西。整理的都是她亲娘多年积下来的设计图案和织物样品，整理了满满两大口玻璃橱。这当儿，长根婶婶已经烧好了开水，让我们洗了脸，漱了口，还给我们送来了茶水和一只热水瓶。

"休息一下吧,我都快要累死了,"小慧说,"长根婶婶,你也可以去休息一下了。"

"我想趁便回家去看看,大概一个钟头后再回到这里来。"

"好啊,过年了,你的确应该回家去看看,和长根叔叔多说几句话。我们还得整理别的东西呢,你迟一点来也没有关系。"

这样,我和小慧已经有了单独在一起的机会。

小慧脱去了棉旗袍以后,像她小时候那样,只穿着一套紧身的红毛线衫裤。但和她小时候不同,这套紧身的毛线衫裤,使她的一身曲线完全呈现在我的面前,显出了从未有过的挺拔、丰满和苗条。她扯了扯毛线衫,随手把身上的布围裙也解开丢掉,然后背转身去站到了窗口,似乎还不想和我说一句话。

"小慧。"我试着叫唤了她一声。

没有回答,也不见她转过身来。

"怎么啦,小慧?你在想些什么?"

还是没有回答,还是不见她转过身来。

我开始紧张起来了。也许我什么时候得罪了她?可是我想不出什么时候得罪了她啊!

我犹豫了会儿,小心翼翼地走到她了的身边,探着头从侧面看了看她的脸。

她很快把脸转向了另一边,但还是让我看到了,她脸上呈现着一个浅浅的小酒窝。这说明她正在那里偷偷地笑。我放心了。我看出她并没有真的对我生气,不过是故意在和我闹着玩罢了。

果然,当我的手刚刚搭上了她的肩膀,她就猛地转过身来,用双手使劲推我的身体,很快把我推到了椅子上。在这同时,她顺势一跳,就跳上了我的双腿,面向着我坐到了我的双腿上,而且很快搂住了我的脖子根,把她的脸紧埋在我的肩膀上。

"我问你:现在你还会教训我,不许我这么做吗?"她的口气还像她小时候一样调皮,甚至更加调皮。

我早就被她这"突然袭击"搞得手足无措,心里又惊又喜,哪还有回答她的思维能力。我唯一能做的就是用双手迅速抱住了她的腰。这显然使她很高兴,便及时扭摆了一下身子,使她的身子坐得更加舒服一点,搂抱得也更加紧密了一点。

"这么说,你现在不怕我坐到你的身上来了?亲娘已经给了我们一对男女鸳鸯手表,你总该明白她的意思了吧?"

"我不知道,"我也故意和她开起了玩笑,"反正我现在什么都得听你的了,你爱这么做我还能有什么办法呢?让你亲娘知道了也只能老老实实地挨她的骂了!"

"告诉你,我亲娘对你的印象好得不能再好了。那天晚上她问了我不少话,都是关系到你的,问得我心里很是发慌,低下了头什么也不敢回答,结果,我的心思,就这样全都被她看出来了。后来她就对我说,等我初中毕业以后,如果我不嫌你比我大了这么些年纪,那时候你对我也还是现在这样的态度,她想让你早点住到我们家里来,使家里早点有个主心骨可以依靠。她还说,萧山人一向通行招女婿,能给我招上你这么一个女婿,她也算是心满意足了,又是一表人才,又是知书达理,大了点年纪多有点生活经验也使她特别放心。她还说,怕的就是你妈妈不肯答应,你说说,到时候你妈妈会答应吗?"

天哪,我怎能料到,小慧竟会说出这么一番话来!她不是已经秉承了她亲娘的主意,在和我谈婚论嫁了?难怪她先是羞羞答答地不肯和我说一句话,然后又疯成了轻骨头似的一个,和我亲热成了这副模样。

可是她毕竟还只有虚龄十七岁年纪,现在就对我提出这个问题,不管怎么说也太早了,这叫我该怎么回答她,很有点无所适从。

十六

我什么也没有回答,不过对小慧的爱心却一下子增加了好几倍,一直折磨着我的道德良心的负罪感也减轻了不少。既然已经在谈婚论嫁,我还何必要自寻烦恼,顾虑得太多呢!

我立即抱住了她的双肩,让她的身子略略离开了我的身子,然后眼睁睁看着她,第一次用最最专注的目光,盯着她那双天真得仍像孩子一般的大眼睛。我竭力想从她的眼神中,找出一点我所期盼着的成熟女性应有的主见和理性。

"干吗啊?你看得我都有点害怕起来了!我和你说正经的,你却在那里装聋作哑,好像不相信我的话?"她这么说着的时候,眼神里表现出来的果然有了不少成人气。

"小慧，你想想，我怎么会不愿意和你一辈子都生活在一起呢！我太高兴了！真的，我都高兴得不知道该怎么回答你才好了！现在你愿意和我一起快乐一下吗？我现在真想和你好好胡闹一下！"

"你爱怎么样我都喜欢……"

于是我就托起了她的身子，猛地站立了起来，接连不断地在地板上打起了转。我转得那么快，转得她紧紧搂住了我的脖子，尽是嘻嘻哈哈地高声大笑。转了大概有十几转，我才把她放到了床上。这是她亲娘原来睡的床，一张西洋式样的铁床。

"怎么不转了？还没转够呢！再转！再转！"

我没搭理她，却开始用手在她身上轻轻乱抓，到处呵痒着她，既"痒"她的脖子，又"痒"她的胳肢窝，然后就"痒"她那软软的细腰。

这一下，她被我"痒"得不住地在床上翻来滚去，笑得喘不过气来了。她不得不连声哀求着，拼命捉住了我的双手，然后死死地钩住了我的脖子不放，一下子把我的脖子勾到了她的身前，让我的嘴巴，对上了她的嘴巴……

我们的身子都静止着不动了——这一回，我们才算是像相爱的情侣一般真的亲吻了起来。这是我和小慧的初吻，也是我有生以来第一次和异性接吻。开头我们都不太懂事，没有经验，老是让自己的门牙碰上对方的门牙，幸而很快就无师自通了……

我们忘情地相互亲吻着，吻了一遍又一遍，没完没了。除了疯狂地亲吻，周围的一切似乎都已经变得无影无踪……

我不敢预料，这以后我们还会发生些什么，因为我们已经处于忘乎所以的激奋状态中。青春的热血早已流遍了我的全身，妈妈对我的提醒在我头脑里已经消失得干干净净。我相信小慧的身上也已奔腾着这种青春的热血。她微合着双眼喃喃地说了这么一句话：

"要是我再大一两岁年纪该有多好，我多么希望现在就已初中毕业了……"

事情的发展真不知道会怎么样，幸而，这当儿我们听到了长根婶婶在底下叫门的声音。

小慧大吃一惊，手忙脚乱地推开了我，急忙跳下了床。她匆匆穿上了棉旗袍，一边大声答应着，一边急着往楼下跑。我注意到她的头发有点散乱，脸上还残留着两朵桃花般的红晕，可不知道长根婶婶会不会在她身上看出些什么。

回城途中，小慧不愿意和长根婶婶走在一起了，一路上尽是和我说说笑笑，还设法支开了长根婶婶，公然陪着我一起到了汽车站。

临分手的时候，小慧叮嘱我说，如果她亲娘有事要我到她们家里来，她就给我及时写信，我不管怎么样也得尽快赶来，决不能让亲娘失望。她还说，她不再害怕她爸爸认出她信封上的笔迹了，反正她的事完全由她亲娘说了算。

"不过，你最好还是和我爸爸妈妈少见面，少说话。那次你为亲娘带去了一些土产，爸爸妈妈都觉得很奇怪，说你怎么会专门到乡下来看望我。爸爸的信里明摆着有这个意思，他们很不希望你再到乡下来看望我。"

"你放心，我懂了。"

这一次，我们是在恋恋不舍的状态中分手的……

从这年春节到 2 月中旬，半个月不到，在我的生活周围发生了不少意想不到的变故。

朱大伟去了诸暨以后，再没有回到单位里来上班，大概他真的在诸暨找到了金萧支队，参加了革命队伍。我一方面很为他高兴，但也有点为他担心，不知道这和他冒充"浙大学生"是不是有点关系？如果真的是因为他冒充浙大学生的结果，未免会留下某种后患吧？弄虚作假决不是一件好事，何况是参加革命队伍这样的大事。

朱大伟的突然失踪，给我带来了一些麻烦。那两个警察再一次上门来调查，而且找的正是我。他们说，据他们从门房老头那里了解到，朱大伟是跟了我一起到我家去过年的，怎么一去就不辞而别，对单位也没有一个交代，究竟是到哪里去了，非要我说清楚不可。他们还要我详细提供朱大伟在日常生活中的所有言行，是不是有什么可疑的亲共倾向？

我当然不会对他们说实话，一问三不知，胡编了一个谎话，说朱大伟并没有真的到我家去过年，他到哪里去根本和我没有任何关系。

两个警察见我态度十分坚定，最后只是翻了翻朱大伟和我的一些书，带走了朱大伟一本薄薄的油印本和我的一本《苏联文艺》就走了。我向他们提了抗议，说《苏联文艺》是时代出版社公开出版的刊物。可他们却蛮不讲理，根本没有理睬我。

此后不久，在过完春节假期的第三天，小慧的姐姐小敏也瞒着她爸爸妈妈突然离家出走了。这不奇怪，我相信肯定是吴必芳把她叫到他所在的革命部队里去了。吴科长家连续发生了这样的事，局长就叫了吴科长去谈了半天话，训得他脸色发白，回到家里来和他老婆抱头痛哭了一场。

特别让我大为吃惊的，一天，计划科有一个和我差不多年纪的小青年，突然晚上在家里被刑警队抓走了，据说还在他家里搜出了一些秘密文件和印刷机。这一下，闹得整个单位都人心惶惶。

正是在这段日子里，我收到了小慧的一封信，叫我星期天一早到她们那里去一趟，说是她亲娘要和我商量一个大问题。

于是我就提前在星期六下班后火速赶到了她们家。

十七

一进她家的门，我就发现老太太的身体更加不行了。小慧小心翼翼地在床边上喂她喝汤。我的到来总算使她们两个都有了一点笑容。老太太立即推开了汤碗对我说，其实她连喝汤的胃口也没有了，小慧一再劝她喝，她才不得不喝几口。她说她的日子大概不会太久了，所以才让小慧写了这封信。

"这样吧，小慧，你马上陪了北英去吃晚饭，然后叫长根婶婶把客房好好收拾一下，看样子今天只能请北英在这里过夜了。"老太太竭力打起了精神说，"你可以把我的意思先对北英说一说，让他好好考虑一下,等考虑成熟后再来对我说。反正我已经是个半死人,只要你们两个商量定当了,我都听你们自己的主意。要是我睡着了,就等到明天早上再来告诉我。"

小慧服侍她亲娘躺下了以后,和我一起来到了厅堂里。

我很不安,既为了亲娘的病,也为了我自己当时的处境——真不知道她们要对我说的是怎么一回事。

小慧一直忙着在和长根婶婶一起安排晚饭和收拾客房,什么也没有及时对我说。好不容易等我们吃完了饭,还让我去看过了客房,她才拉了我一起在黑黑的走廊上站着说话。这时候我留神到她家院子角落里飘散着一股淡淡的腊梅花香味。

"这件事我都有点没法对你开口,怕你听了可能会很为难。"小慧沉默了很久才说,"亲娘的意思,她想叫你马上到萧山来工作,已经给你找好了一个职位,到月亮湖边上的一个小学里去当校务主任,实际上做的是校长的工作,因为原来的校长是个挂名校长。亲娘有一个师范里的同学现在是县教育局的局长,姓许,他已经答应帮忙。"

我听了的确非常吃惊,半天都说不出一句话。让我离开杭州这个大城市,离开那里的工作岗位到萧山乡下来教书,我相信这是人人都不愿意干的大傻事。再说,原单位的工作又是那么清闲,当上了小学的校务主任可不知道会忙到什么样的程度,这叫我还有什么时间可以写作呢? 何况就我的工作能力和兴趣爱好说,根本不是一个当校务主任的材料!

"我也觉得亲娘的想法有点自说自话,可她也有她的打算。她说,如果你真的肯来,我们就能常常在一起,家里出了什么事随时可以和你商量,乡下的房子你也能照顾到。这件都该怪我不好,因为我曾向亲娘流露过这个想法。我不是早和你说起过这个想法了？"

小慧说着，突然走开了，到院子角落里去折来了一枝快要谢光了的腊梅花，送到我的鼻子前面摇晃了一下，似乎想以此逗我的开心。

或许正是腊梅花的香味使我产生了一点愉快的感觉，我的心不由己地做了一个回答："好吧，让我认真考虑考虑。我想我还得回家去和妈妈好好商量一下。"

"还得考虑吗？要是你妈妈不同意该怎么办？我……我……刚才你也看到了，亲娘的病已经越来越严重，我多么希望天天都能见到你！"

"可是，这毕竟是关系到我一生前途的大问题，再说……"

"快别再说什么了！反正这是亲娘对你的最大期望！"

小慧说她不想继续讨论这个问题了，于是我就岔开话题说，应该让亲娘去看一下西医；我还谈了谈杭州发生的那一切，尤其是她姐姐出走的事，以及我们单位里的事。但小慧显出了心不在焉神态，听了也没多大的反应。

等我们回到了屋里，亲娘已经安然入睡，小慧轻轻叫唤了她几声，她都没有回答，我们也只好早点睡觉了。

这座大宅邸看上去至少已有几百年的历史，到了晚上又没有电灯，只能依靠煤油灯照明，以至到处都充满着阴森森的气氛。楼上的房间全都空关在那里，天黑后时时都能听到楼板上有老鼠的奔跑声，更是加重了这种阴森气氛。小慧和她亲娘同睡一个房间，长根婶婶睡在她们房后的小间里。所谓的"客房"也在底层，就是厅堂隔壁的西厢房。

长根婶婶听了小慧的吩咐，拿着灯送我进了客房。小慧自己却一直留在她们自己的卧室里。长根婶婶给我端来了洗脸洗脚水，还给我铺开了床上的厚棉被，然后告诉我说，这屋子虽然老旧，倒还太平无事，除了楼上有几只老鼠，不会有别的响动，我可以安心大胆地睡觉。

等我脱衣上了床，立即感到身上的棉被虽然轻软，却有一股过分浓烈的樟脑丸气味，十分刺鼻，也只好忍着。不一会儿我吹灭了灯，侧身躺着，心里却一直考虑着该不该到萧山来工作的问题，时间又还太早，根本没有什么睡意。

大概到了九点钟模样吧，楼下已一片安静，楼上的老鼠开始在造反了，传来了肆无忌惮的奔跑声和打架声，令人心烦意乱。我翻了一个身，突然发觉我的房门被轻轻推开了，有一个人影悄无声息来到了我的床边。我相信这肯定是小慧无疑，不免使我吓出了一身冷汗。我急忙坐起了身子。

"是我，别害怕。"小慧在床沿上坐下了。果然是她！

"这时候你怎么能到这里来？"

"长根婶婶已经在打鼾，亲娘已吃了安眠药。你啊，胆子总是这么小，就算让她们知道了又会怎么样？"

"不，小慧，这可不是闹着玩的事，万一让你亲娘知道了，我们就会什么都完蛋了！"

"我不过跑来和你说一句话，有什么大不了的？这句话我刚才就应该对你说了，但一时又不好意思开口，后来睡在床上想想，这么重要的话怎么能不及时对你说呢。想着，想着，我就套上一件毛线衫跑来了……"

"什么话？"

"亲娘叫你到萧山来工作，其实她心里还有一个打算，她希望能把我们的婚事早点定下来，免得遭闲人议论。亲娘的意思是等你到萧山来工作了，她就让我们先办个订婚仪式。她说，正式订了婚，她就什么也用不着操心了，什么时候叫她去见阎王她都不再有什么后顾之忧了！"

小慧说完，站起身似乎想走了，却还迟疑着不肯走。我赶紧趁此机会拉住了她的一只手。当我把她的身子拉近了我的身边，又闻到了一股腊梅花香味，原来她已把几朵腊梅花戴在她的发夹上。

我们只是匆匆忙忙地拥抱了一下，又很快贴了贴脸孔，便迅速分开了。尽管如此，她那偷偷而来偷偷而去的绵绵情意，却已经完全征服了我的心。我立即打定了主意，决心放弃杭州的大城市生活，放弃那里的公务员职位，到萧山来过乡下的教书生活了。

十八

亲娘让我去教书的学校，是一个乡办的初级小学。这是我拿了县教育局许局长的介绍信去见那位挂名校长时才知道的。我还同时知道了这位挂名校长就是当地的乡长，只管学校的经费收支。这乡长姓王，对我的态度倒还客气，一见面就连声说："欢迎，欢迎，只是学校太小，太委屈你了。"当他带着我走了一段沿山小路来到了学校门口，我发现学校的校舍竟然设在一座龙王庙里，而且只是在龙王庙的匾额旁边贴了一张"萧山县月亮湖乡乡立张家山初级小学"的小纸条，这未免使我倒抽了一大口冷气。进了门，迎面是一座观音殿，修建得还算整齐和亮堂；绕过观音殿，沿着山脚上了五六十级石阶，出现了一座屋舍破败的龙王殿，这就是我们整个学校校舍的所在地了。我们进去的时候，有一位年轻女教师正在龙王爷泥塑像前面给学生们上课。大大小小大概有二十几个学生，有的在听课，其余的由着他们自己在温课或习字。

原来，让我前来充当"校务主任"的竟然是这么一个学校！

那位年轻女教师在我未去之前是全校唯一的教师，姓李名薇，长得十分文气和端正，看上去还只有二十左右年纪，本县东门外人。她说她只读过一年初中，失学后才前来当教师的，半年多来一直寄宿在王乡长的家里，并且在王乡长家里长期搭伙。她的全部薪水正好用来交搭伙费。她已经知道我本来是在杭州当公务员的，说，这里的薪水不及杭州公务员的三分之一，问我为什么要到这乡下地方来教书？

我只能笑而不答。

从心里说，如果事先知道让我来的是这么一个学校，而且只有这么一点可怜的薪水，不管怎么样我也不会答应小慧的。使我特别懊悔的是，我太对不起我的妈妈了。当时妈妈竭力反对我这么做，我却找出了不少似是而非的理由去说服她，甚至把朱大伟的事和单位里那个小青年被抓的事都对妈妈说了一下，把自己说成为一个政治嫌疑犯无法在单位里存身，才不能不逃到乡下去教书。实际上我完全是在吓唬妈妈，使她不得不同意我的荒唐行为。虽然我知道妈妈一向吃惯了苦，不计较我薪水的多少，但事实上我太不把妈妈的生活当一回事了。

　　这里我还得说一下：在杭州辞职后到了萧山，我做的第一件事便是说服小慧的亲娘到杭州的浙江第一医院去看了一次病。小慧上学读书当然不能一起去，长根婶婶也只能留着照顾小慧，一路上服侍亲娘的责任就完全落在我一个人的头上。我们一早出门，天黑后才回家，一整天我都是在手忙脚乱中度过的。所幸的是经过医生的仔细检查，才知道亲娘并没有患上什么大病，不过是由慢性胃炎引发的"美尼尔悠氏症"，只需要适当休息和注意饮食就可以了。医生开的不过是一些胃舒平、多酶片、维他命之类的药，还再三告诉她不必想到哪里去，应该保持乐观开朗的心情。这样，回到家里只吃了两天药，亲娘的头晕病就完全消失了，精神状态也随着有了很大的好转。这当然使大家都很高兴，尤其是亲娘自己，她开始有说有笑，还越发把我看成为她家的一分子，仿佛我真的成了她家的一个招女婿，一个栋梁柱，非要我也把她叫成"亲娘"不可了。

　　亲娘还说，现在时局已越来越乱，让我一个人孤孤单单地住到乡下的白墙头房子里去，她不放心，所以还是每天晚上都回到城里来住，反正小慧的一辆自行车现在已搁着不用，我骑车来回学校就花费不了多少时间。"中午饭每天都带了去，请庙里的和尚给你温一下就可以了。"亲娘已什么都为我考虑得十分周到。

亲娘的这个主意使小慧高兴得不得了，一直在那里微笑着朝我偷偷眨眼睛。

在张家山初级小学教书，生活的单调和乏味那是用不着多说的。特别是，我没料到，我去后不久，王乡长便把原来的李老师调到乡公所去当文书了，于是学校里便由我一个人担负起了全部的教学工作和所有的杂务。我相信这是亲娘所始料不及的。

虽然是个初级小学，学生们的年纪却参差不齐，从七八岁到十六七岁的都有，其中有一个名叫张荷花的女生比小慧还大了一岁年纪。四个年级的学生挤在小半个龙王殿里上课，课程的安排需要大花一番心计。李老师原来教的只有国文和算术两门课，课程的安排还比较容易；但我觉得光是教这两门课实在太不像一个学校了，便重新设计了一张课程表，把所有应有的课程——国、算、常、音、体、美全部安排了进去。不过，音乐、体育、美术三门课就不分程度的深浅，全体学生一起上。为此，我还拿来了我的手风琴，每次使用以后再送回到白墙头屋里去。教体育的操场就在龙王殿屋后一小块长满青草的山坡地上。在这个学校里教书，唯一使我感到安慰的是，学生们对我这个从杭州来的老师都特别尊敬和友好，课堂上很守纪律，下了课也喜欢和我说说笑笑。

龙王庙的当家是一个矮胖的瞎子僧人，但行动态度却十分机灵，人人都叫他"心明师父"。据说"心明"两字是他自己取的法号。此外还有一个十六七岁的小和尚，名叫阿宝，实际上成天做的都是菜园里的农活和杂活，等于是一个小长工。我对他们老少两个都客客气气，见面的时候也常常会交谈几句。心明师父曾神秘兮兮地提醒我说，现在时势不太平，月亮湖岸上的山里多土匪，每天傍晚学校应该早点放学才对，别让学生们回家得太晚，免得家长们担心。这样，他们也可以早点锁上庙门。"你自己天天骑自行车来回，放学后也应该赶在天黑前进城。乡下地方自行车还是十分稀罕的贵重物品。况且你还常常弹奏着那么一个洋玩意儿教学生们唱歌，乡下人眼界浅，传到了土匪部队那里决不是一件好事。"

不过，一个多月过去了，我只是听说土匪部队曾以捉拿"共匪"为名绑架了邻村一家土财主的少爷，敲诈去了不少金条、银元和粮食；我们这个山后张小学，以及白墙头屋里暂时都还太平无事。

十九

我每天天没亮起床，匆匆吃完早餐，带上了午饭盒就骑上自行车出门。这样才能赶在学生们上学以前到校做好一切应有的准备。下午四点钟放了晚学，如果不需要到白墙头屋里去照看什么，我大体上总能在天黑前赶回城里。每到星期六，傍晚放学后我就直接回富阳去看望妈妈，然后在星期天傍晚赶回萧山。

一转眼已到了 4 月下旬。这期间解放军已声势浩大地渡过了长江,占领了南京,我们那里的解放也已指日可待了。一个星期六的中午,长根婶婶突然跑到学校里来找我,说是老太太临时想到了一件急事要和我商量,叫我放学后还是回到她家去。我很奇怪,不知道发生了什么事。

亲娘一见我进门就把我叫进了她的卧室,让我坐下。小慧本来站着在和她亲娘悄悄说话,这时候却不出一声地在床沿上坐下了,转开了脸不肯朝我看一下。

老太太说话的口气非常认真。她说,她今天临时提出这个计划有点唐突,希望能得到我和我妈妈的谅解。"我想请亲家母明天到萧山来一趟,给你们两个把那件该办的事赶快办了。你要是同意,就请你今天晚上回家去对你妈妈转达我的这个意思,万望她老人家能体谅我的心情,别对我生气才好。"

"亲娘的意思是?"我明知故问,目的是安定一下我那既惶惑又振奋的心情。

"现在时局太动荡,订婚的仪式也不能太招摇,就在附近老正兴酒家请亲家母好好吃一餐饭,另外只请县教育局的许局长前来赴宴,算是请他做个证婚人。别的亲戚朋友一个也不请,免得人多口杂,到处传扬。到时候给你们两个戴上订婚戒指,回家向列祖列宗行一下礼,让小慧叫过一声'妈妈',事情就算是定当了。你说这样好不好?"

我仔细考虑了一下,觉得有两件事却难以开口。小慧的亲生父母该怎么办?能把他们撇开不管吗?此外,我在妈妈面前还把小慧说小了一岁年纪呢,到了订婚的日子还能继续瞒着她吗?怕妈妈见到了小慧，想瞒也瞒不住她了。

"怎么样，你有什么想法尽管说。也许你想到了小慧的亲爹娘？这没问题。他们已把小慧给我做了女儿，当然一切都得由我做主。这一点完全由我负责，你不必有什么顾虑。从实对你说吧：我急于想办成这件大事，最大的原因是时局快要发生变化了，谁知道共产党来了以后会是怎么一回事？国民党宣传共产党主张'共产公妻'我是绝对不相信的，但我怕他们会把有点文化知识的未婚姑娘全都招收到革命部队里去。订了婚，也算是有了一点保障。"

小慧本来一直低头静听着，这时候却抬起头来说："不，亲娘，你这想法可完全不必要。最近我听学校里的一些进步同学说，共产党最讲民主，实行的是新民主主义，所以才能得到老百姓的拥护，哪会强迫我们这些女孩子都去参加革命部队呢。这一点你倒是完全可以放心。不过，我这样说，并不是不同意你的主意……"

"好啊，共产党的事我也管不了这么多，更没这个资格去管，只要你能同意我的主意就好了。但不知道北英心里想的究竟是怎么一回事？"

"我都听亲娘和小慧的。"我最终做了这么一个回答。

事情就这样定下来了。

订婚仪式完全按照亲娘说的办。妈妈在萧山只过了一个夜，第二天便带了我和小慧到我家去拜了祖宗，一起在家里吃了一餐午饭当喜酒。我知道妈妈所以愿意到萧山去参加这个突如其来的订婚仪式，完全出于对我的爱护。她太希望我的婚姻问题能早日有一个眉目，不至于错过了年纪打一辈子的光棍。她还把她自己结婚时那一串收藏得亮闪闪的金项链给了小慧，算是见面礼。小慧也很懂事,她不但帮着妈妈一起做饭,饭后还非要她一个人到河埠上去洗碗不可,说:"等会儿我们就得走了,快,你和妈妈在屋子里坐着好好说几句话吧。"

这样,我们母子两个就在堂屋里私下交谈了会儿。

听妈妈的口气,她也非常喜爱这个含苞初放似的媳妇,说这么一个稚气未脱的小姑娘,就像是一朵人见人爱的解语花,看一眼也让她满心高兴。"不过,你说她虚龄已有十八岁,我有点难以置信。虽说她比我高出了半个脑袋,从外表看上去,不管是胸部、腰身还是臀部都是个大姑娘模样了;但笑起来脸上却时时露着两个小酒窝,一双大眼睛忽闪忽闪的,还完全是一副天真烂漫的小孩子神气呢!"

我沉默了片刻,不得不对妈妈说了实话。

妈妈一听小慧还只有虚龄十七岁,半天不再作声。她的脸色变得从未有过的严肃。

"北英,这么说,她的年纪的确太小了一点,真不知道你们两个是怎么一回事?她这么点年纪怎么会答应她亲娘和你订婚呢?"

"或许就像人们说的那样,是一种缘分吧?"

"缘分?我可不相信什么缘分!照我看来,大概你们两个已经有过点什么了?小姑娘最怕的就是这件事,只要和她喜欢的男人有过点什么,哪怕是亲一下嘴巴什么的,就会在心里扎下了根。我也算是一个过来人,这一点你是瞒不过我的。反正我也不想打破砂锅问到底了,你们的事你们自己有数。不过,今后你一定得牢牢记住,她还只有虚龄十七岁年纪,你对她千万不能做出那件不该做的事来啊!订了婚还算不上是正式的夫妻,要是真的破了她是身子,那就决不是儿戏小事!虽说乡下小姑娘十六七岁和丈夫同房是常有的事,但小慧不是一个乡下人,况且还在初中里读书。千万,千万,免得你妈妈为你担心!要不然,万一到时候小姑娘在她亲娘的责备下对你翻了脸,说你强迫了她,你就会跳下黄河也洗不清了!"

"我知道。妈妈,这一点你可以放一百个心。"我斩钉截铁地说,实际上心里对自己并没多大的把握,不过是安慰一下妈妈而已。

我永远不会忘记,我和小慧是在这年4月底边订的婚,仅仅过了四天,到了5月3日,杭州就解放了;紧接着,萧山和富阳也同时获得了解放。

二十

记得萧山解放的那一天,我照常在山后张小学,什么也没有听说,什么也不知道。直到傍晚放了学,我回城以后才发现街上的情况和平时有点不同,一路上人们都在交头接耳地谈论着些什么,神态又紧张又兴奋。我还注意到穿黄军装的伤兵老爷一个也不见了,

好像一下子已在世界上消失干净。等我进了屋,第一个迎上前来的是小慧。她的态度非常兴奋,把我一把拉进了厅堂,大声说:

"你也该知道萧山已解放了吧?大家都说解放军是从西门进的城,一路上根本没有遇上任何抵抗,到了东门外就沿街坐下了休息,因为他们已有几天没有睡觉。老百姓纷纷给他们送上茶水去,他们也只是道声谢,没有喝,因为他们自己身上都带着军用水壶。第一批出来欢迎他们的是我们学校的同学,由学生自治会带的头,又是欢呼口号,又是张贴欢迎标语,我也跟了他们去看热闹。到了下午,同学们便在大操场上扭起了秧歌舞表示庆祝,一直扭到了校门外,全校同学都参加,到后来所有的老师都来参加,连年老的校长也来参加了,那场面热烈得不得了。乡下怎么样?你好像还什么都不知道?"

"是的,乡下和平时一样,一点消息和动静都没有,所以我进城以前什么都不知道。我想,过些日子也许会有一点变化吧。我现在首先想到的是你的哥哥和姐姐,他们都在金萧支队里,不知道以后会不会到萧山来做革命工作?"我本来还想说说朱大伟,话到嘴边却留着没有说出嘴来。

亲娘对解放军秋毫无犯的优良纪律也赞不绝口,说他们对老百姓说话都是客客气气的,遇上了年轻姑娘连看也不会多看一眼。这些都是长根婶婶到街上去打听了来的。长根婶婶还听到解放军在高唱着《三大纪律,八项注意》的军歌。这使她们两个更是高兴,更加产生了对解放军的信任感和拥护心理。唯一使亲娘有点担心的是她的同学许局长。她说,许局长大小也算得上是国民党政府里的一个官,可不知道今后会怎么样?

我注意到亲娘嘴里也已把民国政府说成了"国民党政府"。这说明她也有一定的政治见解,她的政治语言也跟随着时代的变化而发生了变化。

小慧自从和我订婚以后,到了晚上从不一个人到我的卧室里来的;但这天吃完晚饭不久她就大大方方地走进了我的房间,还转身轻轻掩上了房门。我正在煤油灯下低头批改学生们的作业,她的出现使我很感突然。

"什么事?这时候你怎么还到这里来?"

"为什么不能来?"她笑笑说,随即把一只手搭上了我的肩膀,俯身看了看我面前的学生作业。"我是和亲娘说好了才来的,来和你说正经事,怕什么?"

"快把手放下了,当心长根婶婶从窗前走过,让她见到了。"

小慧赶快跑过去拉上了窗帘布,然后又回来把她的手搭上了我的肩膀。

"你怕长根婶婶还不知道我们的亲热关系吗?那次在白墙头屋里,我去给她开门的时候,她把我上上下下都打量了一遍,然后给我撩齐了头发,说:'你的脸色还是这么红通通的,快别马上吹冷风啊,做了这种事马上吹冷风会得病的。都怪我不好,我回来得太早了,小郁先生大概要生我的气了?'你听听她说的是什么意思啊?"

"我不懂得她这是什么意思。"我故意这么说。

"傻瓜,连这么明显的意思也不懂!那天,她以为我们两个人一起在……一起在床上睡觉!后来长根婶婶还偷偷对我讲了她小时候的事,更加证明了她的想法。她说她九岁那年到长根叔叔家来做童养媳,十六岁那年大了肚子就逼得她公婆不得不给他们圆了房。乡下姑娘就是这样,她们从小和爹娘挤在一间小屋子里住,这类事她们从小见惯了，听惯了，也就不当一回事。可我一直觉得你好像太当一回事了，跑来和你说几句正经话你也会大惊小怪的！你这人就是胆子太小，真拿你没有办法！"

"好吧，就算我胆子太小。不过你可不是一个童养媳，我也不是一个长根叔叔。再说，从今天开始我们已经生活在解放区，解放区有解放区的法律和规矩，我相信肯定要取消童养媳这种不合理的婚姻习惯了。"

"那倒也是。"小慧听我这一说，迟疑了会儿，终于拿开了她的手，坐到了床沿上，"我也是为了这个才来找你的。你说，现在解放了，我们是不是应该一起到杭州去看看我的爸爸妈妈？反正现在国民党的伤兵老爷都得守规矩了，我就没有什么可以害怕了。我已经有很久没有见到爸爸妈妈了，很想到杭州去看看他们，问问他们哥哥和姐姐的情况怎么样。他们毕竟是我的亲爸妈，我们订婚的事也总得让他们知道一下。你说怎么样？"

"亲娘怎么说？你问过了她没有？"

"亲娘说这个可以由我们自己做主。只要你同意，我想先去做些准备，到了下个星期六下午就去，星期天回来。"

我当然没话可说了。

作为小慧的未婚夫，在小慧的爸爸妈妈还未知情的情况下，跟了她出其不意地去拜见我未来的岳父岳母，世界上再没有比这更让我惶恐不安的事了。小慧还只是个十七岁的初中生，我却已是个二十四岁的大男人，肯定会使小慧的爸爸妈妈大吃一惊，不承认我这个癞蛤蟆想吃天鹅肉的无耻女婿，甚至当场把我赶出家门也有这个可能。

小慧大概也已想到了这一点,特地去做了一件长旗袍,买了一双半尖头的黑皮鞋,还把双股辫子打散后扎成了短短的马尾巴,尽可能把自己打扮成了一副大人模样。她让我带去的礼物也特别贵重和丰厚,两块衣料,一整只金华火腿,再加四瓶五加皮,到了杭州还特地赶到冠生园去买了一大只奶油蛋糕和不少糖果。当然,所有的费用都是小慧从亲娘那里拿来的。

出了冠生园,我们便坐上三轮车直赴竹竿街。不料这时候下起了毛毛细雨。于是三轮车夫非要给车子遮上挡雨的油布不可。和小慧并坐在暗沉沉的三轮车里,我们什么话也没有说,却不知不觉就手捉着手,身子偎依着身子,还忍不住趁此机会偷偷接了一个甜吻。这总算使我那惶恐不安的心情得到了暂时的缓解。

二十一

车子刚进竹竿街 611 弄的那个广场,小慧急于要冒雨下车了。因为她急着想看一看广场上的景象。在我看来,广场上所有的一切都还是原来的样子,衰败落寞,篮球架老旧得都有点歪斜了,哪有什么好风景;但小慧一直兴趣勃勃地到处看,看了以后还情意绵绵地瞟了我一眼。是啊,看来小慧的确是一个多情的姑娘,她还怀念着我们第一次见面的地方。

终于,决定我们夫妻命运的关键时刻已经来到了我们的面前。传达室的传达还是原来的老伯伯。他一眼就认出了我,但他已认不出小慧,把小慧打量了很久。

"是我啊,老伯伯,我是吴家的小慧啊!"

"小慧?呵,小慧!原来你已经变成这么一位大小姐了!快上去,你妈妈见了你不知道会高兴得怎么样呢!"

二楼小慧家的门紧紧关着,里面没有一点声息。小慧叫我拿着礼物在房门外等一下,她自己先悄悄推门进去了。不一会儿,我先听到她妈妈发出了一声吓人的惊叫,紧接着母女两个便不断地窃窃私语了起来,然后是一片偷偷的哭泣声。她们一边哭泣一边商量着些什么,无休无止。小慧好像把我丢开不管了,使我还未进门就闹得手足无措。

好不容易我总算听到小慧在哭泣中大声说了句什么,她擦着眼泪出来向我招手了。我这才带着礼物进门。她带着我直接进了她妈妈的房间。

"啊,原来小郁先生和你一起到这里来了,你怎么不早点对我说呢?"她妈妈埋怨着小慧,慌忙从床上站起了身来,目光却落到我提着的那么多礼物上,显得很是惊奇。

"不,妈妈,你别再叫他小郁先生,你叫他北英好了。北英,你怎么不叫妈妈啊?"

"妈妈,您好!"我叫着,恭恭敬敬地朝她一鞠躬。

小慧赶快把所有的礼物拿去放到了方桌上。

她妈妈怔怔地看了我很久,再看看那么多的礼物,目瞪口呆了。她用十分骇异的目光紧盯了女儿几眼,突然手捧着脸软到在床栏上。她说:"我有点头晕。对不起,小郁先生,请你先到什么地方去走一走,让我们母女两个再说几句话。"

"不,妈妈,现在外面还在下雨呢。要不这样吧,"小慧转身对我说,"你先到隔壁房间里去休息一下,可以看看报纸什么的。我一会儿就把事情对妈妈说清楚。"

这样,等我不声不响地走出她妈妈的卧室,掩上房门,在隔壁房间里闲坐了至少有半个多钟头以后,小慧和她妈妈经过了一番争吵和密谈,终于态度平静地来到了我的面前。我发现她妈妈脸上还很有点不悦之意,把我当作陌生人似的打量了片刻,这才向我诉说了她家最近发生的一场大灾祸。

听她说,小慧的爸爸在来到杭州园林管理局工作以前,曾在国军部队的一个特务营当过一年的庶务长,偏偏那时候庶务长也叫特务长。因此,杭州解放后他就为了这个非常担忧,生怕人民解放军把他当作特务分子抓去坐牢。过没多久,单位里进驻了军代表,他就急忙去向军管人员主动交代这个历史问题,还竭力想说明,当时"特务营"做的是运输工作,"特务长"实际上做的都是事务性的后勤工作,并不是反革命的特务工作。军管人员因为正在忙着别的工作,三言两语把他打发了,叫他安心工作,说,反正是过去的事,只要现在别对革命工作有什么三心二意就是了。谁知道就是这句"别有什么三心二意"的话,使他的思想包袱反而背得更加沉重了,以为这是在暗示他,军管人员已觉察到他在工作中有什么三心二意了,回来后一整夜都呆头呆脑地坐着发愣,根本不想睡觉。

"就在三天前,军管队领导找原来的局长去谈话,从下午起一直谈到晚上还继续谈。这一来她爸爸就更加紧张不安了,以为局长出了问题肯定会连累到他。因为原来的局长正是当年那个特务营的营长,她爸爸正是由他带了一起到这里来工作的。她爸爸晚饭也不想吃,瞒着我偷偷出了门,这一去就再也不见他回家。我到处找也找不到他。第二天早晨,才有人发现他已经在柳浪闻莺投湖自尽了……"

小慧的妈妈说到这里又已泣不成声,小慧也再一次放声痛哭了起来。我只能怔怔地望着她们母女两个,哪还说得出什么话?

总之,也许因为她家刚发生了这场大灾祸,小慧的妈妈已无心考虑她这个未成年女儿的婚姻问题,就这样糊里糊涂地承认了我这个恬不知耻的毛脚女婿。

当天晚上,她妈妈点燃起了香烛,叫我和小慧对着她爸爸的遗像行了三下鞠躬礼,和小慧一起忙着招待我吃了晚饭。这一来我还有什么可以顾虑的呢。不过,她没有留我在她家过夜,叫我到附近去找了一家旅馆住上了一夜,到了第二天中午,就和小慧赶回萧山亲娘家去。

在这一整天的时间里,我还了解了她家的另一些情况:小慧的哥哥和姐姐已经来过信,他们都已调到华北军政大学去学习了,远在北京;还有,军管人员已弄清楚了小慧的爸爸在国军特务营当特务长并不是特务,而且了解到他的两个儿女在解放前都已参加了革命,所以并没有把他作为畏罪自杀的反革命分子论处,出于照顾,答应小慧的妈妈到单位里去暂时工作，做些杂务。这让小慧和我都很欣慰，不必为她妈妈过分担心和操心。

回萧山的路上，小慧说，其实她妈妈是竭力反对我们两个这样草率订婚的，说她还是个初中生，根本不到谈婚论嫁的年纪；不过这出于亲娘的主意，再看看她自己的态度又这么坚决，要反对也反对不了，就只好听之任之。

"但妈妈叫我在日常行动中一定得特别小心，同住在一座屋子里，随时随地都得防着你对我'怎么怎么'的。她还问了我们两人之间的不少事，什么都问到了……我当然不会对她说真话。说到底，妈妈还把我看成为一个小孩子，一点也不懂得我的心……她自己十六岁那年就和我爸爸好上了，可是她早已把自己少女时代的事忘记得一干二净……"

到了家，小慧把她爸爸的噩耗告诉她亲娘时，她和亲娘又抱头痛哭了一场，这就用不着细说了。反正从杭州回来后，我和小慧都放心了，都认为我们的婚姻问题已完全成了定论，在日常相处中可以更加亲密无间，用不着再有太多的顾虑了。从此，小慧有事没事常常会堂而皇之地到我房间里来和我说话，关起门来接吻拥抱已不当一回事，而且越是亲热得多就越是想亲热，真有一种难舍难分的感觉。不过双方母亲一再告诫过我们的话，我们一直牢记在心头，因而在亲热过程中还是有克制的，只怕亲热得太过头，就会身不由己地偷尝禁果。

二十二

　　解放后不到半年,社会生活便发生了很大的变化。原来的萧山县政府早已由解放军游击区的萧山县政府接管,改称人民政府,清洗了一大批旧官员,其中也包括教育局的许局长。一直在山乡地区称王称霸的所谓"反共救国"的土匪部队,缴械投降的投降,没投降的也逃进了萧、绍、诸三县交界的深山野峪。国军的伤兵老爷和流浪人员也已分别得到了安置,或遣送回乡,或严格管理了起来,让他们自食其力。社会生活出现了从未有过的安定现象。亲娘为此感到特别高兴,因为她可以考虑把家搬回到月亮湖边的白墙头屋里去了。

　　我们的学校也已发生了很大的变化,兼任挂名校长的王乡长已因反革命罪行被逮捕。人民政府教育局经过考察,任命我当上了校长。龙王庙的当家和尚心明法师是一个很有政治远见的人,他主动向当地的乡政府提出,认为龙王殿已年久失修成了危房,多年来又没有一点香火,可以完全捐献给人民政府办学,搬掉龙王像,修缮一下，以便扩大办学规模，并且保证小学生的安全。新任命的乡长姓刘，原是新四军游击队的一名通信员，干劲很足，在他不辞辛劳地带头筹划下，动员乡亲们有钱出钱，有力出力，不出半个月就把我们的教室修缮一新，摇摇欲坠的墙壁也已重新砌好。庙门口那一张用纸条写成的校名，也已换成了一块亮闪闪的木质油漆校牌。

这一下，前来读书的学生比原来增加了不少。刘乡长就把原来那位姓李的年轻女教师从乡公所调回了学校。虽然教师的待遇一时还无法改善，但我和李老师都觉得在这里教书也有了奔头，对自己的前途信心大增，都安下心来只想把学生们教好。

没想到这期间又突如其来地给了亲娘一个大喜讯，县里召开全县第一届各界人民代表会，她竟被指定为知识界唯一的女代表而请她参加了这个会议。在当时，这称得上是一件无比光荣的事，不仅亲娘自己十分激动，小慧也兴奋得又蹦又跳，整天都笑得合不上嘴，到处传扬，让学校里的同学都知道了这回事，还特地写信告诉了她的妈妈。

过了阴历年，在新学期开始之前，亲娘决定搬回到月亮湖岸上的白墙头老家去住，小慧也十分赞成。于是就立即付之行动。为此，第一个大忙人当然是我了，花了几天工夫才搬好了家。

按照亲娘的意思，她想把楼上原来由她居住的正房暂时空关着，因为到了这年夏天小慧初中毕业了，打算到时候就让我们完婚，把这个房间给我们做新房。但我和小慧觉得这太委屈亲娘了，好不容易才说服了她，一切照旧。我的卧室先安排在底层的西房，结婚时就把楼上的西房（原来是小慧的卧室）改作我们的新房。老实说，我和她根本不会计较新房在哪里，只要两个人能亲亲热热地公然生活在一起，什么样的新房都是我们无限温馨的幸福天堂。

这以后，自行车又物归原主，由小慧使用，让她天天骑着往返县立中学。我呢，往返山后张小学，已十分近便，更加可以把一切时间投入到教学工作去了。

在此期间，唯一使我和小慧略感遗憾的，到了晚上，我们再想亲热相处已不像住在城里时那么方便了，一个在楼上，一个在楼下，她要来，非得上下楼梯不可。总不能让亲娘天天晚上都听到她上下楼梯的脚步声，听出她在我房间里逗留得那么长久吧？

好在距离结婚的日子已只有半年，正像小慧一再劝慰我的那样："反正再过半年我们就是名正言顺的夫妻了，到时候我们爱怎么样就怎么样，谁还管得了我们！半年的时间并不长，最大的幸福已经摆在我们的面前！耐心等一等吧！"

每次听她这么说了以后，我总得在她耳边悄悄说一句："谢谢你，我这辈子最大的幸福就是遇上了你这位年轻美貌、活泼温柔的好妻子！我相信自己永远都是你的一个好丈夫和好伴侣！事实将永远证明我的话！"

在这段时期内，小慧在学校里已表现得十分积极，很想争取参加新民主主义青年团，已打了入团报告，还听过了几次团课。在填写入团报告的时候，她和我仔细商量了这件事。我当然既很赞成又很高兴，对她说了不少鼓励的话。

但是，有一天晚上，小慧到我卧室里来的时候脸上显露着一层愁容。她进门后便拉我一起坐到了床沿上，用从未有过的认真口气对我说，这天上团课时，团支部书记讲到了青年团员应有的生活作风问题，说是过早谈情说爱或者乱搞男女关系的人是决不能参加青年团的。"你说说，像我们这样正式订了婚的，有时候相互亲热亲热，也算是乱搞男女关系或者是过早谈情说爱吗？"

我一听非常吃惊，急忙问："同学们知道你已经订了婚没有？"

"没有啊，这件事我从没对任何人说过，对最好的同学也没有说。"

"我怕你不说也会有人知道。既然不允许青年团员过早谈情说爱，当然也不允许过早和人订婚。天下没有不透风的墙，何况亲娘当时还给我们在餐馆里办了订婚酒。我估计同学们当中一定已经有人知道。"

"知道了怎么样？他们就不让我入团了？"

"知道了要想入团恐怕就难了，因为你的年纪还这么小。"

"可是我已经打了入团报告，那该怎么办？要不以后我就不必再去听团课了，你说怎么样？"

"那可不行。作为一个当代青年当然应该力求进步，紧紧跟上时代。实际上你也很有进步思想，很要求进步，何况已打了入团报告。你不能因为你这过早的婚约问题牺牲了你的政治前途。"

"这么说，你的意思是为了想入团就叫亲娘给我们解除婚约吗？我不干！绝对不干！除非你不再喜爱我，不想和我结婚了！"小慧霎时生气了，眼睛里顿然涌上了两粒晶莹的泪花。

"快别这样，小慧，我怎么会不喜爱你，不想和你结婚呢？我这样说，不过是为你的一生前途着想。其实我也像你一样觉得很为难，不知道该怎么办才好。这个问题没有人可以帮助得了我们，亲娘也帮助不了我们。也许我们只能听之任之，走一步看一步吧。不过我可以对你说，我这辈子如果不能和你永远生活在一起，我的一生也就完蛋了，什么希望也没有了！我相信你一定能相信我的话！"

我一边说，一边不断地用手给她擦拭着眼泪，但她的眼泪却再也擦不净。

直到我们再一次相互温存缠绵了很久，她才渐渐收住了眼泪。

她走了以后，我仍一直处于惶恐不安的状态中，左思右想想不出一个好主意。我还突然意识到，即便小慧不想去争取参加青年团，作为一个普通的初中学生，让学校里知道了她和我的关系，也是决不会允许的。如今已是共产党领导的新社会，哪会允许初中女学生就去谈情说爱，过早地和人订婚和结婚呢！虽说她过了年已经十八岁，但那是虚岁，距离成年还得有一年，我们能混得过去吗？

我觉得我和小慧的爱情关系和婚姻关系的确潜伏着很大的危机，而且是不可抗拒的危机。今后究竟会怎么样，我已经心中无数，真不知道应该怎样去对小慧说。

二十三

作为一个校长，又一下子增加了那么多的学生，我日夜忙碌也忙不完该做的工作；再加上天天晚上都得到三里路外的月亮湖乡中心小学去参加政治学习，星期天也常常要到乡政府去开会，我和小慧相处的时间已越来越少，有时候难得在一起吃晚饭，也只能互相交换一下各自的情况，或者是默默地对望一下，然后就各忙各的事。

小慧在学校里也比以前忙碌得多了。因为学生自治会知道她能歌善舞，绘画水平又特别高，就非要她参加文艺宣传队不可，回到家里来也有做不完的准备工作要做，逼得她把画水墨画和钢笔画的课余爱好也只能丢开不顾了。亲娘倒是很高兴，说，解放了，共产党提倡为人民服务，忙一点是应该的，尤其是青年人，这正说明受到了组织上的信任和重用。

每天晚上学校里的政治学习，所有教师都得参加，所以，在一般情况下我都得和李老师同去同回。李老师如今已在一个学生家里寄宿和搭伙，距离龙王庙很近，学习回来后如果时间还早，她总得留在学校里批改学生们的作业，直到深夜十点多钟。我作为校长，让她一个人留在学校里批改作业而自己却急于回家，觉得有点说不过去，也只好留在学校里和她一起工作。但一男一女两个青年人在学校里留得这么晚，我又怕被人家说闲话，所以几次提出请她带了学生作业回去批改，但李老师却以寄宿的学生家里环境不允许为理由，不接受我的意见，仍然我行我素。

我特别担心的当然是亲娘和小慧，很担心传到她们的耳朵里去会产生不必要的误会。一天，在晚饭桌上，我就主动对她们说明了这个情况。

亲娘听后根本不当一回事，她哈哈大笑着说："这个你不必有什么顾虑。我完全知道你的为人，也清楚你对小慧的感情。都为了工作嘛，何必想得那么多。心正不怕暗鬼，人家爱怎么说就让他们去说好了,怕什么? "

小慧听后却不说一句话,只顾自己埋头吃饭。吃完饭,她突然叫我到院门外湖边去说话。

来到了湖边,她让我和她面向着湖水肩并肩在埠头的石阶上坐了下来。她一坐下就说:

"我们已有好久没有好好说话了,我有不少话想和你说呢。我现在觉得共产党什么都好,就是日日夜夜都叫我们忙着为人民服务使人受不了,好像人活着都是为了别人,什么样的私心也不能有,这使我非常不习惯。这些日子来我天天都忙得昏头昏脑,下了课天天都得留下来排练节目,要不就拉我去给学生自治会的墙报绘插图和题花……告诉你,我真的不想再去积极争取参加青年团了,万一他们让我成了个青年团员,可不知道会忙成什么样子! 我怕我会忙得连个未婚夫也永远顾不上,白白把你让给了人家! "

"别胡说,小慧,你这话让亲娘知道了肯定会生气,骂你不学好,小小年纪怎么能把未婚夫放在第一位? 再说,你的未婚夫也不是一个没良心的人,不会被什么人从你身边抢走的,难道这一点你也不放心? "

"刚才你说的那个李老师,我虽然从没见到过,但听长根婶婶说,她正好二十左右年纪,长得很白净,也很文静。长根婶婶还知道她的家在县城东门外,父亲未死以前是在杭州当中学教师的。对不对? "

"你啊,知道的比我还多呢," 我禁不得笑了起来,"你不说,我还不知道她父亲已经死了,生前又是杭州的中学教师。"

"中学教师的女儿不是很好吗? 正好和你'门当户对',而且年纪又这么相称！要是你们都互相看上了，你就不必因为对方还是个未成年少女处处都小心翼翼了，在一起的时候爱怎么样就怎么样，想什么时候结婚就什么时候结婚！谁也不会来干涉你们！"小慧笑着说，好像在和我闹着玩似的。

"别开这样的玩笑好不好？你该知道你开这样的玩笑使我心里有多么的难受！真的！"

"那么我问你，你们每天晚上一起去参加政治学习，黑灯瞎火的，来去至少得走一个钟头的路，一路上说的是些什么？"

"我们什么也不说。因为我总是快步走在她的前头。我不想让老乡们见了胡说些什么。"

"每天晚上一起在学校里工作到深夜，你们也不说一句话？"

"有时候难免会说说话，但说的都是工作问题，从未说过一句不该说的话。我是校长啊，怎么能对年轻女教师信口开河？我希望你快别在那里胡思乱想了！"

"实际上我也是完全相信你的。"小慧收起了笑脸，捉住了我的一只手，"可是，你已经是个二十好几的大男人了，哪会没有想早点结婚过夫妻生活的念头？可是我们要想在今年夏天结婚还不知道有没有这个可能呢！最近妈妈写信来说，哥哥和姐姐知道了我和你的关系，非常反感，竭力反对亲娘这么做。他们还给亲娘写了一封信，非要亲娘给我们解除婚约不可，叫我读完了初中再去读高中！亲娘见你天天都忙得都顾不上吃饭，怕你知道了会影响工作，所以没有对你说。"

我呆住了。尽管这本来也是我早就防着的事，但事到临头却很有点束手无策，再也说不出一句话。

"怎么？你害怕了？"小慧不住地摆弄着我的手指，似乎竭力想给我一点安慰，"有什么好害怕的！我可一点也不害怕哥哥和姐姐！他们自己就不想结婚，不想和人家谈恋爱？参加革命就一辈子不想结婚了？实际上姐姐在参加革命以前早就有了对象，还不止一个呢，那时候她也只有十六七岁！你别怕！我自有办法！只要你能和我一条心，就谁也奈何不了我们两个！包括我哥哥和姐姐在内，让所有的人都奈何不了我们两个！"

"什么办法？"

"先不对你说，只要到时候你能听我的话！"

我相信小慧不过是在闹孩子气罢了，就不再往下问。于是，我只好任由她摆弄着我的手指，把目光投向了远方，陷入在漫无边际的冥思苦想中。

这天晚上没有月亮，湖面上灰蒙蒙的一片，到处弥漫着薄薄的雾气，只有不远处的湖岸边闪烁着几点小小的渔火，穿过薄雾在慢慢移动着。

"晚上的月亮湖真美，杭州西湖上哪能找到这样富有诗意的景色，简直像一幅水墨画。可惜我现在还画不出这样的水墨画。"小慧赞叹着说。"你看，有一只渔船朝我们这里划来了，那肯定是长根婶婶的侄子阿水和他的年轻老婆阿莲，他们天天晚上都出去捕鱼，现在该是回家的时候了，因为阿莲该给他们的小宝宝喂奶。"

"我们走吧？"

"等一等，我想看看他们捕到了多少鱼。让阿水和阿莲看到我们在一起有什么关系，他们早就知道我们是未婚夫妻，没什么需要回避的。我倒是很有点羡慕他们呢，阿莲不比我大多少年纪，结婚不到半年就养下了一个孩子。长根婶婶说，他们像我们一样也是自己看中后结的婚，自由恋爱。不过他们比我们大胆得多，什么顾虑也没有！我觉得乡下的农民这方面比我们自由得多了！"

不一会儿，等阿水和阿莲他们停船靠了岸，小慧高高兴兴地招呼着他们，他们也十分友好地和小慧说着话，对我也十分友好地点点头。他们都长得相当眉清目秀，笑容都很灿烂。不过，阿水的肤色比阿莲红黑得多。

二十四

这年5月下旬，县教育局和县文化局联合举办全县中小学生运动会，为期一天，中间还安排了学生们的文艺表演。我们山后张小学也参加了集体操比赛和合唱演出。这使我和李老师更加忙碌了。让学生们排练集体操和合唱，大家都是兴趣勃勃的。每次排练合唱，都由李老师充当指挥，我就在一边用手风琴伴奏。当然，唱的都是《解放区的天是明朗的天》《没有共产党就没有新中国》之类的政治歌曲。后来在李老师的提议下，我们还排练了一个三人小组表演唱作为后备节目，唱的就是小慧小时候表演过的《山那边呀好地方》，不过已把歌名（包括歌词）改成为《解放区呀好地方》了。

我知道小慧在学校里也更加忙碌了。她说她不但参加了女子200米赛跑，还得上台表演《咱们新疆好地方》的民族舞蹈。我们两个人只好各忙各的，谁也没工夫去帮助谁，最多说几句相互鼓励的话。

运动会正式开始的那天，我和李老师天刚亮就带着学生们进城了。乡下孩子都很节约，每个人都带了冷饭团或自做的糕点作为午饭。不过我们两个老师却没有带。因为李老师已经和她妈妈说好了，请她妈妈给我们送来午饭，在运动场边上马马虎虎一起解决算了，免得浪费时间耽误了对学生们应有的照看。我想想也对，没有多加客气就答应了下来。

据说萧山还是在抗日战争以前开过一次全县学生运动会，十几年来这还是第一次，所以特别热闹。在运动会上唱主角的当然是小慧他们的县立中学。他们来参加比赛和演出的学生不知道有多少，还组织了男女啦啦队，全校出动，运动场上几乎到处是胸前佩戴着他们学校校徽的学生。我想找到小慧和她招呼一下，但四处找也找不到她。

学生们吃午饭时，李老师的妈妈准时给我们送午饭来了。她妈妈穿着很朴素，模样有点像我的妈妈，对我非常客气，送来的虽然是普通的日常饭菜，却带来了一块白布，铺上看台上的一张凳子，一定要李老师陪着我并排坐下了好好吃这顿饭。

她妈妈一边笑眯眯地看着我们吃饭，一边不断地问我的家庭情况，家里有多少兄弟姐妹，都在什么地方工作，爸爸是什么时候故世的，妈妈身体怎么样，甚至还问了我的实际年龄和生肖，以及为什么不留在杭州工作而到萧山乡下来当小学教师……什么都问到了。我都一一回答着，李老师却被她妈妈的过分多嘴闹得面红耳赤了。最后她妈妈还说，她们家在东门外不远，出了东门就到，旭阳桥下街4号，房子倒还宽敞，又很清静，非常欢迎我休息天常到她家去做客。

"我家阿薇常常在家里说起你呢，说你对她照顾得很多，就像是对待自己的亲妹妹。"

"哪里，哪里。"我忙着说。

李老师已经羞得赶紧低下了头，都不敢再和我说一句话。

就在她妈妈收拾碗筷时，我突然听到不远处有人叫唤了一声"北英"，转身一看，正是小慧。

小慧急忙跑到了我们的身边。她先紧紧地看了李老师几眼，又看了看李老师的妈妈，对我说了一句"你怎么不给我介绍一下啊"，却已经走到了李老师面前说："我叫吴慧。你就是郁北英的同事李老师吧，早就听说过你了，今天才第一次见面。"

"这位同学是？"李老师问，似乎有点发慌。

"我和北英是一家人，他就住在我们家里。你大概听说过'白墙头屋'吧，那是我们的家。我现在还在县立中学读书，不过今年夏天就可以毕业了。"

李老师正想说些什么，但小慧没听的意思了，抢着对她说："对不起，我得和北英去商量一件事，最多一刻钟。学生们只能请你暂时照顾一下了。"

于是,我不得不向李老师和她母亲招呼了一下,跟着小慧走到远远的场地边上。

"有什么急事吗,非得现在和我商量不可? 刚才我到处找也找不到你! "

她却笑而不答,过了会儿才说:"今天我算是见到这位李老师了,果然长得十分文气,也很清秀。如果没有我这个未婚妻,你和她的确是非常匹配的一对呢! 刚才我见她妈妈老是在和你说话,她和你说了些什么? "

"能说些什么呢,无非是问问我的家庭情况之类。"

"这就更加明白无误了,她们母女俩肯定已看上了你。你没有感觉到这一点吗? "

"小慧,我真希望你不要再往这方面去想了。快点说说你要说的事吧? "

"告诉你,刚才我对她们说'我们是一家人',这是故意的。要是李老师是个聪明人,她一定能听出一点道理来了,免得她今后还会对你产生什么幻想。你说我这么做、这么说对不对? "

"你的话没有错,不过在我看来其实是完全不必要的。"

"不管必要还是不必要,我都得对她们这么说一下,说了我才能放心一点,免得我想起你和她在一起时就心神不定。我这样说了,让她们死了这条心,这不是很好吗? 因为我们毕竟还不是真正的夫妻,又不知道以后究竟会怎么样。我可不想让自己的未婚夫真的被别人看上了。不过我现在来找你,的确有一件急要的事得和你商量一下,这是一件很麻烦的事,你听了可能会有点吃惊。"

"快说,什么事? "

"你大概不会想到，你原来的同事朱大伟今天也到我们这个运动会上来了。他还通过学生自治会主席特地来找过我，说他已在杭州的一家什么报馆当上了记者，还说他和我哥哥一直保持着通信联系，已经知道了我和你的关系。所以他想趁这次前来采访运动会的机会，到我们家去看望你。"

"他知道我现在就在这个运动会上吗？"

"我没对他说。我不想让他见到你，尤其不想让他到我们家里去！所以我们得好好商量一下，究竟该怎么去对付他。"

我匆匆考虑了一下说："我觉得朱大伟想和我见面，该说是一件正常的事，我和他毕竟是同宿舍的同事，又是朋友。不过，我完全同意你的想法，不让他到我们家里去。这样吧：现在我就主动去找他一下，和他见个面就算了；如果他非要再到乡下去找我不可，我可以让他到我们学校里去。"

"我很担心他会把我们的一切都写信告诉我哥哥，给我们制造更多意想不到的麻烦。我觉得这样的人离开他越远越好。我怕我哥哥已把亲娘家的地址对他说了，他会主动跑到我们家去找我们的。刚才他来找我，我什么也不想回答他，但他还是问了我不少话。我真不想见到他，也不希望你和他再有什么交往。"

"可是，人活在社会上总得和各式各样的人打交道，况且朱大伟解放前就参加了革命部队，这一年多来一直在接受了共产党的教育。我倒是希望你别对他再抱有什么成见，和我一样把他看作为一个朋友吧？"

"不，我可永远不想有这样的一个朋友！"小慧说着，气鼓鼓地走了。

好多天过去了,朱大伟一直没有到白墙头屋来找我。我们很快就把这件事丢到脑后去了。

这以后,随着夏天的来临,期终考试的日子已在眼前。小慧渴望着能如期初中毕业,就不顾一切地丢开了所有的课外活动,专心致志地准备着毕业考试。我当然也很关心她的考试成绩,希望她能顺利毕业。有半个多月的时间我从未主动去找她说过一句话,也从未和她再有过什么亲热行为,免得使她有所分心。

这期间有一个新情况倒使我十分高兴:自从开过了全县学生运动会,李老师不再夜晚留在学校里加班工作了,她说她已在寄宿处收拾出了半张桌子,学生们的作业每天都可以带回去批改。虽然每天晚上到中心小学去参加政治学习她还是和我一路同行,但她已十分自觉地走在我的后头,而且总是离得远远的,从未在路上和我进行过任何交谈。

我没想到那天小慧跑来直言不讳地对李老师说了这么一句话,果然发生了那么大的作用,使我和李老师在一起的时候可以更加心胸坦荡,不需要再有任何不必要的顾虑了。

是啊,别看小慧年纪小,必要的时候她却比我敢说敢做,懂得该怎样去维护自己的爱情生活。这愈益说明她对我的感情是很深的。她太可爱了,随着年纪的不断增长,已变得那么懂事,那么聪明智慧,既能干,又很有计谋。

二十五

　　家乡解放已快有一年,我不仅在集体的政治学习中学过了毛主席的《新民主主义论》《中国革命和中国共产党》《论人民民主专政》等不少著作,还自学了毛主席的《在延安文艺座谈会上的讲话》,刘少奇同志的《共产党员的修养》和《论国际主义和民族主义》,苏联的《联共党史》,以及《社会发展史》《大众哲学》《论共产主义教育》等一大批政治著作和哲学社会科学著作。我自以为对马克思列宁主义已有了相当的认识,每次在学习讨论会上积极发言,大谈我的思想体会。这样,我很快当上了全乡小学教师中心学习小组的组长,然后又被评为全县学习先进分子,名字登上了杭州的党报。这使亲娘和小慧高兴了很多日子。小慧还为此陪我到富阳去了一趟,和我妈妈一起表示庆贺。这是小慧在毕业考试已经结束,还未知道成绩好坏那几天里的事。

　　但是,我越是对马列主义和毛泽东思想学习得多,越是受到党组织的信任和重视，我就越是认识到我和小慧的恋爱关系和婚姻关系在新社会里的确不是一件正常的事。她太年轻了，正是应该在政治上好好进步的时候，过早结婚对她的一生前途没有好处。我一想起这个问题就很是心虚胆怯，仿佛在政治上犯上了什么错误似的，觉得自己的内心世界很有点肮脏得见不得人。随着结婚日子的临近，我的思想包袱就越背越重。

我特地回了一次富阳，和妈妈认真地商量了这个问题。

妈妈听后觉得很意外，她笑吟吟地看了我一眼说：

"你们不是早就说得好好的，等小慧初中毕了业就结婚？新房也已经安排好，事到临头还这么畏首畏尾怎么能行！照我看，最主要的是小慧的态度，如果她现在还有点勉强，那就往后拖几年再说；如果她一心想结婚，你何必还在那里三心二意呢？我看你心里巴不得和小慧早点过上夫妻生活，不过是怕人家说闲话，才这样婆婆妈妈地缩手缩脚！换了我是小慧，听到你现在说这样的话，不但会生气，还会非常伤心！我再问你：你怕的究竟是什么？只要亲娘主张你们按时结婚，还有谁能管得了你们？"

"我怕的倒不是什么人；我怕的是新社会里不允许这么做。因为小慧还是一个中学生，该是她继续读书上进的年纪。"

"前几天小慧来，我看她浑身上下长得越来越饱满了，很像是一只熟透了水蜜桃子，碰一下也会滴出蜜汁来似的。眼看着这么一个如花似玉的姑娘能和你洞房花烛夜，你的福气是前世修来的啊，错过了机会你会懊悔一辈子的！今年她不是已经虚龄十八了吗，古书里说的'二八佳人'还比她小两岁呢！我劝你不要再犹豫不决，自寻烦恼了！我也懂得共产党做事很认真，讲究为人民服务，但从没听说过禁止虚龄十八以内的姑娘结婚！你听说过有这样的新规定没有？"

"没有。"

"这就好了，你还怕些什么？赶快回去准备做你的快乐新郎吧。我也得好好做些准备，女家的经济条件比我家好得多，办喜事的时候我也得尽力而为。我估计明年这时候就可以抱个白白胖胖的小宝宝了！这是我最大的愿望！"

妈妈的话给了我很大的安慰和鼓舞，使我的思想包袱减轻了不少。

星期六又到了。我知道这天下午，小慧学校里应该公布考试结果，正巧晚上我也没有什么会议，傍晚放学后便急急回了家。刚进院门，我听见小慧和亲娘高高兴兴地在屋子里笑着说话。她在窗口上见到了我，马上迎着我奔了出来，竟像小孩子似的猛一下扑了上来，就这样抱着我的脖子，双腿离开了地面，挂到了我的身上。

"告诉你，我毕业了！毕业了！虽然数理化成绩不太理想，但都在及格线以上！我终于初中毕业了，正式毕业了！我的本领还可以吧，到底没有使你失望！亲娘也高兴得不得了，笑得合不上嘴了！"

尽管亲娘和长根婶婶都在屋里，园里没有一个人能见到小慧的这副疯癫模样，但我还是觉得在这个地方表示我们的亲热有点过分，慌忙把她抱了下来，让她好好地站到了我面前。

"好啊，这下我可以放心了。"我拍拍她的肩膀说。"你是好样的，真应该好好祝贺你！"

"我已经和亲娘说好了，今天晚上我们可以到湖边去散散步，乘乘凉，把那件事好好商量一下。亲娘说，我们想在什么时候办喜事就什么时候办,她都听我们的。不过她说她想给我们的新房好好装修一下,大概费不了多少日子。亲娘已让长根婶婶去请帮工了,也许再过几天就能开始动工。装修时我就得临时搬到底楼的东房里来住一阵。反正家具是现成的,床上用品她叫我们自己到杭州去看着买。别的一切等我们晚上到湖边去谈了再说。"

这天晚上,当我和小慧到了湖边以后,一开头谈的,与其说是结婚的问题,还不如说是我们今后的生活问题和前途问题更为恰当。眼看着结婚已成为面临的事实,而且亲娘都给我们安排得好好的,我们还能商量些什么呢。所以我说的都是结婚以后我们该怎么过日子的问题,尤其是小慧应该不应该去找工作,以及到哪里去找工作的问题。我知道,在共产党领导的新社会里,人人都得自食其力,小慧已经不再继续上学读书,这么些年纪总不能一直留在家里当家庭主妇嘛,可是一时之间她能到什么地方去找工作呢?

听小慧的意思,结婚以后她打算暂时留在家里学一段时期的画,说,如果真能学好了绘画,就做一个自由职业者,像她亲娘年轻时那样给纺织品工厂设计图样。这样,她可以一边在家里工作,一边照顾我和亲娘的生活,等有了孩子以后,对孩子的抚养也会方便得多。当然,万一有了正式的工作机会,她也愿意出去工作。她还说,如今各个中、小学校里都在建立"中国少年儿童队",少年儿童队都需要有辅导员,如果能让她到哪个小学里去当少年儿童队的辅导员,她一定会非常喜欢这个工作。因为这个工作也非常符合她的兴趣和爱好。

"我很希望你们学校里也早日建立少年儿童队,你这个校长如果愿意聘请我去当辅导员,使我们整天都能在一起工作,这不是一件最最理想的事吗？"

二十六

　　我笑了。因为她的想法太天真了。我们的学校那么小，即使建立了少年儿童队，肯定也得由原来的老师兼任，不可能另外聘请辅导员。不过我觉得如果真能让小慧到某个小学里去当辅导员，的确非常适合她的性格。这一点算是给了我一个启发，或许今后我可以在教育界多留心一点，这样的机会还是可能会找到的。

　　小慧的工作问题只能谈到这里为止了。接下去我们又谈了结婚以后的经济安排问题。我说，虽然亲娘一直乐于负担一家人的生活，但对我们两个来说这决不是长久之计。可是我目前的薪水太少了，还得抚养一个妈妈，现在又没有时间可以写作，拿不到一点稿费，这让我内心非常不安。结了婚，我们的生活费用更大了，怎么能永远依靠着亲娘，过着不劳而获的高水平生活呢？如果可能，我很想另外找一个待遇较好的工作，至少应该使我们在经济上能够自立,否则不仅在社会上会遭人议论,事实上也不符合共产党提倡的自力更生的原则,于心有愧。

"你的话当然是对的。不过亲娘的钱将来也就是我们的钱,你不必想得那么多。要不,等我们结婚以后,我就请亲娘把长根婶婶辞退了,所有的家务活都由我来承担,园里的蔬菜瓜果都由我来种,也算是为家庭出一份力。你就安心教书好了,经济上的问题完全由我负责。"

谈着谈着,我们面前的月亮已从湖边的地平线升到了高高的湖中央,发出了更加皎洁的光辉;从湖面上吹来的阵阵晚风,也有了沁人肌骨的凉意。这天晚上湖面上没有一点雾气,满湖的微波泛映着万道银光,远处的山峦看上去更像一道道或深或浅的影子,重重叠叠,给人以一种无边无际的印象。眼前的湖光夜色使我的心情特别宁静和开朗,觉得世界有多么的宽广,有多少美好希望等待着我和小慧去实现啊。

我们刚出门的时候,因为村子里到处都有人在乘凉,为图清静,特地走了几里路,来到这一个面临湖水的山脚下。我们身后是一道高高的悬岩,有一道溪水蜿蜒而下,直泻一个与湖面连接的深水潭,可以感受到十分细微的水汽时时笼罩着我们的身体,使我们感觉到格外清凉,而且不会有蚊子前来叮咬。

小慧说,我们身后的这座山叫双龙山,那条溪水叫青龙溪,下面的深水潭叫青龙潭;再进去更加荒僻了,那里还有一条更大的溪水和一个更深的潭,名叫白龙溪和白龙潭。这里距离各个村子都很远,晚上决不会有人前来打搅,以后我们还可以多到这里来乘乘凉。

这时候,小慧全身上下穿的,只是一套最简单的短袖布衫和短裙子。我怕她晚上在这里坐久了会受凉,想和她早点回家了。

"还早呢,今天难得到这里说说话,多留一会儿有什么关系。最要紧的事我们还来不及说呢!"

我已经明白了她的意思,笑着说:"你说的是结婚时的具体安排吧?亲娘都已经给我们安排好,只要过些日子我们到杭州去一趟就是了,还有什么需要商量的?"

"当然有!你应该懂得我的心情!我的心情有点复杂,可是不知道应该怎么对你说……"她说着,挨过身来和我依偎在一起了。

我自然也很想和她亲热一下,觉得她的手臂和大腿上没有一点汗水,光溜溜的非常滑爽。这使我感到一股说不出的快意。我近距离紧盯她的双眼,柔声说:

"说吧,小慧,你的话对我永远是最神圣的命令!"

"我问你:你会一辈子喜爱我吗?等我变成了你的老婆,然后又有了孩子,然后又变成了一个老太婆,你也会像现在一样喜爱我吗?"

"那还用说!要不怎么叫白头到老呢?我相信你是愿意和我白头到老的,我怎么会不想和你白头到老,生死与共,永远生活在一起啊!要知道我喜爱你的不仅是你的年轻美貌,还有你的一往情深的勇气和决心!"

小慧的嘴巴紧贴着我的耳朵,小声说:"那么我再对你说一件事,你听了可不能笑话我,好吗?"

"一定!"

"我们很快就要结婚,这当然是我期待已久的愿望;但是,你大概不会想到,结婚的日子真正来到了我们的眼前,我心里却免不了有点害怕……"

"害怕?害怕什么?"

"害怕到了那天晚上,不知道你会怎样对待我?摆弄我?有一天长根婶婶偷偷对我说了她和长根叔叔第一次同房的事,那时候她害怕极了,长根叔叔却一点不理解她当时的心情,只顾他自己的需要,使她吓怕得满脸都是眼泪。后来过了三个晚上,她才开始习惯……"

我又禁不得笑了起来。不过我赶快忍住了笑,更加柔声地说:

"小慧,这一点你完全可以放心,长根叔叔是一个粗人,我可不是一个粗人。我是那么喜爱你,我哪会对你做出使你害怕的事来?到了那时候,我什么都听你的,你喜欢怎么样就怎么样。也许我们可以老是在那里闹着玩,就像那天我们给亲娘整理东西的时候那样,闹得你愿意和我亲热了我们才亲热,你爱怎么亲热就怎么亲热。"

"不,下面还有呢:长根婶婶说,事情就是有那么怪,这以后没过上多少日子,她自己反倒喜欢长根叔叔这么做了,等着长根叔叔去喜欢她,摆弄她……她对我说,我们做女人的就是这么一回事,要不怎么能和丈夫一起生儿育女,繁衍后代呢?长根婶婶这么对我说,其实她是在教我应该做一个怎样的好新娘和好妻子。你该懂得我的意思了吧?不过,我还是希望你能了解我的心情,到时候可别太让我害怕,因为到现在我还不知道那该是怎么一回事呢!我真希望早点度过了这一关……"

"谢谢你,小慧,我会永远记住你这一番肺腑之言的,永远做你的最够格,最温柔体贴的好丈夫!"

这天晚上,经过了这一番情深意长、赤诚相见的倾心交谈,我们双方都已把对方看成为自己的丈夫和妻子了。我们唯一没有做的就是小慧心头还有点害怕的那件事。

直到夜深人静,湖岸四周已见不到一点灯火,我们才回家。

二十七

在装修新房的大概半个月时间里,就像是老天爷特别对小慧开恩似的,她接二连三地碰上几件意外的喜事。首先,由于她前段日子里在文艺宣传队的活动中表现积极,受到了学校的嘉奖,拿到了一张奖状;紧接着,她自己也没有想到,就在领取毕业证书的同时,团支部书记通知她说,她已被批准入团,成了一名正式的新民主主义青年团员了。

这两件喜事使亲娘惊喜万状,把小慧夸奖了好几天。这以后过不了多久,一天我从乡政府开会回家,天色已经擦黑,发现小慧在村口外等着我。她远远见到我就迎着我奔上前来,喜笑颜开地大声对我说:

"今天下午我到学校里去和同学们聚会,同学们告诉了我一个消息,那才是一个真正的好消息!你猜猜是什么消息?不过我估计你一定猜不到,还是让我对你说了吧:我的理想真的能实现了,同学们都说团县委已经给我们学校发来了通知,他们准备办一个'小学少年儿童队总辅导员培训班',吸收一部分应届初中毕业生中的团员去培训,培训以后就分配到各个小学里去担任总辅导员!自愿报名!班级里不准备继续上高中的团员全都去报了名,其中当然也有一个吴慧!"

"真有这样的事?太好了!可不知道要不要经过考核?"

"听同学们说,不管考核不考核,肯定不会有问题,尤其是女生!因为现在各个小学太需要少年儿童队的总辅导员了,让女团员去充当特别合适!"

事实也正像小慧说的那样,只过了两天,她就正式被批准参加了团县委的培训班。培训班为期一个半月,到暑假结束时就可以到哪个小学里去上岗。但这件事并不使亲娘怎么高兴,因为她本来想让小慧继承她的事业做一个美术设计师;再说,小慧在培训期间和刚走上工作岗位的时候肯定不适宜结婚了,婚期只好稍稍往后拖一拖,可不知道应该拖到什么时候。不过亲娘知道这是革命工作的需要,所以也不想多说什么。她就让装修好了的新房暂时空关着,说,等小慧去工作了一段期间以后,到了国庆节便让我们结婚,叫小慧继续在底楼住上一段日子再说。

培训班里对学员们的业务进修和政治思想都抓得很紧,小慧一早出门,总得到晚上九十点钟才能回家。星期日也得加班。因为是在暑假期内,我倒是比平时清闲了不少。所以我几乎天天晚上都到县城西门口去等她,然后骑上她的自行车,带着她回家。我们私下说话也就是这个时候。听上去她在培训班里对学习非常投入,说,能够正式参加工作当上一个总辅导员那有多好，这一下她也有工资收入了，虽然不多，但和我两个人加起来，肯定可以维持我们自己的生活了；再说，等她工作了一段时期以后，已经成了一个正式的教师，那时候我们就可以堂而皇之地结婚了——教师和教师结婚，人们还能有什么闲话可说。她已和亲娘说好了，定在当年国庆假期内办喜事。

每天到家以后，小慧马上就抓紧时间洗澡，然后抓紧时间睡觉，以便第二天一早可以精力充沛地去参加培训。

在那些日子里，我趁着难得有时间写作，便趁此机会写了一部以解放前后乡村小学生生活为题材的长篇儿童小说，题名《月亮湖边上的孩子们》，十二万字，投给了杭州一家名为"朝花"的私营出版社。寄去以后接到了一个收稿通知，还不知道结果如何。小慧听说我已在开始写作，而且往往要写到深更半夜才肯停笔，她就不再到我的卧室里来打搅我。所以，尽管我们两个都睡在底楼，只隔了一间小小的客堂间，来往十分方便，但在此期间却再没有发生过任何亲热行为。我虽然完全了解小慧的用心，但眼看着满身青春朝气，体态越来越窈窕的她，免不了常常会产生一种可望而不可即的空虚感。

我多么希望几个月的时间快点过去啊！我相信等国庆假期一到，我们肯定可以快快乐乐地结婚，快快乐乐地过上我们的恩爱生活了……

好不容易暑假过去，小慧在培训班结业了。她以优秀成绩被分配到县城西门附近的县立第一小学。这学校原是一个外国教会创办的学校，抗战胜利后曾一度改名为县立模范小学，规模很大，设备条件也是全县第一流的。这使小慧分外高兴,工作积极性之高超乎我的想象。不久,团县委组织少数几个重点小学的总辅导员到杭州去取经,她当然也是其中之一,回来后更加忙碌了,队活动开展得十分热烈,少年文艺宣传队,读书小组,游泳队,合唱队,以及舞蹈、音乐、绘画、书法等等兴趣小组都建立起来了,受到了孩子们的普遍喜爱和学生家长们的夸奖。

　　小慧一心忙于学习和工作,我当然也不想自甘落后。还在暑假期内,我又抓紧时间写了几篇散文,写的都是新社会新农村的新气象和新风尚,寄给上海我原来发表过作品的几家刊物,都很快得到了发表。就在小慧刚开始工作的同时,我也获得了一个特大喜讯,那部《月亮湖边上的孩子们》竟已在朝花出版社出版了。这是我有生以来出版的第一本单行本著作,收到样书的那一天,小慧和亲娘都兴奋得不知道该怎么祝贺我才好。不久,稿费汇来了,因为印数不少,稿费数目等于是我月工资的十五倍,别说小慧和亲娘,包括我自己在内都傻了眼了。经过讨论,最后由小慧做主,其中的四分之一给我妈妈,四分之一给亲娘,还有一半准备着我们结婚时到杭州去购买床上用品。为了这件事,小慧还利用星期天和我一起去看望了我妈妈,带去了样书和钱,和妈妈一起高高兴兴地庆祝了一番。

二十八

　　转眼间已到了九月中旬。一天吃晚饭，亲娘显得意外的沉默，好像有什么心事似的。饭后她叫我和小慧到了她的房间里，沉吟了片刻后才说，眼看着国庆假期已在眼前，让我们结婚的问题究竟应该怎么办？她问我们两个怎么打算，是如期结婚还是再延后一段日子？

　　我们都被亲娘问红了脸，我看着小慧，小慧也看着我，两个人都没有回答。我们当然都很想如期在国庆假期内结婚，但一时之间却有点难以开口。

　　亲娘把我们两个看了很久，突然说出了一番使我们大出意外的话。亲娘说，就在昨天，乡政府通知她到县妇联去开了一个各界妇女代表座谈会，座谈不久前公布的《婚姻法》，她这才知道中央人民政府已在今年5月实施了《婚姻法》；《婚姻法》提倡结婚自主，明文规定禁止童养媳、买卖婚姻一类的不合理陋习，这就不必多谈，她完全拥护；但《婚姻法》上还规定了男女双方的结婚年龄。

"年龄怎么样？这和我们有什么关系？"小慧急忙问。

亲娘的神情变得严肃了起来，压低了嗓门说："《婚姻法》规定'男二十岁、女十八岁才能结婚'，这就牵涉到了小慧的年龄问题。《婚姻法》上虽没具体说明指的该是虚年龄还是实足年龄，但我相信指的肯定是实足年龄无疑。因为解放以来，人民政府在各方面都通行用实足年龄，可是小慧偏偏还只有十八岁虚龄。我想我们还是应该小心为上，认定《婚姻法》上规定的是实足年龄。这样，我们才绝对不会有违反《婚姻法》的可能。否则万一违反了《婚姻法》，那就不是一个小问题了！你们说，我们究竟应该怎么办才好啊？"

我和小慧顿然呆住了，谁也说不出一句话。屋子里一片沉寂。

我立即意识到我很久以来对这个问题的顾虑和担心并不是多余的。小慧的确太年轻了，在新社会里是不大会允许这样的女孩子结婚的。记得我妈妈曾经问过我，人民政府有没有这样的新规定，我回答说"没有"，那只是说明了我的无知，说明了我那见不得人的自私心理。

"北英先说吧，你的意思怎么样？"亲娘眼睁睁地看着我问。

"我很想知道小慧怎么想。如果小慧同意，我想我们应该遵守人民政府的法令，按照《婚姻法》的规定办事。小慧现在的确还年轻了一点，最近又刚刚走上了工作岗位，过早结婚不利于她的前途。应该说，《婚姻法》作出这样的规定是有道理的，有利于青年人的健康成长，尤其是对小慧这样的女孩子们来说。况且，即便《婚姻法》上指的是实足年龄，我想也不会超过一年的时间吧，并不算太长。我愿意等到小慧满了十八周岁才和她结婚。小慧，你说呢，你的意思怎么样？"

小慧偷偷瞅了我一眼，没有作声。

"小慧，北英问你呢，你怎么不肯说一句话？"亲娘紧接着问。

小慧一直沉默着不想说话。过了好久她才低着头叽咕了一声："我当然都听他的，只要他有这个耐心。"

"好，"亲娘赶紧说，大大地松了一口气，"只要你们两个都有这样的意思，我就可以放心了。我毕竟也算是一个妇女代表，哪有妇女代表带头去违反《婚姻法》的？县妇联的领导说，再过几天就要大张旗鼓开展对《婚姻法》的宣传了，在这样的形势下让你们结婚，叫我这个做妇女代表的脸往哪里放？我还担心这一来可能还会使小慧保不住团籍呢！我知道北英是一个很有政治见解的人，通情达理；小慧也很体贴她亲娘，所以我才鼓起勇气对你们说了这件事。谢谢你们。我知道你们都是为了顾全大局才这么对我说的。实际上你们的感情，你们的内心想法，我怎么会不了解啊！反正不过是一年半载的时间，我们就听人民政府的吧，按照人民政府的《婚姻法》办事。这会使我安心得多了。"

"亲娘，不过我想问你一个问题，"小慧猛地抬起头来说，"《婚姻法》有没有规定女孩子谈恋爱的年龄？谈恋爱也非得满了十八周岁不可吗？"

亲娘笑了一笑，她带点苦笑的口气说："这个我就不知道了，那天的会上没听到有人这样说过。我想，人民政府的法律哪会禁止自由恋爱呢，大概不会有这样的规定吧？"

"我想也不应该有这样规定！"小慧接嘴便说，口气非常坚定。"既然女孩子满了十八周岁就可以结婚，那么在这以前，总得先有一个恋爱的过程吧？否则怎么叫提倡结婚自主呢？我想人民政府的

《婚姻法》,总该提倡男女双方在自由恋爱的基础上才结婚的吧!有了这一点,我就什么也不怕了!"

小慧这句话是面对着我说的,很有点意味深长的表情。

这天我在亲娘面前虽然说得很是冠冕堂皇,但回到卧室里细细思量了一下,心里却充满了难以言说的失落感。是的,理智上我完全拥护人民政府的《婚姻法》,认为女孩子满了十八周岁才允许结婚是完全应该的。这不仅是对妇女的独立人格的尊重,也是对整个社会负责。但一想到我和小慧这么些年来的亲密感情和亲密接触,怎样一步一步地建立起身心相许的情侣关系,甚至对洞房花烛夜也已做好了赤诚相见的心理准备,如今却还得等上那么多的日子才能过上夫妻生活,就有点焦灼不安了。正像小慧说的那样,我真会有那样的耐心吗?何况我早就是个二十五的老光棍了!

上了床,我翻来覆去地无法入睡,很想及时和小慧私下里好好谈一谈,即便谈不出什么好办法来,至少也得相互诉说一下内心的真实想法,哪怕是说些安慰话也会使我轻松一点啊。

我能悄悄跑到小慧卧室里去找她说话吗?

夜越来越深了,窗外园子里是一片秋虫的鸣叫声,远处不断传来湖水拍打湖岸的浪花声。平时我最喜欢听这类大自然的声息了,这会儿听上去却是那么让我心烦意乱。我相信亲娘和长根婶婶(她睡在楼上的小间里)肯定都已经入睡,小慧也可能像我一样为了这个突如其来的意外也在那里心神不定,想和我说些什么吧?

我无论如何也得去找她说些知心话啊!

主意已定,我只是在身上披了一条毛巾毯,便匆匆往小慧的房间轻手轻脚地走去。这是我第一次晚上到小慧的卧室里去。

二十九

　　小慧的房门关着，但一推就推开了。我怕我会惊吓了她，一进房门就轻轻叫唤了她一声。

　　小慧果然还没有入睡。她听出了是我，跳下床就几步来到了我的面前。她立即示意我和她一起走出她的房间，来到了我的房间里。她把我房间里的门窗都轻轻关上了，然后拉我来到我的床沿上和她并肩坐下。

　　"我那里楼上就是亲娘的卧室，要是她还没有入睡很容易听到；你这里就可以由着我们的了。晚上你从不敢到我的卧室里来，今天胆子怎么一下子大了？"

　　"我心里很不是滋味，很想和你好好说说话。"

　　我说着，见小慧浑身上下只穿着仅有的一点内衣内裤，便把毛巾毯披到了她的身上。

　　"不，你自己不会受凉吗？让我们一起披着吧！这样不是很好吗？"她话还没有说完，已把毛巾毯紧紧裹住了我们两个人的身体。

这一下，就像是两条蚕宝宝结在了同一个茧子里……

结果，当天晚上我们就这样默默无言地拥抱着坐了很久，没有说上一句该说的话。如果不是我心头一直念念不忘地牢记着自己的人格、道德、品行和前途，牢记着解放以来共产党对我的政治思想教育，牢记着小慧一生应有的幸福，我们很可能会做出那件不该做的事了。当然，小慧心头出自所有童真女孩都有的那种不明就里的害怕心理，也在一定程度上阻止了我们这么做。

快到三更时刻，小慧恋恋不舍地准备走了。这时候我才问了她一句话：

"小慧，要是《婚姻法》上规定的女方结婚年龄，指的的确是实足年龄，那就至少得等上快近一年的时间呢。那时候我虚岁已经二十六，你不会嫌我年纪太老吗？"

小慧用手捂住了我的嘴巴："我不许你说这样的话！我已经什么都由着你了，今后还怎么能离得开你啊！反正我这辈子总是你的人了，我也不会放你离开我！不过……"

"'不过'什么？"

"不过我有点害怕再来一个意外……老实告诉你，刚才等你走了以后，亲娘悄悄对我说，她另外还有一件心事呢，也是那天从县妇联听来的……"

"还有别的心事？什么心事？"

"亲娘叫我暂时不要对你说，她想先去找个文件来看看，好好研究一下，如果真的有问题，再来找你商量。"

"快说！究竟是什么问题？"

小慧犹豫了会儿，但还是特别小声地说："你听说过'土改运动'这回事吗？"

　　"听倒是听说过，但这和亲娘好像没有多大关系。她从来都是一位纺织品图样设计师，脑力劳动者，又不是专靠剥削农民为生的地主阶级。怎么，我们这里也要搞土改运动了？"

　　"快别再问了，问我也等于白问。如果亲娘真的要和来你商量，就由她自己对你说吧。"

　　小慧回去的时候，我搂着她送她到她的卧室门口，才各自回房睡觉。

　　亲娘的事等于小慧的事，小慧的事当然也就是我的事。到了星期日，我便一早出门到县城新华书店去买《土地改革法》。我相信亲娘想看的文件肯定就是这个。但县里的新华书店还没有这本书，营业员说，可以到杭州去买这本书，大书店里也许能买到。于是我当即赶到了杭州，果然在一家大型新华书店买到了一本《土地改革法》单行本。在这同时，我还买了一本《婚姻法》单行本。然后就在书店里把它们都匆匆阅读了一遍。

　　返回途中，我到富阳家里去看望了妈妈，准备把最近发生的意外事对她说一下。

　　进了家，我发现家里的内墙都已粉刷得干干净净，我那个乱七八糟的卧室，已收拾得十分清洁和整齐，原来的单人床已换成了妈妈的双人大床，还挂上了一顶洁白的夏布帐。妈妈正弯腰曲背地忙着在缝制一条红绸面的新棉被，见我进门才直起身来和我说话。

　　"你来得正好，"妈妈很高兴地说，"先让你看一看，给你们准备了这么一个新房还勉强可以过得去吗？我想你们同房以后也得回到这里来住上几天吧,所以这里也得给你们准备一个新房。我家没有经济条件装修房子,只能请个人来粉刷一下墙壁,再叫他打扫打扫。怎么样,你看了满意吗?"

"妈妈,你这样关心我们,我真不知道应该怎么对你说了……"

"眼看着国庆节就要到了,我心里又高兴又着急,婚姻大事再怎么穷也不能太亏待了你们啊。幸亏你和小慧前不久送来了那么一大笔稿费,我才可以请个人来帮忙,还在新新南货店订了五斤喜糖,到时候可以给左邻右舍去发一发,也算是喜事一场;这条红绸被面从来都没有用过,被胎也是新买的棉花做的,很软和,让你们盖着舒舒服服,小慧多一点开心,这样才能早生贵子嘛!"妈妈说着自个儿哈哈大笑了。

老实说,听了妈妈的话,看了她那副关爱备至而且喜在眉梢的模样,我的鼻子已经发酸,只是一个劲怔怔地望着她。

"妈妈……"我好不容易轻轻地叫了她一声,却还是不敢再往下说话。

"怎么啦,看你的神态,你好像有点心事?"

"是的,"我迟疑了很久才说,"我希望你听了可别不高兴,我们的婚事需要拖延一段日子……"

"拖延日子?为什么?需要拖延多长日子?"妈妈非常吃惊,一下子停下了手里的针线活。

我竭力装出一副笑脸,对她谈了谈事情的原委,接着说:"其实这也没有什么,反正等小慧到了年龄仍然是你的儿媳妇。"

妈妈无力地坐下了,发了很长时间的呆。不过她还是打起精神问:"要是你们现在不顾《婚姻法》的规定照样结婚,那上面有没有说要给予什么样的处分？"

"《婚姻法》有这么一条：'违反本法者，依法制裁。'但没有说明该给予怎么样的制裁。"

妈妈突然起身去关上了屋门，回来后又坐下了说："我相信这样的规定在乡下是行不通的，乡下人千百年传下来的风气，怎么能一下子改得掉？是啊，人民政府样样都好，就是管老百姓的事管得太多了，连结婚生孩子的年纪也要管，他们怎么能管得过来吗？北英，不是我在这里说句落后话，《婚姻法》归《婚姻法》，你们结婚归结婚！我可不甘心小慧如今小了这么一岁年纪，你们就不结婚！你就胆子大一点好了，要是因为这个要去坐牢，我就代替你去坐牢！"

"妈妈快别说这样的话。我和小慧都是人民教师，小慧还是个青年团员，我们怎么能违反新中国的法律？再说，人民政府这样规定是有道理的，旧社会留下来的旧风气的确须要改一改了。"

"你的思想这么进步，我就没有什么话可说了。不过，我得提醒你一下：你今年已经二十五，小慧还这么年轻，谁知道等她满了十八岁会不会变心？她现在已经走上了工作岗位，接触的男人多了，这样人见人爱的黄花闺女哪个男人不想要？她在工作中又那么能干，能歌善舞，还会绘画，常常要去出头露面，很可能共产党的领导干部中也会有人看中了她的！你抢得过人家吗？"

"这个妈妈倒可以放心，我相信小慧不是一个三心二意的人，况且她和我现在已经好得不能再好了……"

"对了，我正想问问你：你们一直同住一家，现在已经亲热到怎么样的程度了？"

我没回答，只是对妈妈笑了一笑。

"让我对你说吧,有句古话,叫'贞女也只怕缠郎',万一她在社会上遇上了一个假装正经的鬼男人,而且在政治上又比你有前途,一有机会就缠住她不放,哄她,骗她,诡计多端地讨好她,事情也就难说了,她和你再好也会出事的!你不能过分自信!"

"妈妈你说到哪里去了?你这样看待小慧,我听了非常难受!"

三十

"好,好,好,我就不说这样的话。"妈妈继续说,"不过,妈妈都是为了爱护你才说这样的话。我现在想想,既然你们一时结不了婚,那就只有一个办法才能使我放心了……"

"妈妈有什么好办法?请说吧,我认真听着。"

"我先问你:你和小慧两个,都单独住一个房间吗?""

"是的,怎么样?"

"隔开得远不远?"

"我们的房间都在楼下,只隔了一个客堂间。"

"亲娘和佣人都睡在楼上？"

"是的。"

"唉，这么说来，真有点像牛郎织女星，天天相见却不能相亲相爱，你的日子过得太不像人样了。眼看着一个如花似玉、青春焕发的意中人就住在隔壁，却一直在那里独守空房，到了晚上你心里能不想她吗？人都是血肉之身，七情六欲是天生的，况且你正当身强力壮。再让你这样眼巴巴地苦等下去，我怕你难免会等出病来。好，那我就直言不讳了：既然你和小慧已经海誓山盟，心心相印，我劝你们快点把那件不该做的事做了再说！两个人做过了这件事，成了事实上的夫妻，等到什么时候去登记结婚都无所谓，我也可以对小慧完全放心了。《婚姻法》上规定的是结婚的年龄，该不会规定到那件事上去吧？"

妈妈最后那几句话简直把我吓了一大跳。我低下了头，久久没有出声。

"你怕什么？你怕小慧怀孕？怀孕也不怕，反正你们已经是订过婚的人，不怕人家说闲话。"

"妈妈，你把事情想得太简单了。"我终于抬起头来说。"那么一来可能会比结婚更加严重，更加违反了《婚姻法》。《婚姻法》规定女方满了十八周岁才能结婚，实际上也包含了这个意思。我决不会去做这种见不得人的事。我不想害了小慧的一生。再说，《婚姻法》上根本没有提到'订婚'这两个字，人民政府根本不承认订婚这件事。"

精神奕奕的妈妈顿然泄了气，一下子变得很是颓唐不安。她又沉思默想了很久，然后说：

"你这样说，我就只能劝你和小慧暂时离开一段日子为好，眼看着朝思暮想的心爱姑娘天天都在你的面前招引着你，却又无法使你过上亲亲密密的恩爱生活，这样的日子可想而知有多么难受。离开一段日子，反倒会正常一点。要等，就一个人清心寡欲地去等，等上一年两年也可以，索性把心思全都放到工作、学习和写作上去，日子也会过得快一点。好在现在时局太平了，亲娘身体也很好，不需要你再怎么去照顾她们了。你可以到杭州去找个工作，先对自己的前途多考虑考虑。如今各项事业正在蓬勃发展，杭州的文化单位肯定要进用新人，你能写出这样的书来，也算是一个人才了，不怕人家不要。”

我只是不知可否地对妈妈笑了一笑，没有表示态度。

本来我还想对妈妈说一下亲娘担心着土改运动的事，恐怕妈妈听了会更加为我操心，就没有说出嘴来。

这天下午一点半我还要到乡政府去开会，只好匆匆吃了午饭，又对妈妈说了几句劝慰话，便赶回了萧山。

当天夜深人静以后，我再一次偷偷到小慧卧室里去找她了。有过了第一次，第二次就驾轻就熟，不再有太大的顾虑。不过我这次去，目的只是为了让小慧看一看那两本法律文件，并没有别的意思。

我们就在我的卧室里一起细看了这两本小册子。

小慧最注意的是《婚姻法》上有没有禁止不满十八周岁的女孩子谈恋爱的问题。找了两遍都没有找到，这使她非常高兴。更让她高兴的是其中反倒有这么一条：“非婚生子女享受与婚生子女同等的权利，任何人不得加以危害或歧视。”

小慧看过了这一条，脸就发红了。她故意指出了这一条，叫我再仔细看了一遍，还对我装了一个鬼脸。

"怎么样？看上去结婚不结婚根本没有什么关系！我不知道你怎么理解这一条？"她十分坦然地望着我说。

"可那是对非婚生子女的保护，并没有说明未结婚的人养下了孩子是不是犯法，尤其是对不满十八周岁的女孩子来说。当然，我不是人民政府的法官，我没有这个发言权。"我微笑着说。

"去你的！你总是想得这么多！反正我已经心中有数了！"她边说边在我肩上擂了三拳头，然后抱着我的脖子把她的身子紧靠在我的背上。

于是我们就这样相互粘合在一起开始讨论《土地改革法》。

显然，《土地改革法》小慧也读得十分仔细。她已注意到了这一条："革命军人、烈士家属、工人、职员、自由职业者、小贩以及因从事其他职业或因缺乏劳动力而出租小量土地者，均不得以地主论。"

"你看，这里说，并不是有了出租的田地就算是地主，对吧？"

我也早就注意到《土地改革法》上的这一条，使我也欣慰得多，对亲娘已不再是那么担心了。我和小慧的看法完全一致。

我说："我想应该是这样。亲娘不过买了八亩出租田，而且完全是用她的劳动所得买的，照这条条文看，她的成分应该算是小土地出租者，不会有什么问题。"

"那么我们可以放心了？"

"我想应该可以放心了。"

"可惜亲娘已经睡觉，要不我现在就去对她说，使她也可以早点放心。谢谢你买来了这两本书，现在我什么心事都没有了！生活着有多么快乐啊！"

"你快乐，就是我最大的愿望！我听了真高兴！"

"以后还会有更大的快乐呢,只要你能听我的话……嘎,对了,我也要给你看一本书,这本书是我今天碰巧买来的,是解放前出版的一本旧书,由上海一家很大的书局出版的。我已经看完了,现在我就去拿来给你看!"

说着,她很快从她的卧室里去拿来了这本书。

我一看,原来是一本有关卫生知识的书,书名叫《青年生理卫生》。

她刚把这本书放到了我的手里,就拿起两本法律文件急忙走了。临出门之前又回过头来对我眨眨眼睛,微笑着小声说:

"今晚上你就好好看吧,特别是最后一节……"

我不是一个傻瓜蛋,已意识到她让我看的该是什么样的内容。这让我既很高兴又很吃惊,小慧的大胆勇为太令人无法相信了,简直就像是汤显祖在《牡丹亭》里写的那个杜丽娘,遇上了书生柳梦梅便义无反顾地以身相许,一心期盼和他鸾凤颠倒。

是啊,既然封建时代的青春少女也能这样无所顾忌地追求爱情,向往着男女之欢,何况生活在二十世纪,而且已经发育健全的小慧。杜丽娘和柳梦梅只不过是在梦里见了一次面,可我和小慧已经相亲相爱了好几年,又天天生活在一起,接吻拥抱已不当一回事,产生这样的要求的确已十分自然。

这样一想,我也就不再大惊小怪了。

小慧回去以后,我迫不及待地细看了这本书,越看越有兴趣,尤其是最后一节,反反复复地细看了好几遍。可以这么说,以前我和小慧的那种亲热行为,都是无师自通的;这本书才第一次给了我两性问题方面的一点启蒙教育。

然而，正是这一点启蒙教育，却意想不到地把我害了，久久不能入睡，一直在那里想入非非，而且想的总是和小慧那无比吸引人的一切结合在一起。这样，三更天我刚合上了眼睛，就在睡梦中做了一个从未做过的下流梦，和一个很像是小慧，又不完全像小慧的姑娘在那里胡作非为，忘乎所以地和她干起了那件渴望着想做而不敢做的事。

　　醒来后我羞愧得满身大汗了，害怕得心头怦怦乱跳。因为我没有忘记在那本《青年生理卫生》上曾经说到过这种现象，那叫"梦遗"，虽然有时候也属于一种正常的生理现象，但决不能说是一件正派人应有的好事，如果男青年经常出现这种现象，就会影响到今后的身心健康。

　　我猛然想起了妈妈对我说过的话，如果再和小慧在同一个家庭里生活下去而无法同房，那肯定会不是犯上见不得人的违法勾当，就是害上什么不可告人的大毛病！

　　何去何从，我的确应该好好考虑一下了。

　　第二天我就把这本《青年生理卫生》偷偷还给了小慧，什么话也没有对她说。

　　结果，这以后我却每隔几天都会做这样的下流梦，梦里的姑娘已明明白白地就是活生生的小慧。这使我更加害怕了。我相信我真的因为想和小慧同房已想成了病。我的精神状态开始变得萎靡不振。

三十一

　　小慧已经让亲娘看过了《土地改革法》,还对亲娘说了我们两个对这个问题的看法,这使亲娘放下了不少心事。不过亲娘还是小心翼翼地和我们商量了一下,说,即便是一个小土地出租者,那也是不劳而获啊,现在又已经无法把那八亩田地卖掉了,这一点只能等到土改运动来了以后听任人民政府去做主;但我们在日常生活中还是须得注意一点,再不能过高高在上的生活了,所以她想把长根婶婶辞退了,由她自己打起精神来动手做家务。

　　我和小慧也认为亲娘的话不无道理,都表示赞成。我们提出也各自分担一些应做的家务。于是事情就这样决定下来了。

　　亲娘在辞退长根婶婶时和她推心置腹地谈了一下,还主动给了她几个月的辞退工资。长根婶婶虽然有点留恋,还是客客气气地答应了。长根婶婶说,反正她家就在隔壁,以后如有什么重活累活需要她临时帮忙,就和她打个招呼。

这以后不久，在大张旗鼓宣传《婚姻法》的同时，县里还发生了一件轰动城乡各地的大事：解放前在山乡地区作威作福、杀人不眨眼的"反共救国军"司令，老百姓人人痛恨的土匪头子，曾一度在乡下隐姓埋名躲藏起来进行破坏，如今已被抓捕归案，经过审判，在县城市中心公开枪毙。同时枪毙的还有他手下的几个骨干亲信。听说枪毙时前去观看的人挤满了上街和下街，老百姓万人空巷，欢声雷动。

在这之前，人民政府在城乡各地贴出了布告，公布了这股土匪部队杀人越货、敲诈勒索的种种罪状；其中还有一条罪状是他们曾在山乡地区到处造谣惑众，说什么"共产党在很快来到的土改运动中将要杀尽所有出租土地的人，不论出租的土地是多少"，以此混淆党的阶级战线，挑拨为数不少的小土地出租者和党对立，扰乱人心，妄图破坏即将到来的伟大的土改运动。

布告贴到了我们白墙头屋门口的墙上，亲娘也亲眼看到，这一下使她更加高兴，更加放心了。

就在这段时期内，我突然接到了一封来自《杭州青年日报》的信，拆开一看，竟是解放前曾在《浙江晚报》当过编辑的陆春芳写来的。她说，解放后她已和丈夫离婚，参加了杭州新闻干部学校为期一年的学习，在学习期间入了党，结业后被分配在新创办的《杭州青年日报》工作，担任副刊部主任。现在他们报社里编辑人员太少，尤其是懂文艺、能动笔的人。因为她曾读到了我的一些新作，经她向报社领导推荐，报社领导很欢迎我能到他们报社去担任副刊编辑。如果我有意，希望我及时给她一个回音，他们马上可以通过有关领导机关给我去办调职手续。她还说，她花费了不少心机，才从"朝花出版社"打听到我的通信地址。

这封信使我在又惊又喜之余陷入了犹豫不决的境地。去，还是不去？去，对我的前途必然十分有利，而且也满足了妈妈对我的期望，但小慧大概不会同意，我自己在感情上也难以和她分开，哪怕是星期天仍然可以回来和她在一起。不去，错过了这个机会实在太可惜了。

　　这天晚上我第三次到小慧的卧室里去找她了，请她到我的房间里看这封信。小慧看过了信半天不出声。

　　"你看了觉得怎么样？你认为我去好还是不去好？"我问。

　　"从我来说，我当然希望你一天也不要离开我。不过，到这样的单位去工作，你可以真正发挥你的专长了。当上了报社编辑，和文化界的联系也会密切得多，肯定对你的写作前途十分有利。你自己的意思怎么样？"

　　"说真话，小慧，我完全听你的。"

　　她又沉默了很久。

　　"要是我也能到杭州去工作就好了，"小慧忽闪着眼睛望着我说，"可是我想到杭州去找工作不会有这么容易吧？再说，还有一个亲娘呢，总不能让她一个人留在乡下吧？你先去问问妈妈，然后再和亲娘商量商量。"

　　"我妈妈倒是对我说过，我们一时不能结婚，还是暂时离开一段时期为好，因为……"

　　"因为什么？快说！"

　　"我不说你大概也能想到，她怕我天天看着你却无法和你……妈妈还说，让我到别的城市里去工作，等结婚的日子也会等得容易一点。"

　　"这倒也是。"小慧微微一笑，"要不，这样好不好，你先到杭州去工作，一面给我在杭州找找工作，我相信杭州的小学也需要经过培训的总辅导员吧？如果真能做到这一点，我们可以把亲娘也接到杭州去住，免得她在乡下老是为了土改运动担惊受怕。我们最好能在竹竿街附近租到房子，离我妈妈近一点，对她也能有一点照顾。只要有两个房间就可以了，一个给亲娘住，一个给我们住。那时候我们……反正大城市里未婚同居的人多得很，只要亲娘允许，还有谁会来管我们……"

"能这样当然再好不过了。"我也笑了，紧对着她的脸喃喃地说，"小慧，你真是我的小天使！我这辈子能遇上你这么一个好姑娘，对自己的一生已完全满足了！真不知道应该怎么感谢你！"

"应该感谢的事还在后头呢！不过我现在想问你一件事……"她有点撒娇似的说。

"问吧，问一百件事我都老老实实地认真回答你！"

"那个写信给你的陆春芳现在有多大年纪？长得怎么样？漂亮吗？"

"小慧，你完全不必问这些，陆春芳和我不过是编辑和作者的关系，况且她已经是个结过婚的女人。她戴着一副眼镜，说话动态都有点像男人，唯一的优点就是文化水平高，和我一样非常喜爱文艺，事业心很强。我看不出她该有多大年纪，大概和我差不了多少吧。她肯定说不上是一个美女！就算是一个美女，也美不过我心中的小天使吴慧！"

小慧久久不想回到她自己的卧室里去，仿佛我们马上就要分手似的，一直默默无言地眨巴着眼睛。

夜已很深，我才像抱着一个有了什么心事的小孩子那样，把她抱回了她的卧室里。

第二天天黑后我刚回家，小慧出其不意地对我说，她已让亲娘看过了那封信，亲娘也认为我既有这样的好机会，应该到杭州去工作，暂时结不了婚，还是分开一段时期为好，这对我们两个人的身心健康都有好处；亲娘还完全同意我们的长远计划，如果小慧也能到杭州去工作，她很愿意跟了我们一起住到杭州去，希望到时候我们能陪她到西湖边上去玩玩。

这样，两个星期以后，有关机关已经把调职令寄来了。又过了一个星期，我抓紧时间办妥了调职手续。县教育局和乡政府的刘乡长都舍不得让我离开，但迫于华东军政委员会的调职令，他们也只好放我走了。刘乡长说他准备暂时让李老师代理校长，另外从当地的知识青年中物色一个教师。

三十二

我走的那天天气很好，风和日丽，虽已入冬，却没有一点寒意。

小慧一早就出门上班去了，也没有和我多说什么话。我背起背包，手里提着手风琴盒子，告别了亲娘和长根婶婶后，大步往村外走去。可没有想到李老师已率领了全校学生在村口外的路上等着欢送我。李老师还指挥学生们唱起了《送别》这支歌，我连忙拿出手风琴给同学们伴奏了起来。

长亭外，

古道边，

芳草碧连天……

我一边弹奏着手风琴，一边和同学们一起高唱着这支歌，非常感动，忍不住已热泪盈眶……

到了县城西门，我立即发现，小慧手推着自行车在西门口眼巴巴地等着我了。她说她是请了一小时的假前来送我的，来得及送我上火车站。我们肩并肩一路走去，像相互默契似的都沉默着不说一句话。实际上我们都害怕像昨天晚上一样，说着说着，会忍不住感情冲动。

我刚买好了车票，从南昌来的火车已很快到站。等我匆匆挤上了车门，回头一看，发现小慧还一直怔怔地在那里发呆。我忙着朝她挥挥手，高喊了一句："这个星期天能不能回来，等我上班工作了两三天以后就给你写信！"

小慧默默地对我点了点头。

离开了杭州这么一段时期，所有的市容市貌一点也没有变化，仍然是原来的老样子。但社会风气却已经和解放前有所不同，所有干部模样的人，不论男女，都穿上了一身灰蓝布解放装或黄色旧军服，西装革履几乎已完全绝迹。人们的语言习惯也和以前不一样了，多了不少政治术语，而且不管男女老少，人们见面说话一开口总把对方称作为"同志"，也喜欢别人把他（她）称作为"同志"，仿佛全世界的人都已成了某个统一体的政治组织中的一员了，其中当然也包括我这个"非党群众"。

我们的报社正巧在膺白路（已改名为南山路）涌金门附近，距离竹竿街（已改名为开元路）小慧母亲家走去只有一刻钟左右的路。办公的地方和集体宿舍都在一座小洋楼里。男宿舍很挤，住着六个人，大都和我差不多年纪；女宿舍只住着两个女青年，都是从浙江干部学校分配来的。部主任陆春芳住在娘家，每天都骑着自行车上下班。

分别了快有两年，陆春芳看上去还是原来那副书生气很重的样子，但衣着更加朴素，言谈动态也更加老练了。第一次见面，她向我略表欢迎以后，就给我详细介绍了报社的情况和对我的工作要求。这份报纸每天都有一版副刊，我负责的《青年文艺》每隔一天编发一期，另外三天则是《理论学习》；星期天是《周末副刊》。她说，报社领导对工作和学习都抓得很紧，八小时以外天天晚上都得加班到八九点钟，星期天也往往没法休息，采编新闻的记者就更加忙碌了；全报社二十多个人，几乎大都是党团员，除了几个勤杂人员，就是我不是党团员，在编辑人员中这是一个难得的例外。所以她鼓励我早点用实际行动争取入党，成为一位无产阶级的新闻从业人员。

本来我打算第一个星期天就回到萧山去，听了陆春芳的介绍，觉得还是暂时忍一忍为好。初来乍到，第一个星期天就回家，万一到时候需要加班，肯定会给领导留下了坏印象。如果不加班，我可以去看望一下未来的丈母娘，这也是必要的礼貌。

第三天晚上政治学习结束以后，我就留在办公室里给妈妈和小慧写了一封信，对她们说了说我的大致情况。当然，给小慧的信写得特别长，写了满满五张纸头。

结果，这一个星期天倒是并没有加班，于是我就买了一些礼物去看望了未来的丈母娘。丈母娘的身体和精神状态都还不错，最近刚搬出了原单位的集体宿舍，在附近的开元路上租了房子住。听她说，小慧的哥哥和姐姐都快要在华北军政大学毕业了，按照常规，他们都可以回到原籍杭州来工作，大概过了年就能确定具体单位，前来报到。至于我和小慧暂时不能结婚的问题，她似乎也已经知道，但一个字也没有提，一句话也没有问。她只是问了问乡下的政治情况和亲娘的身体状况，没有留我吃饭，就顺着我的意思客客气气地把我送出了门。

正像妈妈曾经勉励过我的那样，我开始把全部心力都投入到了工作和学习上（写作的念头还只能暂时放一放）。事实上，要编好每星期的三个副刊版面，从组稿、审稿、改稿、校对到别的所有编务工作，也够我忙的了；何况还有各种各样的临时任务和各种各样的大小会议。很快一个多月过去了，接连四个星期天都有加班任务或会议，无法回到萧山去。我只能每到星期五晚上都给小慧写一封令她失望的信。小慧在来信中已流露出了不乐意的心情，说，早知道这样还是不让我到杭州来工作的好。

好不容易等到了元旦，我以为元旦假日总可以让我回到萧山去了。令我大失所望的是元旦假日需要值班，把我安排在元旦那天的下午，而且上午还得听报社领导的年度工作总结和新年度工作安排的报告。这一下我可真有点为难了。没有办法，只能事先再给小慧写了一封长信，莫可奈何地告诉了她这回事。

这一次，小慧竟然没有及时给我回信。我很担心她对我生气了。到了元旦那天下午，我正和另一个男同志在一起值班，意外地接到了小慧的一个电话。原来她已经来到了杭州，准备在她妈妈家过一夜，第二天一早赶回萧山去。她叫我当天就到她母亲家去吃晚饭。她还说，她的哥哥和姐姐都已正式分配在杭州工作，一个在省教育局，一个在市文化局。这天也要到母亲家来一起吃晚饭。他们也很希望和我见见面。

我又惊又喜地挂上了电话，内心却有点不安了。原因就在于我很怕和小慧的哥哥姐姐见面。他们肯定已经知道，在他们的妹妹还未成年的时候我就和她谈上了恋爱，还厚着脸皮和她订了婚，这在革命队伍里算得上是一件既荒唐又有失人格的事，真不知道他们会对我怎么说，会对我采取什么样的态度。

虽然我认定我和小慧的爱情关系经过长期的时间考验，已经牢不可破了；但如今小慧已经是一位青年团员，走上了革命教育工作者的队伍，又很要求进步，会不会在她哥哥姐姐的说服教育下认识自己的错误，痛改前非，对我改变态度？我以为那也不是绝对不可能的事。如果她的哥哥姐姐怀疑我有意在玩弄她，利用她的少不更事欺骗了她，糟蹋了她的一生幸福，他们一定会想尽办法破坏我和小慧的爱情关系，想尽办法叫小慧离开我的啊！

再一想，小慧的姐姐小敏，比我还小了三四岁年纪呢，她哥哥吴必芳的年纪也比我小，如今我却作为他们未来的妹夫去和他们见面，从这一点来说就使我有点自惭形秽，何况我在政治上也比他们落后了一大步！

值班是在五点半结束的，我抓紧时间做了一点应有的准备，赶到理发店去理了发，尽可能把自己打扮得整齐、大方和得体一点，匆匆买上了一点水果，便打起精神再次去了未来的丈母娘家。

三十三

等我忐忑不安地敲响了门，前来给我开门的是小慧。一个月不见面，她的脸上似乎少了一点红晕，却仍然是那么楚楚动人。她匆匆看了我一眼，没有让我立即进门，悄悄对我说：

"哥哥和姐姐都已经来了，一直在和妈妈谈论着我们的事。如果他们对你的态度不怎么样，希望你别当一回事。你可以像上次和我一起去拜见我妈妈时那样，用不着多说什么话。发生了什么事都由我去对付。你就大大方方地充当你的女婿角色好了。我觉得你的脸色比在乡下时好得多了，神采奕奕的，大概工作一直很顺手？"

"工作很顺利，就是太忙。别的一切过会儿有机会再和你谈。"

小慧的态度很快使我的心镇定下来了。有了她的不变的爱，我还能有些什么顾虑呢！

　　小慧的哥哥和姐姐都穿着十分合身的解放军干部服，虽已不戴领徽，看上去还是比以往神气得多了，似乎使原来就贴着"光荣人家"红纸头的房间里更加充满了革命气氛。他们看见我紧跟着小慧，一起进了房门，都站起身表示了应有的礼貌。小慧的妈妈也特别客气，我叫她"妈妈"的时候她虽然没有答应，却满脸都是笑容，连声说"请坐，请坐"，像对待一个客人似的接待我，让我坐到了紧靠吴必芳的座位边上。

　　吴必芳和我重重地握了手，直直地看了我几眼，笑着说：

　　"我们都快有两年多不见面了吧？听我大妹小敏说，她在上海出版的刊物上看到过你的不少新作，好像还看到过你写的一本儿童读物，真不简单，你成了人类灵魂的工程师了！有志者事竟成嘛！"

　　我说了一些谦虚话，然后问了问他们兄妹两个的近况，如今担任了什么工作。

　　"刚刚报完了到，还没正式上班，"吴必芳认真答道，"领导上让我到省教育局协助搞小学方面的工作；小敏到市歌舞剧团去当演员，兼一点人事组织方面的工作。反正都是革命工作嘛，听任组织上的安排了。"

　　小慧的姐姐小敏我还从来没有和她说过一句话，这时候她坐在我的对面，自然也得和她应酬一下了。特别是，我没料到她远在北京也曾看到了我的那些新作，这免不得使我产生了一点友好情意。她看上去还是和原来那样的光彩照人，穿上了军装更显得英姿飒爽。她和小慧肩并肩坐在一起，真不失为一对相得益彰的姐妹花，只是比小慧老成一点罢了。不过她一直和小慧说着悄悄话,我就没有去插嘴打搅她们。

小慧的妈妈说,应该吃饭了,于是我们全都站起身来准备去帮忙。吴必芳突然使劲把我拦住了,大声说:

"不,不,快坐下,你是客人,难得来吃饭,怎么能叫你去帮忙呢!哪有让客人动手的道理!我们家里多的是人手,兄妹三个完全可以对付了!"

我一听就听出了他话中有话,再联想到小慧的妈妈刚才对我的态度,不免有点尴尬。幸而小慧已经听到了她哥哥的话,立即从厨房里探出头来说:

"哥哥,你这算什么话!他哪是什么客人!去年他第一次上门时妈妈留他吃饭,碗筷就是我和他一起洗的,他还收拾了饭桌后去倒了垃圾呢!北英,快来,把这锅子鸡汤先端到饭桌上去!"

于是我赶紧去端来了鸡汤。吴必芳呆在那里没话可说了,脸色已有点发青。

这天饭桌上的主菜就是这锅子清炖童子鸡汤,小慧的妈妈看着这只油光光的童子鸡似乎有点为难了。小慧看了看她妈妈,毫不犹豫地站起来自作主张了。她说:

"我和北英在乡下常常有吃鸡的机会,今天带了这只活鸡来原本是想孝顺妈妈的。难得哥哥和姐姐正巧回家,两条鸡腿当然须得请他们两位尝鲜了;好在妈妈喜欢吃鸡翅膀,就让妈妈把两只翅膀都吃了,也算是我和北英的一片心意。"

她话刚出口,马上就动手这么做了,十分利落地把鸡腿、鸡翅膀连同上部大量的鸡肉分配到了他们三个人的饭碗里,然后挟了一大块鸡胸肉悄悄放到了我的饭碗里。

肯定是小慧得罪了她哥哥的缘故，吴必芳在饭桌上不再和我多说什么话了，却突然和他妈妈小声议论起了《婚姻法》问题，还故意说到了《婚姻法》上并没有"订婚"这一条，那只是旧社会的一种陋习，现在人们已不当一回事了……

小慧也已听到了她哥哥的话，不过她只是对我眨了几下眼睛，采取了听而不闻的态度，示意我埋头吃饭。

小慧的姐姐小敏倒像是很欣赏她妹妹的所作所为，对我一直保持着友好的神态。大概为了打断她哥哥的话，她开始主动和我交谈了起来，问了我在报社里的一些情况，还提起了我演奏手风琴的往事，说，以后如有机会，我又有时间和兴趣的话，希望我能到他们歌舞剧团里去客串伴奏一下，因为她已经听说那歌舞剧团里还没有一位手风琴手呢。

小慧一听，高兴得连声说好，仿佛她姐姐邀请的不是我，而是她似的，惹得她妈妈连连朝她白了几下眼睛。

然而，最大的不愉快还在后头。等我们吃完饭收拾好了碗筷，吴必芳突然拿出了四张电影票，说，这是省政府发给新进人员的招待票，可惜只有四张，怎么办？"我和小敏是必须去的，妈妈也一定得去；还有一张由谁去都可以，但是很抱歉总得有一个人不能去了。因为是招待票，要想临时去买也无法买到。"

"什么电影？"小慧接嘴问，好像很感兴趣似的。

"现在放映的当然都是苏联电影，片名《幸福的生活》，大概是有关集体农庄的，里面有一只插曲叫《红莓花儿开》，已经在我国广泛流行了。你在萧山看不到电影，我看还是你去吧，反正小郁同志在杭州有的是看电影的机会。怎么样?"

"他不去,我也不去!"小慧回答得很干脆。

"不去,这不太可惜了吗?"

"不,我现在仔细一想,我和他都不能去。他到杭州来工作了那么久,每个星期天都得加班,还从没回过一次萧山呢,所以我才到杭州来和他会面的。明天一早我就得赶回萧山去。"

"既然如此,我就不想勉强谁了。"这一下她哥哥真的生气了,一脸的冷笑。

他们很快就走了。临走时吴必芳甚至没有和我再握一下手。

更加令人吃惊的是,他们走后还不到五分钟,我和小慧坐下了正想好好说话,小慧的妈妈竟意想不到地回来了。她说,她太累了,精神也不好,也不想去看电影了,只想早点睡觉。

三十四

在这样的情况下,我当然只能起身告辞了。但小慧还不肯就此罢休。

"妈妈,那你就先睡吧,我还得送一送北英,和他说说话。门钥匙我带走了,你用不着等我。"小慧说着,顾不上去听她妈妈的回答,随手拿起她妈妈刚脱下的一件旧大衣往身上一披,和我一起出了门,来到了马路上。

"别管他们,我们可以随便找个地方去说话。今天我到杭州来,有一件正经事要和你商量呢,在妈妈面前反而不方便。这里距离柳浪闻莺不远,那地方很清静,要是你不怕冷,我们就到柳浪闻莺去谈吧?"

"什么正经事?有那么重要吗?"

"到了柳浪闻莺再和你说,希望你听了一定要沉得住气。"

那时候的柳浪闻莺,虽然是西湖十大风景名胜之一,实际上只是一条一两百米长的荒凉湖岸罢了。不过在这条狭长形的湖岸上,的确长满了密密的柳树,柳树多半都已十分高大,一株紧挨着一株,一行紧挨着一行;到了春暖花开的季节,在这一大片枝叶繁茂的柳树上,绿浪滚滚,这里那里都能听到黄莺的婉转鸣叫声。果然不失"柳浪闻莺"的美名。可以说,那时候柳浪闻莺之美,是一种充满野趣之美,也是我最喜欢去独自饱享自然之美的地方。

柳浪闻莺从来都不需要买门票,但那时候来的游人却少得非常可怜。我在市园林管理局工作期间,星期天常到湖岸边找个地方坐着看书,能见到的只是附近杭州师范学校的学生,或三三两两议论着些什么,或男女成对在那里谈情说爱;除此以外,就是柳浪小学的小学生们放学后前来追逐打闹。

我和小慧到达湖边时,黄昏已深,长长的湖岸上根本见不到一个人影,也听不到一点人声。这天的月色很好,可以看清所有的柳树都光秃秃没有一点叶子,显得更加衰败和落寞。幸而湖面上没有一丝风,虽在寒冬腊月倒也不觉得怎么冷。

我们找了一处临湖的石驳岸并肩坐下。刚坐下,小慧马上把她妈妈的旧大衣披到了我们两个人的身上。

小慧开头并没有说那件正经事,先问了问我一个多月来是不是常常想到她,想到乡下的生活? 还有,伙食怎么样,同志关系怎么样,领导上对我的态度怎么样? 听了我的回答后她松了一口气。我们不知不觉又手握着手依偎在一起了。

"北英,自从乡下发生了这回事,我的心情坏透了,真不知道应该怎么对你说。我怕写信说不清楚,反而会影响了你的工作,所以一直瞒着你没有在信里对你说真话。今天我对我妈妈也没有提起这件事,一句也没提,就怕哥哥和姐姐知道了会更加看不起我们两个。你看我在家里表现得那么开心,实际上我都是在那里演戏,不想让妈妈他们看出我的心事。告诉你:亲娘大概要出事了,土改工作队一来,他们在访贫问苦中了解到她有八亩出租的水稻田,什么样的会议也不让她参加了,还把'打倒地主阶级'的标语贴到了我家大门外。就在昨天吧,不,该是前天了,事情越来越明显,我们学校的校长和党支部书记突然找我去谈话,对我讲了不少关于土改运动的话,还几次提醒我作为一名青年团员,在伟大的土改运动中一定要经得起考验,站稳立场,和地主阶级划清界限。如果不是亲娘有问题,他们为什么要找我去说这样的话? "

小慧面对着我说完了这些,便扑在我身上失声呜咽了起来,一下子就泪流满面。

我当然非常吃惊，半天没有出声。

"还有呢，"小慧在呜咽中继续说，"对你说了你可能不敢相信，在土改工作队中有一个人正是我们的熟人，就是那个朱大伟！我最讨厌的那个家伙！"

"朱大伟？有这么巧的巧事？"

"两星期前的星期天，朱大伟刚到乡下时到我家来找过你，那时候访贫问苦还没开始，我也不知道他是土改工作队的队员，没和他说什么话就离家出了门，由亲娘接待了他……"

"他对亲娘说了些什么？"

"亲娘听他说是土改工作队的队员，问了他一些土改运动的问题。他听亲娘提到了那八亩出租田，茶也没喝一口，急忙站起身就走了。这件事使我特别害怕，我几次得罪过朱大伟，他肯定会在土改运动中趁机进行报复！"

我冷静地思考了很久，一边给小慧擦拭眼泪一边安慰她。我说：

"现在看上去还只是一些可疑的兆头，不能说亲娘已经被人们当作地主分子对待了，过分担心还没有这个必要。土改运动还刚刚开始，人们知道她有那么些出租的田地，又从未从事过农业劳动，和一般农民区别对待也是可以理解的。只要当地的农民协会和工作队能按照政策办事，亲娘决不可能被划成为地主分子。她所有的田地都是用自己的劳动所得买来的，只能算是一个小土地出租者。这是《土地改革法》上明文规定了的。小慧，我们都要相信党的政策，先不要自己吓坏了自己。"

"可是我听人们说，怎么划定一个人的阶级成分，还得根据人民政府颁布的决定，'自报公议'呢。好像《土地改革法》上也有这么一条。所以，要是朱大伟有意报复我，他肯定会咬住亲娘那八亩出租田不放，在农民当中放风点火，把她往地主分子的死路上推！"

"这是你的主观想象了，我以为朱大伟还不是那么一个坏人，何况土改工作队还有土改工作队的纪律，怎么能不按政策办事，胡搞一气呢？"

"我问你：你看到过人民政府有关划分阶级成分的决定没有？"

"没有。明天我就想办法去找来好好看一看，看了以后写信告诉你，能寄给你就寄给你。总之，我觉得你和亲娘想得太多，担心得太早了，希望你们先别过分去注意人们的态度，一定要坚信亲娘决不是什么地主分子。如果他们真的置政策于不顾，把她划成为地主分子，那也用不着害怕，我们可以向上级去申诉，那也是《土地改革法》上明文规定了的。那次亲娘叫我给她写财产账的时候，我已清清楚楚地了解到，她的确是用早年设计织品花样的报酬买的那八亩田地，当然属于脑力劳动的收入，各种单据都还保留着，物证齐全，人民政府不会不接受我们的申诉。这一点你可以告诉亲娘，到时候由我负责，请她放心好了。"

小慧本来已经渐渐止住了眼泪，但听了我这一说，却更加恐惧不安了，紧紧抱住了我的身子不放，浑身都在簌簌发抖，仿佛我准备去做的是一件十分可怕的冒险事似的。

"怎么了？你好像还在害怕些什么？"我连忙问她。

"从心底里说，我最最担心的还是你！最最担心的是怕亲娘的缘故连累到你的前途！你这样一说，我当然更加害怕了！万一到时候我们的申诉失败，你会犯上破坏土改运动的大罪名，我就只有死路一条了……"

"小慧,请你相信我。我这样说决不是信口开河。我仔细学习过《土地改革法》,我有绝对的把握。我相信人民政府决不会冤枉一个好人。这个星期天我无论如何也得回一次家,好好劝慰一下亲娘,再看看乡下的情况。如果可能,我还想去和朱大伟见见面,从他那里了解一些有关划分阶级成分的政策。我和他毕竟同事了几年,也算是有点朋友交情了。"

小慧见我的态度这么坚决,口气这么强硬,似乎被我说服了,渐渐相信了我的话。

我们的谈话也只能到此为止了。不过我们还舍不得就此分开。当然,在当时这种心情下,我们哪还有寻欢作乐的闲情逸致,只是相互紧紧地拥抱着,用自己的体温温暖着对方的身子,也温暖着对方的心……

夜已经越来越深,湖面上还是风平浪静的,开始弥漫着雾气。远远望去,白堤和苏堤上的路灯只留下了几排淡淡的影子;唯有湖对面"新新饭店"很大的霓虹灯招牌还穿过迷雾清晰可见。这时候我突然发现小慧的头发上似乎有一层银白色的东西,再一看,我们披在身上的旧大衣上也有不少地方变成了银白色。我连忙用手一摸,竟然是湿漉漉的,原来我们的外衣上已积满了霜花……

快到半夜了,我赶紧把小慧送回了家。

三十五

第二天,我利用外出组稿的机会跑遍了市内所有的书店和图书馆,但哪里也找不到人民政府颁布的有关在土地改革中如何划分阶级的文件。这让我非常失望。

这期间部主任陆春芳交代了我一项任务,说,为了配合一部分市、县农村开展土改运动,副刊上应该发表一些这方面的文艺作品,还叫我挤时间到邻近的农村去"走马观花",了解一下轰轰烈烈开展土改运动的农村生活面貌。

在这样的情况下,到了星期六下午,我便抓紧时间编好了下一期《青年文艺》,名正言顺地到富阳和萧山去了。

妈妈对土改运动十分拥护。她说,农民有了自己的田地,一定会把稻米和蔬菜种得更好,这样,粮食和蔬菜多了,不仅能稳定物价,社会也会更加安定和繁荣。人民政府的办法真好。富阳的穷苦农民在土改运动中个个都是欢天喜地的,争当农会干部和积极分子,到处都是一片热火朝天的景象。

不过妈妈也略略有点为亲娘担心,我到后不久她就问:"亲家母家只有八亩出租田,该算不上是地主吧?"

"那当然,"我说,"亲娘是用劳动所得买的少量的田,不会有什么问题。妈妈用不着为她担心。这一点《土地改革法》上说得清清楚楚。要不解放后人民政府也不会让她去当妇女代表,参加全县人民代表会议了。"

"北英,不过我还得提醒你一下,我们这里的土改运动比萧山先走了一步,斗争地主斗争得很厉害呢,乡下已经全面开花。县里有两个恶霸地主被公开枪毙了,对所有的大地主都开了全区或全县的斗争大会,不少中、小地主也得拉去陪斗。凡是有出租田地的人,包括那些小土地出租者,都吓得心惊胆战,抬不起头来。"

"那是应该的。贫苦农民被封建势力压迫了几千年,要发动他们起来革命,一定得先把封建势力的威风打下去,否则贫苦农民怎么能翻身当主人呢?"

"你大概还记得你爸爸的老朋友丙龄伯伯吧?"妈妈继续说。"他年轻时候也是在杭州教书的,五六年前身体不好才回到乡下来的。因为他家有近二十亩祖上留下来的出租山地,土改运动一来便被划成了地主。他有个儿子富阳刚解放便参加了革命,不服气,认为他父亲教了一辈子的书,应该作为脑力劳动的教职员工对待,在自报公议的会议上大吵大闹,后来还到上级单位去告状。你知道结果怎么样?他儿子很快被开除了公职,还被抓进去坐了牢房!"

"我想这也是他儿子在自作自受,瞎胡闹。因为事情很清楚,人家这么做,完全是依法办事的。他父亲离开教书岗位已有五六年,土地又是祖上留下来的,当然应该划为地主,《土地改革法》上就是这么规定的。如果他家的山地是用他自己的劳动收入买的,那才能另当别论。他儿子自以为已参加了革命工作,想以此去为他父亲开脱,真是咎由自取,能怪得了谁呢?要怪也只能怪他们的祖宗,给他们留下了那么些山地反而把他们害了。我也知道那个什么伯伯是一个规矩老实人,并不希望他家被划成地主,他们的不幸遭遇使我很同情;但在这新旧交替的革命时代,能有什么办法呢?谁也帮不了他们的忙!"

妈妈见我对答如流,说的话头头是道,对《土地改革法》似乎已了如指掌,她终于不再为亲娘担心,对我也完全放下了心。

妈妈在我临走时又想起了一件事,说:"忘了告诉你:半个多月前你的好朋友朱大伟到我家来过一次。他的记性很好,还没有忘记到我家来过年时我请他喝老酒的事;还说他能到诸暨乡下去参加革命,多亏你卖了手表资助了他路费。这件事你一直把我瞒得紧紧的,对吧?"

"那时候我怕你会担心。"

"朱大伟说,领导上已临时安排他到萧山去参加了土改工作队。如果能找到他,你不妨去看看他吧。"

"是的,我应该去看看他。这次我到萧山去,为了准备趁便去组织一些有关土改运动的稿件,所以带着几封报社的介绍信。"

我来到萧山西门已经是傍晚。一路走去,还没进城已充分感受到了土改运动热火朝天的气氛。西门一带街道上空迎面挂着几条大横幅:

"彻底废除封建主义的剥削制度,实现耕者有其田。"

　　"坚决、稳妥地完成土地改革运动,发展新民主主义生产力。"

　　"团结一切可以团结的力量,孤立一小撮妄图顽抗的地主分子!"

　　"严厉打击破坏土改运动的反革命分子!"

　　……

　　大横幅上的口号都和我原来的想法一致,完全体现了《土地改革法》的精神。我更加觉得亲娘和小慧的担心害怕完全是多余的。

　　看看天色还没有暗下来,虽已到了各机关下班的时间,我还是想先到有关单位去走一遭,了解一下有没有可以组织文艺作品的作者。首选的目的地当然是团县委宣传部。因为我们的报社也是由团委系统领导的。

　　团县委的同志都还在加班工作。接待我的是负责宣传工作的一位年轻女同志,姓任。她看了介绍信,听说我是前来组织有关土改运动的稿件,很高兴,但态度很谦虚,说:"我们小县城里只有写写通讯报道的青年人,要他们写文艺作品可能不行吧?"

　　"为了及时配合运动,我们需要的正是通讯报道一类的文章,只要能带点文艺笔调就行了。"

　　"这里有几期内部发行的油印报《萧山青年》,登的都是报道青年团员和团外积极分子在土改运动中的好人好事,文章都很短。郁同志如有兴趣,可以先看一看,是不是有符合你们要求的?"

　　"太好了。"

　　那位姓任的女同志给我倒来了一杯开水。我只花了半个钟头就看完了所有的油印报。令我喜出望外的是,里面有一篇题名为《血泪的控诉》的文章,写的是一位青年贫农控诉一个恶霸地主强行霸占了他姐姐的罪行,有点像《白毛女》里的情节,非常令人感动,作者是"青萱"两个字。

当我提出想带回这篇文章去考虑发表,那位任同志猛然脸红了,笑着说:"这篇东西正巧是我写的,记录了一次斗争大会上的一个发言,这样的东西也能在你们报纸上发表吗?"

"让我带回去请领导上看了再说。不过我认为肯定可以发表,而且很快就能发表。你的名字就是'青萱'两个字?"

"不,'青萱'两字是我随手写上去的,意思是青年团宣传部的谐音。我叫任茶花,因为我家历来都是种茶叶为生的。我只读到小学毕业。我的老家是新四军金萧支队的根据地。"

"这么说,你一定看过不少文学作品吧?否则你的文笔不会这么生动。真希望你以后经常能给我们报纸写写稿,可以多写写新四军的革命斗争故事。"

"谢谢你。你这样鼓励我,我当然会尽自己的努力的。"任茶花高兴得喜笑颜开了。

我和任茶花交换了通信地址和电话,便匆匆离开了团县委。这时候大街上已一片漆黑。

想不到我的组稿任务会完成得这么顺利。我想,等我回到了报社,就可以向部主任陆春芳汇报我在"走马看花"中的意外收获了。这使我十分得意,相信小慧听说了也一定会为我高兴的。

三十六

　　我摸黑离了城,加紧脚步朝月亮湖岸边走去。一路上发觉各个村子里和以往不同,大都有灯火通明的地方,而且人声嘈杂,还传来一阵又一阵响亮的口号声。看来土改运动在萧山也已经全面开花了,肯定是人们利用晚上的休息时间在开会吧。

　　夜色中,我刚刚望见了白墙头屋,却吃惊地发现屋门外的湖岸边聚集着不少乡邻,有的乡邻还高举着燃烧的火把。人们用特别愤怒的声调高呼着口号。其中有几声口号使我听得魂飞魄散了:

　　"打倒地主分子吴勇华! 吴勇华必须低头认罪! 吴勇华装病抗拒运动罪该万死!"

　　吴勇华正是亲娘的名字啊,这还了得!

　　我在人丛外面站下来略略犹豫了片刻,仔细看了看眼前的情况。

　　白墙头屋的黑漆大门紧紧关闭着,门前聚集着的大概有十几个乡邻,大多不是本村人。本村的只有少数,其中有两个是长根婶婶的侄子阿水和他的年轻老婆阿莲,阿莲的怀里还抱着一个孩子。带头呼喊口号的正是阿水和阿莲。他们两个虽然还是那么眉清目秀,但脸上已找不到一丝灿烂的笑容,眼睛里充满着仇恨的凶光,好像已完全变成了另外两个不相识的人似的。阿水不住地猛敲着黑漆大门,似乎不敲开这道门就决不罢休。

怎么办?

我想我首先应该弄清楚这怎么一回事,既不能冒冒失失地跑到乡邻们面前去,更不能用我的钥匙去打开这道门。尽管我多么急于想和小慧见面,急于想知道她和亲娘已被吓成了怎么副模样,但我还是硬着心肠走开了。我决定先到乡政府去寻找刘乡长,向他问清了情况再说。刘乡长不久前还是我的上级,和我关系一直很好,大概不至于对我也翻脸不认人吧?

我快步朝乡政府跑去,只花了十分钟就到。刘乡长正在主持什么会议,见我急吼吼地进去找他,回过头来叫我在门外等一等。他的脸上也已见不到一点笑意,对我的态度和以往不同了,非常严肃。

好不容易刘乡长出来了,对我略略点了点头,只顾自己点上了一根香烟。

"什么事?"他问。

"你可知道乡邻们聚集在白墙头屋门口呼喊口号的事吗?"

他沉默了片刻后说:"这是群众的自发行动。吴勇华还放不下她当妇女代表时的架子,被划成了地主分子仍不肯认罪。本来今天晚上村里要开她的小型斗争会,她临时叫她的继女给农会小组送去了一张请假条,说什么发了心痛病,无法参加。你现在也是国家干部了，你说说，在轰轰烈烈的土改运动中，这还像话吗？群众这么做，也不能说没有道理。"

"照你这么说，就因为她用自己的劳动所得买了八亩出租田，该被划为地主分子了？"

刘乡长笑了一笑，淡淡地说："这个，你问我，我能怎么回答你？那是在民主评议会上评定的，群众的意见嘛。当时工作队也有人在场，默认了。工作队没有提出异议，还有谁肯提出异议？对不起，现在我得开会，如果你明天还在乡下，我抽个时间去找你，和你好好谈一谈。我希望你能对吴勇华和她的继女做做思想工作，叫她们别再站到运动的对立面上去。顽固不化地和土改运动唱反调，不会有什么好结果。即使被划成了地主，也不过是一个小地主，只要老老实实接受群众的监督，农会不会对吴勇华怎么样的；对抗下去反而会把事情闹得不可收场。这样吧：现在我叫个人跟你去和群众打个招呼，让他们散了，你就可以进去和她们见面了。"

我真想根据《土地改革法》的条款说说我的意见，为亲娘辩护一下；但看看当时不是合适的时候，硬是忍住了。

刘乡长从会场里叫出了一个人，原来正是忠厚老实的长根叔叔。刘乡长和长根叔叔悄悄说了些什么，长根叔叔就叫我和他一起走。长根叔叔本来就是一个不喜欢说话的人，一路上我们没说一句话。

到了白墙头屋门口，长根叔叔只是对他侄儿咬了咬耳朵。他侄儿恶狠狠地看了我几眼，无可奈何地朝众人挥挥手，随即叫上他老婆一起回家了。不一会儿，所有的人也都已离开，只剩下被丢弃的火把还在地上勉强燃烧着。

我终于大松了一口气，急忙拿出钥匙，惴惴不安地打开了黑漆大门。

　　整座屋子里漆黑一片，所有的房间里都不见一点灯火。我刚回身关上了大门，立即有一个人迅速朝我奔了过来，猛地抱住了我的脖子，不住地放声呜咽了起来。不消说，是小慧。

　　我轻轻摸了摸她的头，根本说不出一句话，只能紧紧拉住了她的一只手，把她拉过直直的石板路，拉进屋子，拉上黑黑的楼梯，来到了亲娘的房间里。

　　小慧还不敢点灯。我向她要了火柴，点上了煤油灯。

　　亲娘在床上呻吟着，在呻吟声中问："是北英回来了？"

　　"是我，亲娘。你的身体怎么样？是原来的旧病还是新得的什么病？我已经去找过了刘乡长，是刘乡长叫他们走开的，今天晚上不会有什么事了，你可以放宽心。"我一边说一边走到床前，提起灯看了看亲娘的脸色。亲娘瘦得多了，脸上却是红通通的。

　　令我大出意料，这时候我才发现长根婶婶也在亲娘的房间里。她不声不响地坐在床沿的一角，站起身来和我招呼了一下。

　　这使我很有点感动，连忙和她打了个招呼。

　　小慧的心情很快安定下来了，已经收起了眼泪。她刚想和我说些什么，长根婶婶忙着赶在前头说："郁同志回来了，我就可以放心了。我走了，有什么事需要我，就来叫我。"她说着走了。

　　"长根婶婶真不容易！在这样的情况下她还愿意来陪着你们！"我忍不住赞叹了一声。

　　"如果不是长根婶婶陪着我们，今天晚上我怕亲娘真会被他们吓死……"小慧还没把这句话说完，便转过话题对我谈了谈这几天发生的情况。

　　民主评论划定阶级成分的会是在前一天开的。当时小慧在学校里，由亲娘一个人去参加了。这也是土改运动以来亲娘能去参加的唯一的一次会。会上，由阿水带头发言，众口一词都咬定亲娘出租了八亩水稻田，用不着多讨论当然应该是地主分子。亲娘再怎么申辩也没有用。农会小组长长根叔叔倒是想为亲娘说几句话，但他刚开口，就被一个工作队员打断了。那是一个女工作队员，姓赵，也是从杭州来的。据长根婶婶说，这工作队员家里是杭州的一个大资本家，虽然也有出租的田，却不算是地主阶级家庭出身，只能算是工商资本家家庭出身，而工商资本家作为民族资产阶级，也是革命阶级的一分子。也许就因为这个缘故，她对有钱人比任何人都厉害，只怕别人说她阶级立场没有站稳。

　　"遇上了这样的工作队员，活该我们倒霉！"小慧大声说。

　　"好，这个问题暂时就谈到这里吧，"我低声对小慧说，"现在首先要考虑的是亲娘的病。我看亲娘瘦得令人吃惊，脸上却是红通通的，怕她血压太高了，可能还有别的什么病。高血压很容易影响到心脏什么的，况且她现在心情坏透了，成日里都在担惊受怕。"

三十七

　　我很快问清了亲娘的自我感觉,听上去不像是原先的旧病。她说,她头部和胸骨前都刺痛得非常厉害,还常常有点喘不过气来感觉,天昏地暗,有时候连话也没法说。我敢肯定她生的决不是一般的小病。

　　于是我当机立断,决定马上和小慧送亲娘到城里去看医生。我知道萧山解放后已有了一家西医门诊所,距离西门不远。如果长根叔叔还肯帮忙,就请他当夜划了小船送去。

　　亲娘自己也同意了。小慧毫不犹豫地奔去和长根叔叔商量。结果,长根叔叔因为他如今已身为农会小组长,怕群众知道了不好交代,就让长根婶婶偷偷划了小船送亲娘去。为了不至于惊动乡邻们,由小慧一个人陪了她们同行,我骑了自行车先到门诊所门口去等她们。

　　一路顺利。医生的态度也很认真。然而,等医生做完了应有的检查,却把我们吓了一大跳。医生说,病人的血压很高,而且心率严重不齐,这是心肌梗死的症兆;他可以临时用些缓解病情的药,但限于医疗条件,无法消除所有的症状。"如果你们经济上能有条件送她到杭州去住医院,最好马上送她到杭州去,否则危险性很大,很可能会发生意外。"

"医生的意思是,今天晚上就得送她去住医院吗?"我问。

"是的。我现在就给她注射一支降压剂,再让她服一粒稳定病情的镇静剂,休息半个小时,如果病情能稳定下来,你们就及时送她到杭州去。现在还不到十点半,十二点整不是有南昌来的快车到杭州吗,可以赶上这班火车。路上最多一个钟头,只要你们好好照顾她,不至于有什么问题。我另外开些急救药给你们带着。不过要辛苦你们两位了。"

我马上和小慧悄悄商量了一下。她完全赞成亲娘到杭州去住医院,说,乡下的事也管不得这么多了,乐得让亲娘轻松一阵子也好,反正明天是星期天,我和她都用不着上班。她还说,她身边带着不少钱,费用不成问题。

我仔细考虑了一下,同意了她的意见。不过我回过身去对医生说:

"可以给病人开一张病假条吗?"

"她这么大年纪还得开病假条?"

"她啊,平时常常要参加一些社会活动,有了病假条,就会使她安心得多。"

医生特别仔细地看了看病人的脸,突然说:"呵,想起来了,这不就是妇女代表吴同志吗?萧山解放不久我刚从部队转到地方工作,当时也是县人民代表会议上的知识界代表,和她老人家还是老相识呢! 好好,我懂得你的意思了!"

医生在病假条上写的是这么一行字:"高血压并发严重心肌缺血和房颤,病休两周,建议住院治疗。"

我得说,算是我们的运气,遇上了这么一位好医生。他不仅为人热情负责,医疗技术也相当高明。这从亲娘一路上的神色和动态中就可以看出来。

病假条就让长根婶婶带回去给她丈夫,我和小慧照顾着亲娘上了火车。

亲娘在火车上已经有精神和我们说话了。她见整个车厢里的人都东倒西歪地在睡觉,就小声对我们说,在土改运动中遇上了这么回事,要怪首先该怪当地的王保长。当年王保长听说她为杭州一家大厂设计的一批花色绸缎在西湖博览会上得了金奖,远销欧美各国,厂方发给了她一大笔奖金,他就牢牢盯住了她不放,再三劝她从一个破落地主手里买下这么些田地,目的就在于可以为她代收租米,一方面从中盘剥农民,一方面偷偷克扣她的租米。这些田地大都是由阿水的父亲租种的,他父亲故世后就由阿水租种。她相信王保长在代收租米的时候肯定盘剥得很厉害,阿水恨死了这个反动保长,当然也恨死了她,现在遇上了土改运动就不会再对她客气了。她知道她自己也有不可推托的罪责,明明知道孙中山先生早就主张"耕者有其田"了,她却在王保长的劝说下滋生了不劳而获的坏思想,以至做了这件坏事,现在反悔已经来不及。她还说,她自己已经风烛残年,没有什么可怕的了,怕的是人家把她划成了地主后,这个坏名声就会影响到小慧和我的前途,害我们两个政治上一辈子都抬不起头来，尤其是小慧，因为她和她的关系更加直接……

亲娘说到这里脸色又变得痛苦不堪了，我们连忙给她服了一片急救药，叫她别再说话。

我们是凌晨两点钟到达医院的，在急诊室经过诊断，办好入院手续，陪着亲娘进了病房，天色已快要发亮。看看亲娘在镇静剂的作用下安然入睡了，我和小慧才到家属休息室里去商量第二天的安排，特别是应该怎么去应付乡下可能发生的事态。

我们只是匆匆商量了一下。好在小慧什么事都是听我的，很快就做出了应有的安排：首先，小慧自己家里的人都不必去通知他们，免得他们大惊小怪，在政治上左右为难；小慧一个人留着陪伴亲娘，尽可能先在家属休息室里好好睡一觉，唯一的任务就是照顾好亲娘；我自己马上赶回萧山乡下去，再主动去找刘乡长，把亲娘当年购买这八亩出租田的情况对他实事求是地详细说一下，争取他能按照《土地改革法》秉公办事，还给亲娘一个小土地出租者的身份。

"如果能找到朱大伟，我也想去对他说说这件事。他毕竟也是土改工作队的队员，应该熟悉《土地改革法》的所有条款，也有依法办事的责任，请他对此发表个意见。小慧，你说怎么样？"

"你什么时候能回到杭州来？"

"办完了这些事我就马上回来，再好好商量一下怎样轮流照顾亲娘的问题。"

"希望你见机行事，不要到处去瞎闯，也不要和任何人争吵，因为我们现在的地位已经不同了……我……我……我最担心的还是你……你一定要特别小心谨慎，在这样的政治运动中，千万不能……"小慧说着，已呜咽着无法继续往下说话。

"知道了,你放心,我不会感情用事的。"

"你……对了,昨天晚上你吃过晚饭没有?你大概一直还没吃晚饭吧?"

"没问题,我现在就去买些点心吃。对,我现在就去买点心,买回来和你一起好好吃一顿。我还要告诉你,昨天到家以前,我在团县委宣传部组到了一篇有关土改运动的好稿子呢!"

三十八

　　我对改变亲娘的阶级成分是深有信心的,既然《土地改革法》上有这样的明文规定,她怎么可能不是小土地出租者呢。虽然小土地出租者也有一定程度的剥削行为,但政治地位和地主分子是完全不同的。小土地出租者在土改运动中是贫苦农民的同盟军,因而也就是革命的同盟军;而地主阶级在土改运动中是革命的对象,当然应该打倒。所以《土地改革法》上规定地主的土地一律"没收",小土地出租者多余的土地只是"征收"而已。这一点十分泾渭分明,怎么能张冠李戴呢。

正因为我对此深有信心，所以直到这时候我仍然没有怎么担心害怕。上火车的时候天色已经大亮，我却上了火车就打了一个瞌睡，睡得很沉，很快恢复了精神。

令我失望的是，刘乡长说好了今天要和我好好谈一谈，可是等我赶到了乡政府，人们说他到区里开会去了，一整天都不会回来。我怎么肯罢休，决定赶到区政府去找他。

我刚走出乡政府的大门，猛听得后头有人发出了一声喊叫：

"等一等，这不是郁北英吗！"

我回头一看，都傻了眼了。天哪，原来是朱大伟！

朱大伟还是穿着他那件油光光的棉大衣，脚下还是那双老爷皮鞋，高高的个子一副威风凛凛的神气，不过脸色还是那么蜡黄。他赶上前来和我紧紧地握了手，握了三四分钟，然后说："你啊，要想找到你真不容易，我已经找过你好几次了，没想到能在这里见到你！吴必芳说你已在《杭州青年日报》当上了编辑，我们成为同一城市同一系统的同行，成为一条战线的战友了！"

"你都很好吧？听说你成了这里土改工作队的队员，想必很忙吧？"

"搞运动哪有不忙的？不过我被分配在另一个村里，今天是到这里来取经的，没什么特别紧要的事。我们找个地方去叙谈一下好吗？"

"好啊，我也有事正想去找你呢，就到我住的地方去。听说你已经去过那地方，就是人们都叫它白墙头屋的那座房子，只要十几分钟就到，中午饭我可以自己动手招待你。"

热情友好的朱大伟听了我这一说，突然呆了一下，从宽边眼镜里射出来的眼光霎时变得暗淡和阴沉了。他回头看了看乡政府的大门,马上拉我来到了远处的墙角里,十分认真地问:"怎么?你现在还住在那座白墙头房子里?"

"我在那里已住了很久,这一切你不是都已经知道?"

"我以为你今天是从杭州出差到乡下来的,当天就得回杭州去呢。那座房子里的老太婆,不是已经划成了地主分子了?我以为小慧也已经回到杭州她妈妈那里去了。不久前我听吴必芳说过他有这个意思,很想给小慧在杭州找个合适的小学去当辅导员。告诉你,当年他父母要把小慧过继给他姑母,吴必芳就坚决反对,因为他姑母太有钱了,还买了不少出租的田地,解放以后肯定会吃苦头;现在事实证明了吴必芳的远见!听你这么说,小慧好像还没和她姑妈划清界限?这可不行啊,那会葬送了她自己的一生前途,甚至也会连累到你!"

"可是……"我正想对朱大伟说说我的看法,朱大伟又左右张望了一下,迅速把我拉到了屋后没人的山脚下,然后叫我和他一起在矮树丛后面坐下,用小心翼翼的口气对我说:

"在这里说话才比较安全。要不是老朋友,在你目前这样的情况下,我作为一个土改工作队员……"

"怎么?你把我当作地主家属看待了?"我笑着问,既是苦笑又带着点冷笑。

"我现在还没这个意思。不过,郁北英,我衷心希望你早点劝劝小慧,叫她赶快离开这个地方,回到她妈妈的身边去。按照实足年龄计算,她还是一个未成年人,当地的农会不会把她当作逃亡地主对待的。如果再在这里留下去,不论在主观上还是在客观上,都会受到她继母的反动影响,将来事情就很难办了。"

可以说,朱大伟的这番话使我非常失望。没想到他这么一个人高马大、威风凛凛的男子汉,当年在私下里痛骂国民党和蒋介石骂得那么厉害,后来还不顾一切主动投奔了革命,如今却已变成了这么一个顺流而动的胆小鬼,说的话都有点六亲不认的味道了。

反正我和他也算得上是有点交情的老朋友,不怕他会对我翻脸无情。我还是决心对他说一说小慧亲娘的实际情况,请他根据《土地改革法》的精神评判一下,听听他这位土改工作队员的看法。

于是我就把亲娘年轻时候怎样成为一个织品图样的设计师,怎样依靠自己的才能和奋斗精神出了名,有了一笔较大的财产,后来又怎样用自己的劳动所得买了八亩出租田等等所有的一切,都对他仔仔细细地说了一下。接下去我就直截了当地问:

"你说说,按照《土地改革法》的规定,她算得上是地主吗?"

我不知道朱大伟是不是在认真听我的话,只见他一支接一支地吸着香烟。等我说完,他严肃地看着我说:

"郁北英,看来你的书生气一点也没有改掉。土改运动是轰轰烈烈的群众运动啊,这是一个阶级推翻一个阶级的殊死斗争,可不是在政治学习中死啃理论,也不是写文章!群众发动起来了,他们的眼睛是雪亮的,谁是朋友,谁是敌人,决不会有一点含糊!现在小慧她继母已被划定为地主,你还想给她翻案吗?你刚才的话使我听了十分吃惊,这在土改运动中是最最忌讳的反动言论!除了我,你可决不能再去对任何人说了,否则后果就不堪设想!请你牢牢记住了:刚才你说的那一切就当是没有说过,要不我也有可能会受你的连累了!"

"事情真有那么可怕吗？"我依然淡淡地笑着问。

"在如今这种情况面前，我怎么还敢和你开玩笑？老实对你说吧，这一带的人平均耕种土地只有两亩不到，她一个人就占了八亩出租的水稻田，即使算不上是大地主，中、小地主的成分怎么也逃不了。何况她历来过的是有钱人的阔绰生活，高人一等，得罪过的人肯定不少。真的，老朋友，我们在旧社会里也算是患难之交，你现在好不容易成了一个革命的新闻工作者，得好好珍惜你自己的前途，别让温柔乡里的感情蒙蔽了你的眼睛和头脑！"

我还想说说我的理由，但朱大伟已经没有听的兴趣。他猛地丢掉了香烟头，总算还是和我握了握手，说声"多多保重自己"，站起身就头也不回地走了，丢下了我一个人在原地发怔。

不消说，朱大伟的话的确也给了我一定程度的启发，至少使我更加明白了亲娘目前的处境，以及我和小慧的处境，不过也使我的思想更加迷茫了。如果在土改运动中人们可以置《土地改革法》的明文规定于不顾，那么人民政府还要公布《土地改革法》干什么？既然人们遇上了轰轰烈烈政治运动就可以不受法律的约制，那不明摆着是无法无天了吗？

我历来认为人民政府公布的国家大法是十分神圣和庄严的，人人都该无条件地遵守。我和小慧一直拖到现在还没结婚，甚至在两情相投的亲热情况下也从不敢做那件夫妻之间才做的事，不就是因为内心深处严守着《婚姻法》的规定吗？

看来朱大伟不过是一个徒有其表，身如巨人而内心怯懦，只懂得见风使舵，畏首畏尾的精神侏儒！听他去！

我想我还是应该去找刘乡长。从昨天晚上他对我的态度看，至少比朱大伟有点人情味吧？

三十九

　　区政府在十多里路外的临江镇，设在一座古老的祠堂里。大门口挂着十几块长长的大牌子。大门边上有一位解放军战士在荷枪站岗。

　　我身上还有一张报社开给县委宣传部的介绍信，就连同工作证给这位解放军战士看了一下，说明了来意。解放军战士很客气地对我点了点头，让我自己进去寻找。

　　我忘记了这时候已经是吃中饭的时间，人们都已乱哄哄地在各个地方忙着吃饭。我问了不少人，好不容易才找到了刘乡长。也许因为能坐的地方都已被人们占领，刘乡长蹲在会议室门口，面对着一碗放在地上的咸菜肉丝豆腐汤，只顾自己低着头大口大口地扒着碗里的米饭，吃得正香。我本来倒不觉得饿，这一下可被眼前的饭菜引得连连吞咽着口水了。

我的影子引起了刘乡长的注意,他终于抬起了头来。

"啊,是你!你怎么到这里来了?你是怎么进来的?"

"有什么不能进来的!你不是说好了今天要找我谈话吗?"

"对不起,今天一整天都有非常重要的会,哪有时间和你谈话?这里也不是和你谈话的地方!"

"那什么时候可以和我谈话?"

"明后天都不行,"他想了一想说,"要不下一个星期天吧,看看能不能有时间。你可以到乡政府来试着找找我。"

他说着,把半碗咸菜肉丝豆腐汤一下子倒进了嘴巴,拿着空碗就想走了。

"不,"我追上去说,"我还得问问你:农会小组长有没有给你看过她的病假条?"

"谁的病假条?"刘乡长回过头来问。

"吴勇华的病假条。她得了严重的心脏病,昨天晚上已送进了杭州的医院。"

"有这样的事?谁送她进的医院?怎么事先不向乡里请示一下?"

我正想对他说说亲娘的病情,这时候有两个年轻姑娘拿着饭碗在我们边上经过,其中一个见了我就站下对我招呼了一下:

"是郁同志吧?你也留在这里参加区委会的大会吗?"

原来是团县委宣传部的任茶花。我刚否认了她的话,任茶花随着给她的同伴做了介绍:"这位郁同志是《杭州青年日报》的编辑,到我们机关里来组过稿。她叫赵蕊,是从杭州调派到这里来参加土改工作的。小赵也很喜欢写作,来没多久就给我们《萧山青年》写了不少通讯报道。"

赵蕊戴着眼镜,她热情大方地向我伸出了手来,我连忙和她轻轻握了一下。

本来急急于想走开的刘乡长,这时候却站在那里不动了。我发觉他的脸上露出了一丝莫名其妙的微笑。他似乎想插嘴说些什么,却没有说出嘴来。等任茶花和赵蕊走开了以后,他才过来十分认真地对我说:

"刚才那个赵蕊同志是我们乡里的工作队员,管的正是你们的湖北村。在评议会上同意把吴勇华划为地主的就是她。照我看,你要谈,应该去找赵蕊谈,他们工作队比我们当地干部更有威信,也更加懂得政策。他们学习《土地改革法》比我们大老粗透彻得多了。对了,吴勇华到杭州去住医院的事,你也应该向她请示一下,只要她能点头,群众就没话可说,我当然也可以同意了。"

刘乡长说完这几句话,也像朱大伟一样丢下我头也不回地走了。他的神态似乎已变得特别轻松。

这时候我已经饿得饥肠辘辘,还是呆立在冷风里,左思右想没了个主意。我已经从刘乡长的态度中看出,他内心大概也认为亲娘不能划为地主,但群众和工作队已做出了这个决定,他何必站出来反对,甘冒一个犯右倾思想的错误呢?可以说,刘乡长实际上是很懂得土改政策的,问题就在于土改运动搞得那么轰轰烈烈,他这个做乡长的也不得不为自己政治上的安全考虑一下嘛。

我能找那个姓赵的工作队员去谈吗?

早就听说她在土改运动中"左"得特别厉害,而且已经同意群众把亲娘划成地主,还肯听我的话,轻易给亲娘改正吗?不可能吧？

可是，不去找她谈，我还能找什么人去谈？她现在正在饭后的休息时间内，错过了这个机会，以后找她恐怕就不是那么容易。我抬头一看，见她正在远处的大会议厅门口和任茶花高声说笑着些什么，就不顾一切地快步朝她们走去。

开头，任茶花以为我跑去找的是她，后来听说我找的是赵蕊，而且只想和赵蕊一个人说话，她显得很诡异，马上走开了。

"郁同志找我不会是向我组稿吧？"赵蕊显然也觉得很意外，脸上泛起了不好意思的微笑，"你别听小任的！实际上我写的东西并不多，还刚刚开始练笔呢，哪敢给你们报纸写稿啊！"

"不，赵蕊同志，"我开门见山地说，"我很抱歉，现在来找你，想和你谈一件私事。能和你在这里谈谈吴勇华的问题吗？"

"吴勇华？哪一个吴勇华？"

"就是湖北村白墙头屋里那个织品图样设计师吴勇华，她和我有点亲戚关系。据说她已经被划成了地主分子，我有点不很理解，你能对我说说是怎么一回事吗？"

赵蕊显然已经记起了吴勇华是什么人。她脸上笑容顿失，一下子变得十分难看，本来就白得像观音泥塑像似的脸，更加白得像一尊观音像。她冷冷地看了我一眼，紧绷着脸问：

"你到这里来问我这个问题是什么用意？"

"因为我知道吴勇华从青年时代起一直是一个织品图样设计师，上了年纪以后才用自己的劳动所得买了八亩出租田，按照《土地改革法》第一章第五条的规定，她似乎应该是一个小土地出租者，还算不上是一个地主分子。"我直截了当地说。

"你是她的什么人？和她是什么样的亲戚关系？"

"我是她继女的未婚夫。"

"她继女还未成年，怎么就有了未婚夫？她家户口上不就是她们母女两个人吗？"

"这个，"我有点难以回答了，因为我没有忘记我和小慧的"未婚关系"不符合《婚姻法》，"是这么一回事：我在调往杭州工作的时候已迁出了户口。我和她是在解放以前订的婚。"

赵蕊脸上闪过了一丝隐蔽的微笑。她不想再和我多说什么了。

"好吧，你可以反映情况，适当的时候我们也可以研究一下。请你离开这里吧。这里不是地主家属可以来的地方。"

"不，另有一件事我也得对你说一说……"接下去我就把亲娘生病住院的经过也对她说了一下。

赵蕊一听，突然大惊失色而且怒气冲天了。

"什么？你说什么？"她恶狠狠地紧盯着我问，"是什么人同意她到杭州去住医院的？"

"当时她的病情非常危急，门诊所的医生开了病假条，我们就连夜送她去了杭州。"

"哪个门诊所？"

"萧山城里就是那么一个西医门诊所。"

赵蕊嘿地一声冷笑。"走！"她朝我挥挥手，命令我立即离开这个地方。

我仍然站着不动，说："现在我是来向你为她请假的，希望你能有一个回答。"

"你事先为什么不来向我请假？没有那么容易，地主分子想溜走就可以偷偷溜走！我问你：你今天混进会场来连声责问我，逼着我为地主分子翻案，目的究竟是为了什么？老实交代，你这样气势汹汹地前来大闹区委会想干什么？"

"我什么时候闹过了？我不过是实事求是地向你陈述了一些情况。你是土改工作队员，应该有回答的义务。"

"好啊，地主家属想闹翻天了，居然敢来教训我！"

赵蕊说着，一把拉住了我的衣领，使劲想把我拉出院子去。这一下逼得我忍无可忍了。我猛一挥手，拼命挡开了她的双臂。没想到我在激动状态中用力过了头，不知道是怎么一回事，竟把她脸上的一副眼镜也碰掉了，落到了远远的地上。

赵蕊铁青着脸愣住了。她没有去拾眼镜，却挥动着双臂向院子里的人们高声大叫了起来："你们大家快来看，有一个地主家属在殴打我了！他逼着我为他的地主家属翻案，还逼着我同意地主分子躲到杭州去逃避斗争！"

这一来，很快过来了不少人，个个都怒目圆睁，团团围住了我。他们都不让我再有任何解释，只听赵蕊捂着脸痛哭流涕地在控诉我的反动罪行。然后，他们叫我拿出工作证让他们看了一下，接下去就连声责问我怎么能赶到会场里来殴打土改工作队员。

我相信我的脸色已经发白，不过还竭力保持着镇静。我耐着性子想对他们说明一下事实情况，但赵蕊已大叫了一声："滚！"示意人们把我轰出大门去。

这样，由赵蕊在前面带路，人们把我推推搡搡地逐出了机关大门。我已经在大门外走得很远了，还听见赵蕊在和站岗的解放军战士高声说话。

四十

　　离开了区政府,我终于意识到朱大伟对我的提醒的确有他的道理,看上去我太过分自信了。朱大伟毕竟在革命部队里有过参加政治运动的经验,我可连一次政治运动也没有参加过,根本不懂得土改运动是怎么一回事。从赵蕊突然对我翻脸无情、凶相毕露,还故意叫了那么多人一起前来责问我,把我轰出大门的情况看,我可能已因此闯下了大祸。

　　不过我倒也并不怎么害怕。事实上我一没有反对土改运动,二没有说假话,三没有动手打人,不过是作为吴勇华的一个亲属实事求是地向土改工作队员反映了一些情况,这也是《土地改革法》上明文规定的权利,赵蕊应该无法对我怎么样吧?《土地改革法》第五章第三十一条说得很清楚:"划定阶级成分时……其本人未参加农民协会者,亦应邀集到会参加评定,并允许其申辩。评定后……本人或其他人如有不同意见,得于批准后十五日内向县人民法庭提出申诉,经县人民法庭判决执行。"亲娘被划为地主后还没有超过这个期限,既然允许向县人民法庭提出申诉,当然也应该允许向工作队员反映情况,提出不同意见吧。

我这样自己安慰着自己,很快就完全镇定下来了。现在摆在我面前的,要想在本村给亲娘改正阶级成分已经没有这个可能,唯一的办法只能及时向县人民法庭去提出申诉。我得和小慧仔细商量一下这个问题。

时间还在中午,我在返回杭州的途中到富阳家里去看望了一下妈妈。不过我没有对妈妈说起这件事,免得她为我担心。等我匆匆赶到了杭州的医院,已经是傍晚时分。

我还没有进入病房,出现在我面前的却是非同寻常的怪事:一位见过面的年轻护士冷着脸拦住了我的去路:

"你还到这里来干什么?"

"我有个亲属在这里住院……"

我还没有把话说完,那护士已转身去叫来了上了年纪的护士长。护士长带着同情的眼光看了我一眼,小声对我说:"病人的继女留下了一句话,叫你马上到开元路她妈妈家去找她。快去吧,她又是着急又伤心,快要发疯了!她是被她的妈妈和哥哥硬是拉着走的!这姑娘太可怜了!"

"怎么一回事?病人她……"

"怎么回事你到了她妈妈家就都知道。我……对不起,我不便对你说。快走吧!"

我还没进小慧的妈妈的家,就从她家面临弄堂的楼窗口听到一片争吵哭闹声。那大声哭叫着的正是小慧,但无法听清她哭叫着的是什么话。我真怕她已经发疯了，就拼命敲门，一边连声高叫：

"小慧，开门！小慧，开门！"

有个人从窗口探头张望了一下。是吴必芳。

"吴必芳，快下来开门！"

大概过了五六分钟之久，门开了。脸色铁青的吴必芳站在我的面前，挡着我不许我进门。我注意到他那件不带领徽的军装上衣已有了一点血迹，脖子边上有一处被抓伤的地方。

"小慧是怎么一回事？亲娘怎么样了？"

"滚！我家的事用不着你来操心！你这不要脸的伪君子！流氓！"

"怎么啦，我可不想和你争吵。叫我离开也可以，但我必须了解是怎么一回事？我只想见一见小慧，怎么样，可以吗？"

"你还有脸皮想和她见面吗，你这没头脑的蠢货！十足的反革命！都是你干的好事，不但害苦了那个地主分子，还把我们一家的名声也糟蹋了！滚！快滚！要不我就去叫警察！"

我有点束手无策了。可是我怎么能就这样糊里糊涂地离开他家，离开急于想见面的小慧？幸而这时候一阵楼梯响，满脸泪水的小慧已经摆脱了她妈妈的拉扯，没命地冲开吴必芳，逃出了门，头也不回地奔出了弄堂。

吴必芳还想追上去，被他妈妈哭着一把拉住了："算了，必芳，留她在这里只会闹得邻居们笑话，还是让她去走自己的死路吧……就算我家没有她这个人……我也不想要这样的疯癫女儿了……"

"对不起，妈妈，"我走上前去说，"如果真是我的错，等我弄清了事实再来向你赔礼。吴必芳，再见了，希望你遇事还是要理智点，妈妈的一切只能请你好好照顾了。"

说完，我就在吴必芳连续不断的谩骂声中离开了他家的屋门，快步往弄堂口奔去。

我和小慧在马路不远处就见上了面。她藏身在一根电线杆后头等着我。不过她没有和我说一句话，见我走近就只顾自己急急忙忙地朝火车站的方向跑。为了赶时间，我只好叫住了她，然后叫了一辆三轮车。小慧默默地同意上车了，却仍然没有和我说一句话。开往萧山的火车很挤，上车以后，我好不容易才给小慧寻到了一个座位，自己就一直站在走道上。因而一路上我们也无法说话。

火车到达萧山已是晚上八点半。出站后，小慧匆匆忙忙地赶在我前头往外走，直到出了县城，面前已经是漆黑一片，她才放慢了脚步等我。

老实说，她这不同寻常的态度的确使我担心她已经发疯。这时候我就上去一把抱住了她的身子不放。

还好，小慧猛一下抱住了我的脖子，随着就失声痛哭了起来。虽然哭得我心也碎了，但我相信她并没有真的发疯。

"小慧，究竟是怎么一回事？亲娘她怎么样了？"

她还是不停地哭着，过了好久，才勉强止住了哭声说：

"我先得问问你：今天你在乡下做了些什么？"

于是我就把当天上午我所做的一切，以及刘乡长和赵蕊对我态度，详详细细地对她讲了一遍。

"你太不顾事情的后果了。我早就对你说了，你到了乡下一定要处处小心，不能由着你去到处瞎闯。说起来这的确是你的错，你怎么可以跑到区政府去对那个姓赵的工作队员说这样的话？要告，我们也应该到她的上级那里去告。不过我也不想多怪你，你还不知道乡下的土改运动是怎么一回事，更不知道那个姓赵的是怎么样的一个家伙！好了，快走吧，亲娘已被那个姓赵的带了两个民兵把她押回到这里来了，真不知道亲娘现在怎么样了……"

白墙头屋里很静。我们进了院门望见亲娘的房间里有一点灯光，总算松了一口气，至少说明亲娘还活着。来到了房间里，只见亲娘静静地安睡着。亲娘身旁坐着长根婶婶，尽在那里发呆，我们进去后才惊醒了她。

亲娘翻过了身来，看了我们一下，舒了口气，又闭上了双眼。

四十一

下面的一切都是长根婶婶对我们说的。

村里的斗争会已经开过了，是由刘乡长亲自前来主持的，从六点到八点，只开了两个钟头。姓赵的工作队员本来非要亲娘低头站着不可，刘乡长耐心和她说了不少话，才答应让亲娘坐在一张矮凳上。亲娘在开会前已偷偷服了一点药，所以还是勉强支持了下来。乡亲中发言的人不多，说得最多的是阿水，还有阿莲，实际上他们控诉的都是已经死了的二地主王保长。后来由姓赵的工作队员揭发批判了半个多钟头,说亲娘假装生病畏罪潜逃,逃亡地主就得罪加一等,从严处理;还说亲娘指使她的家属到区政府去闹事,妄图反攻倒算,罪行特别严重,必须在全乡大会上进行斗争才能平息民愤。这一点使亲娘特别害怕。

长根婶婶说完了这些,又叮嘱我们要照顾好亲娘,就走了。我和小慧一起,送走了长根婶婶,回来后面面相觑地说不出一句话。

这时候亲娘说话了。她说,为了长根婶婶送她去看病,农会小组长已由长根叔叔换成了阿水。这件事使她非常不安。另外,她还担心我也可能要出事,姓赵的工作队员已经话中有话。如果真的牵连到了我,她就到死也无法瞑目了。

我当然只能对亲娘说些安慰的话。实际上,我自己心里也已做好了准备,很可能会有什么大灾祸将要落到我的头上。不过我还是不承认真的犯上了什么错误。如果小慧同意,我决心向县法庭去申诉。事实总归是事实,只要我的所作所为都按照《土地改革法》行事,我不怕人民政府会把我当作一个反革命分子。

亲娘吃了安眠药就得入睡。但我和小慧也没有时间可以好好商量了。我马上就得赶回到杭州去,因为第二天我还得准时上班。

小慧叮嘱我安心去工作好了,这里的一切都由她去对付。好在她还没有成年,算不上是地主分子,人家不会对她怎么样。如果可能,她准备在学校里请一两天假照料亲娘。

我临走的时候对她说,第二天只要晚上没有会议,我下班后一定赶回家来看看情况。

小慧一直把我送出了村,见我太平无事地走远了,她才回家。

第二天上班后我处处留神,见报社里一切如常,同事们对我的态度都还是原来的样子,我渐渐放心了。部主任陆春芳在终审中很快通过了任茶花的稿子,还表扬我及时组到了这样的好稿子真不容易,要我今后和这位作者加强联系,使我更加高兴。于是我就编好了这篇文稿,还把它放在当期《青年文艺》版面的第一条。

当天下午快要下班的时候,公告栏上突然贴出了一张临时通知,说是晚上六点半要召开全社大会,会议特别重要,人人都得参加。这不免使我有点失望。不过当时我还有着这样的打算:如果会议时间不长,我可以参加完了大会以后赶乘夜班火车回到萧山去,然后赶乘午夜十二点的火车再回到杭州来。因为我太挂念着小慧和亲娘了。

然而,我刚吃完了晚饭,大会还没开始,陆春芳已一脸严肃地前来找我单独谈话了。她一坐下就问,我这次到萧山去,除了组稿,还做了些什么?

她这一问,问得我心头怦怦乱跳。我立即意识到大概我真的出事了,萧山有关部门已经把我在区政府里的所作所为通报给报社领导了,当然也包括亲娘的地主身份。老实说,这时候我的确发慌了。我已经记不得当时是怎样回答陆春芳的,陆春芳后来还对我说了什么。总之,当陆春芳带着我去参加大会的时候,我一眼看见赵蕊和两个乡下青年(其中一个是阿水)不声不响地站在会场主席台边上,我就知道等待着我的将会是什么样的命运了……

读者朋友,这天的大会是怎么样的一个大会,会上我遭受到了怎样的对待,会后我被人们押送到了什么地方,以及在此后的半个月里我经历了些什么,我都不想细细描述了——不,我连一个字也不想写。这篇文章写的是我和小慧的爱情关系,我何必去写这些呢。我相信,凡是解放后参加过历次政治运动的人，我不写，他们都知道该是怎么一回事；而没有参加过政治运动的年轻人，他们很可能不会相信这些都是事实，既没兴趣去了解，也无法想象那该是怎么一回事。

不过我在这里还是想说一说我这辈子里一点粗浅的人生感悟。

政治运动这种社会生活现象，每次来了以后，总会在所有人们的头脑里造成一种十分反常的心理状态：任何法律观念都没有了，有的只是阶级立场和阶级斗争的斗争方向，每个人都竭力希望自己永远站在革命阶级的立场上，只怕自己不小心落入到运动的对立面，也就是落入到阶级敌人那一方面去。正因为如此，大部分人都竭力把自己装扮成为运动中绝对忠诚的积极分子，政治态度越"左"越安全，对运动中的对立面越凶狠越能证明自己阶级立场的正确和坚定。谁如果还有一点法律观念，在运动中想保留一点依法办事的公正心，就会被认为"犯右倾思想"的错误，甚至被指责成为立场有问题而遭受意想不到的对待，就会有落入到运动对立面上去的危险。赵蕊这样的人就是由这种心理状态制造出来的，所以并不奇怪，也决非少见。特别是，她自己原是大资产阶级家庭出身，家里也有出租的田地，被推入到土改运动对立面上去的危险性比别人大得多，所以就越是想用她那"左"得不能再"左"的革命行动，来证明她的毫不动摇的革命立场。

了解了政治运动中的这种社会生活氛围，朱大伟、刘乡长，还有吴必芳等人的言语动态，也就完全可以谅解了。

应该说，在土改运动中，像我遭遇到的这种冤案可能是极少数。因为土改运动中划分阶级阵线必须以土地所有权为标准，这种标准还是有其一定的客观性。到了后来，例如反胡风运动、反右运动、大跃进中的反右倾运动、"文化大革命"运动等等运动，划分阶级阵线就以人们的思想言论为标准了，这种标准就更加失去了应有的客观性，以至到了人人自危的地步。于是就有更多的"赵蕊"在运动中兴风作浪，他们肆无忌惮地制造的冤假错案就不可胜数。

唯一值得庆幸的，运动终归是运动，既然是运动，终归有或长或短的时间性。每当运动胜利结束以后，社会生活在运动的间隙期间便又恢复了常态，人们的头脑也由阶级斗争头脑变成了原来的平常人头脑。这时候开始讲究政策了，政策就是法律，也就有了某一特定时期内的法律观念了。阶级斗争的口号开始用"斗争从严，处理从宽""化消极因素为积极因素""团结一切可以团结的力量"之类的口号所代替。可惜这样的间隙时期决不会太久，很快就由另一个运动所取代了……这些都是后来才发生的事，扯得太远了。就此打住。

四十二

我在前面说到哪里了？对，说到我就这样成了土改运动中的一个罪犯,一个在土改运动中胆大妄为地为地主分子翻案、用欺诈手段帮助地主分子逃亡、大闹革命机关、殴打土改工作队员的反革命分子,罪行累累,证据确凿,而且面对大量的人证仍死不改悔。结果,经过大会小会的斗争,然后被判了八年徒刑,关进了杭州的监狱服刑。

这里还得补充说一下:人民政府的法院让我看了判决书,那上面除了破坏土改运动的反革命罪行外,还附带提到了我的流氓罪行,破坏《婚姻法》,竟然和一个未成年少女订婚后公开同居,所以,我还获得了一个坏分子的罪名。虽然"公开同居"这句话,似乎有点过分,出于人们的臆想和推论;但"和一个未成年少女订婚"却是无可否认的事实,况且我和小慧也的确长时期生活在一个家庭里。这一点我哪还有什么话可说呢?我不想为此进行任何辩解,也难以辩解,就干脆按上了指印。

从一个革命新闻工作者到反革命分子的半个月时间里,我没有见到过一次小慧。人们也不肯让我知道一下她和亲娘的任何消息。妈妈倒是见到过一次,那是由赵蕊他们押送我到富阳家乡去开斗争大会时,在会场上见到的。因为离得太远了,我只是见到妈妈由一个邻居搀扶着,低着头站在会场外面的墙边上,看上去她老人家好像生病了。我只是在心里暗暗向她老人家赔罪认错,祝愿她早日康复,打起精神继续生活下去。

我在监狱里开头做的是五金车间的辅助工,但很快被调到了印刷车间,让我做校对工作。这该说是不幸中的大幸。校对工作比所有别的工种都轻松得多了,对我来说又是驾轻就熟的事。尤其是,在让我校对的文稿中有一种文稿是省园林管理局编印的《园林通讯》，每两周一期，内容大都是各个县市在园林管理方面的工作情况和绿化面貌，每隔一期还有一版《园林文艺》。我几乎觉得自己又一次回到老本行工作中去了，还能让我从中了解到高围墙外面的一些社会生活面貌。

虽然我无时无刻不挂念着妈妈、小慧和亲娘，但对我和小慧的婚姻关系和爱情关系已不存在任何不切实际的幻想了。我只是希望她能侥幸躲过这场劫难，仍然在小学里当她的总辅导员。赵蕊也曾亲口对我说过小慧还未成年，可不知道能不能凭了这一点使她得到人民政府的宽大和饶恕？

几个月的时间在不想多说的怨愤痛苦和辛苦劳累中过去了。监狱里一位对我带点善意的狱警对我说，从现在开始我可以接待家属的探望了，如果要写信也可以给家里写封信。于是我立即给妈妈写了一封信，告诉了我在监狱里自觉改造、争取重做新人的大体情况，请她多多保重自己的身体，不必为我这个不肖的儿子过分担心。至于小慧，我反复考虑了很久，已经写成了一封长信，结果还是悄悄撕成碎片销毁了，没有送给监狱领导审查和为我投寄。我既不想再去加重小慧的痛苦，还害怕因此而增添她意想不到的不幸。

1951年的春天已经来到。这从水泥地院子墙脚缝中顽强地生长着的一些青草中可以感受到这一点。它们还是不依不饶地在寒风中长大，长大，不断地长大，生气勃勃，期盼着阳光雨露的滋润，用来点燃它们的生命之光。我每次从这些青草边上走过，心情总会好过一点。

当年4月上旬的一天上午，还是那位对我带点善意的狱警跑来对我说："165号，快去接待室接待家属，只限半个钟头，这就走吧。

是你的妈妈和妹妹一起来探望你了。"

妈妈和妹妹？我一下子就难以克制地激动和紧张了起来。我哪里来的妹妹？肯定是妈妈带了小慧来了！可怜的妈妈！可怜的小慧！

我放下了手里的活计，慌里慌张地用废纸擦了擦身上的污垢，装出一副轻松自在的神气朝接待室走去。

小小的接待室中间有一道木板墙，木板墙正中半腰部位有一扇四方形的小窗。我坐落在小窗后面的凳子上，一眼就望见了一起站在外面的妈妈和小慧。她们也已看到了我，相互推让着谁先到小窗口来和我见面说话。两个人手里都拿着一个小包裹。

结果，还是妈妈的脸孔先出现在小窗外。

妈妈把包裹递给了我，说那是一点肥皂之类的日常用品和一双布鞋，已经经过检查了。她刚说完了这句话就不再出声，好不容易才在呜咽声中间了一句"你身体怎么样"，听我回答说"很好"，就急忙离开了。

紧接着，小慧的脸孔就出现在小窗外——不，不是小窗外，而是窗口上。她的脸尽可能探到了窗口里面，都使我立即闻到了她头发上那一股十分熟悉的味道。味道还是我以往闻惯了的那一股特别好闻的味道，丝毫没有改变。

在我身后的狱警开口了，他命令小慧快点坐直了身子，再好好说话。

小慧顺从地坐正了身子，把她的脸连同头发上的好味道一起退到了窗口外。但她一时之间却说不出一句话，也没流泪，只是一个劲地盯着我瞧，仿佛从我的身上和脸上能让她看出我在监狱里的所有情况。

"家里怎么样？都好吗？你现在还在教书吗？"我问，竭力克制着冲动的感情。

"我还在原来的小学里教书，什么都是好好的，现在和妈妈一起生活在富阳，每天自行车来去，来回三个钟头也就够了。但亲娘又发了心脏病，去世了。那还是农历过年以前的事。妈妈叫你一定要好好接受改造，特别要注意身体，争取宽大，也许能提前出狱。你一定要有这样的决心和信心。妈妈的生活我会好好照顾的，你可以完全放心。"

我还能对她说些什么呢？想了片刻，我就亲娘的故世对她说了一些安慰话，又说了说我在劳动改造中做的是印刷车间的校对工作，胜任愉快，请她和妈妈完全不必为我担心。

小慧听着，没有作声。

后来我们又说了一些相互勉励的话，半个钟头的接待时间快到了。小慧离开前才把她手里的包裹递到了我的手里，说，明天是清明节，她们给我送来了一包青团子，六只，都是豆沙馅的；此外还有一张五元的人民币，让我在必要的时候零用。

"这包裹也已经过监狱守卫检查了，给你这一点零用钱他们也已同意。"她大声加上了这么一句。

小慧让出窗口再叫妈妈上来看了我一下后，她们准备走了。这时候我十分认真地对妈妈说，希望她们以后千万不要再来看望我了，尤其是小慧，以免影响到她自己的政治前途。妈妈年纪大了，也不必再来看我了。这样才能更加有助于我的改造，心里也会好过一点。只要互相通通信就可以了。妈妈见我态度恳切，就对我点了点头。

这次和妈妈、和小慧的见面,实际上也无法说上一句心里想说的话,只是让我知道了一些情况。最让我高兴的是小慧还在小学里教书,而且已和我妈妈住在一起,相互间可以有个照应。唯一使我难过的是亲娘的不幸去世。

四十三

吃过了中午饭,我还是躲在厕所里狼吞虎咽地吃了那六只青团子。吃到第五只,我猛然觉得嘴巴里有点异样,豆沙馅里好像有一小团不容易嚼烂的东西。我马上意识到其中可能有文章,聪明伶俐的小慧,不会不和我说一句心里话,她很可能会做这样的事来的!

我连忙吐出了打开一看,天哪,果然是一张小纸条,上面写着"我早就在上告,近来好像有了一点转机"一行小字。

我一下子呆住了。小慧真是我的好小慧!她已经在做我渴望着想做而如今已经没有能力做的事了!不过我也免不得有点为她担心……

　　按照监狱的规定，犯人接待家属每个月一次。妈妈大概和小慧商量后已经接受了我的意见，此后再没有前来看望过我。这反而使我安心了不少。

　　记得这年 5 月 30 日的下午，意外发生了：狱警突然叫我跟了他一起到监狱长的办公室去。进去后我见里面有一位干部模样的中年汉子和监狱长一起在说话。他们叫我坐下。

　　"我是萧山县人民法院的，"那中年汉子等我坐下后就神情严肃地说，"吴勇华的案子我们已做了复查，查清了她的整个财产状况和她购买田产的事实情况。为了团结一切可以团结的力量，按照《土地改革法》的规定办事，她可以作为小土地出租者对待，摘去她的地主分子帽子。与此有关，你的罪行我们也重新进行了复查，认为当时在运动中量刑过重，在给吴勇华摘帽的同时也给你做了改判。不过你和吴勇华不同，她在土改运动中没有任何对抗的言论和行动，表现良好，到杭州去住医院时她自己也已无法做主；而你，在吴勇华还被定为地主分子期间，用欺诈手段妄图让她逃避农会对她的监督和批斗，太不把广大农民群众当一回事了；更为严重的是后来还利用报纸编辑的身份擅自闯入革命机关去寻衅闹事，谩骂并殴打土改工作队员，对抗伟大的土改运动，在广大人民群众中造成了极为恶劣的影响。这都是有目共睹的事实，一点也没有冤枉你。不加惩罚怎么能维护人民政府的威信？怎么维护革命机关的威信？以后还怎么搞政治运动？在运动中还怎么发动群众？不过，你还年轻，又是初犯，为了使你有改过自新的机会，法院经过认真研究，报经上级批准，决定从轻改判你管制一年，以观后效。现行反革命分子的帽子在一年之内再怎么样也无法摘掉。你已经坐了半年牢,可以扣除半年的管制期限,所以出狱后实际上只须管制半年。希望你今后一定要真正从思想上认罪服罪,别再去做这种既害了自己又害了家庭的蠢事了。至于原来判定你为坏分子的问题,那是运动中个别工作队员过分听信了农民群众的反映,现在已经经过调查,应予撤销。我要说的就是这些,你听了有什么意见,在这里倒不妨老老实实暴露你的内心思想。"

我一直非常仔细地听着他说话,一个字也没有放过。等他说完了以后,我只是微微一笑,还不想立即表示我的态度。

"怎么样?还有什么想法吗?"那位司法干部又看了我一眼说,"对了,我们已做出了决定,让你6月1日上午就出狱,只有半天的时间了。如果你没有什么别的想法,等你在这份改判的判决书上按了指印,现在就可以去做些出狱前的准备,先把车间里的工作认真交代给别的犯人。这是监狱长对你最后的要求了。还有,你出狱后的生活出路问题我们也已做了安排,让你回到萧山县临江区月亮湖乡去——那里犯的罪,就由那里的人民群众对你进行监督改造。为了弄清楚你的问题,我曾经两次去过月亮湖乡,也听取过刘乡长的意见。他说,张家山小学经过土改运动,增加了一倍以上的学生,学校规模大大地扩展了,现在正需要一个临时的校工,可以让你去做这个工作,在劳动中接受改造。顺便对你说一下,吴勇华临死前头脑还清醒的时候,一再高喊着说,她愿意把所有的田财和房子都交给人民政府去分配,所以当地政府和农会就满足了她的要求,征用了她的那座白墙头房子,现在已成为张家山小学的校舍了。"

我还是没有说话,冷静地考虑了很久。因为发生在我面前的一切都让我觉得有点不可思议。然而这些肯定都是事实，我完全相信这位司法干部的话。但我在改判书上按指印之前，还是提出了一个问题。我问：

"我可以回到富阳我自己的家乡去接受群众的监督改造吗？"

"为什么？"对方在迷惑不解中带点同情的目光注视着我问，"刘乡长已在学校里给你安排了一个睡处，这是对你的特殊照顾了。再说，你在月亮湖乡湖北村接受监督改造只有你自己一个人，到了富阳就会影响到你的家庭了……"

不错，司法干部说得对，我一时之间只从自己的感情要求着想，的确考虑不周，太糊涂了。我觉得他的这句话充满着人情味，令人感动。再说，改判的结果总比原判好得多了，我还有什么犹豫的必要。于是我决定认命了，很快在改判的判决书上按上了指印。

我离开办公室从窗外经过时，听见司法干部还在和监狱长谈天，就下意识地放慢了脚步。他说："这个人吃亏就是吃在书生气太重，只知道死啃法律条文，又不看时间和场合，当时在区委会里引起了公愤，有那么多的见证人，政治影响很坏，还怎么能给他摘帽？他那个未婚妻就比他聪明得多，等土改运动刚刚结束，工作队撤走了以后，才根据当时提出的诉状再次到法院来摆事实讲道理，我们当然只能依法办事了……"

四十四

　　我出狱那天正巧是六一国际儿童节,可想而知小慧在学校里工作该有多忙,所以只有妈妈一个人前来接我。妈妈听说我还该到萧山乡下去一个人独自生活,有点失望。妈妈说,实际上小慧不计较我的反革命身份,这半年来她早就习惯了;不过,由富阳家里的邻居们对我进行监督改造,的确会使她和小慧越发抬不起头来的。

　　这天晚上,小慧在学校里搞完了节日活动就提前回了家,比平时早到了一个钟头,匆匆洗了澡就一起吃晚饭。妈妈偷偷煮了一锅童子鸡汤,既让我补补身体,也是对小慧这么多日子来辛苦奔波,一次次到法院里去求情的慰问。

　　妈妈听我说完了出狱前后的大体情况,就故意早早地睡觉了。妈妈事先已给我安排好了临时的卧铺,叫小慧和妈妈同睡大床,腾出了小慧的单人床让我睡觉。

　　这样,一等妈妈打起了呼噜,在经过了这场痛苦万分的生离死别以后,我和小慧又可以无所顾忌地相聚在一起了。

我们在客堂间面对面坐下后,小慧先问的是青团子里的那张字条,她说她很担心我会把它一口吞下了肚去,辜负了她这用心良苦的一片好意。这件事她甚至对妈妈也没有说,怕妈妈知道了会害怕。听了我的回答后,她笑笑说:"其实我也是这么估计的,知道你很细心,不是一个马大哈。"

等我把司法干部所有的话都详详细细地对她讲了一遍,并且对她说了一些表示夸奖话以后,小慧的脸也发红了。她忙着说:

"我自己哪来这么大的勇气啊,也根本没有这样的政治经验。实际上这都是因为你一直有上告的决心,所以我才会这么去做。你常常对我说,土地改革应该按照《土地改革法》办事,我想想这完全对,就不怕去冒这个风险了。我在法定期间内就写了一封上告的信给县人民法院,当时他们根本没有加以理睬;也许因为我还是一个未成年人,他们只是让刘乡长训斥了我一顿就算了事。此外,团市委宣传部的任茶花也帮了我不少忙,她听说我已在法定期间内提出了诉状,就让我等到土改运动结束以后,再到法院去求情的,她才有丰富的政治经验啊。"

"怎么,你也认识任茶花?"

"你该记得吧,我们的总辅导员培训班是团市委举办的,当时她是我们的政治指导员,我当然认识她。我和她的关系一直很好。不过那时候她还不知道我和你的未婚夫妻关系。"

"现在她知道了?"

"现在她当然知道了。不过她并没有因此批评我,她说这在她们乡下也是常有的事。她还说,你是一个很重感情、很有义气的人,所以才会犯这样的错误。当时她真想为你说几句话，可是在赵蕊的鼓动下你已经触犯了众怒；后来赵蕊还写了一份检举报告，让所有的人都签上了名，这让她还怎么能为你开脱呢，只能找个借口走开了没有签名。"

"想不到在运动中也有这样的好人！我再问你：为了亲娘的问题，你在学校里受到了处分没有？"

"当时他们说我在土改运动中和地主分子划不清界限，还妄图为她翻案，召开团支部大会对我进行了严厉的批判，会后还给了我一个团内严重警告的处分。现在当然已经撤销了这个处分。"

"好，我这就放心了。不过，小慧……"我欲说又止，沉默了下来。

"你想说什么快说嘛，"小慧一把捉住了我的手，"大概你还担心你现在的反革命身份吧？我可根本不当一回事，在我眼里你永远是原来的你。我也不怕团支部会对我怎么样。如果他们因为这个再来批判我，再给我处分，我也不怕，就算开除了我的团籍，让他们开除好了，没什么大不了的。反正我这一辈永远也不会离开你。"

"别说傻话了，小慧。你想想，在现在这个社会上，哪有身为青年团员的小学总辅导员和一个被管制的反革命分子保持着恋爱关系的事？何况到现在你还没有成年！别说学校领导不允许，同事和同学们也都会看不起你的。要是我们再想保持现在这样的关系，我敢说，对你就不仅仅是开除团籍的问题了！"

小慧也沉默着不再作声了。她似乎也已同意了我的看法。不过看上去她还没有死心，还在那里不住地忽闪着她的眼睛，就像她小时候遇上了为难事一样。

"让我们再看一段时期怎么样？"她沉默了很久说，"我还可以和任茶花去商量商量，她是一个通情达理的人，对你的印象也一直不坏，或许她会给我们出个好主意。要不，如果人们真的不允许我们保持现在的关系，我们可以把我们的联系转入到地下状态，就说我们已经解除了婚约，在公开场合不再见面，只在暗中来往。这总可以吧？反正对你的管制也只有半年的时间了，以后你还是在萧山乡下生活，在这段时期内我们可以约定一个地方偷偷会面。"

我禁不得笑了。听着她这番天真烂漫的话，我一边笑，一边却暗暗强忍着泪水。我握紧了她的手说："我以为解除婚约是必要的。这件事现在就非做不可了。《婚姻法》上没有订婚这一条，人民政府本来就不承认我们的婚约，只要向双方的所在单位去说一下就可以了。你说对不对？不过，解除了婚约，你就不能再和我妈妈在一起生活了，你想住到什么地方去？"

"如果真要这么做，我可以住到学校的单人宿舍去。我知道学校的女教师宿舍里还有空位。可是我还下不了这个决心。我怕妈妈会非常伤心，她已经和我一起生活惯了，而且……"

"妈妈那里就由我去说。她很爱护你，我相信她会从理智出发来对待这件事的。我现在就去叫醒她，对她说了吧，明天一早我就得到乡政府去报到，没时间可以做她的思想工作了……"我说着就站起了身子。

"不，等一等，"小慧也站起了身子，但还是挡住了我的去路，"可是……可是……可是这样做我还有点害怕……"

"害怕什么？"

"害怕我们弄假成真，将来永远也结不成婚……"

"怎么会呢？只要你不会嫌弃我，我这辈子永远都不会离开你！我有什么理由会离开你呢？小慧，如果我真的能成为你的丈夫，叫我牺牲生命我也决不回头！"

小慧猛地扑到了我的身上，一下子就失声痛哭了起来。我也忍不住把她搂入了我的怀中，和她抱头痛哭了起来……

不过我们过没多久就停止了哭。是啊，即便在这样的悲苦状态下，相互的热烈拥抱仍然唤醒了流淌在我们全身的青春热血。小慧的所做的一切，比她小时候更加肆无忌惮了，向我表示了她全身心的柔情蜜意……

我的头脑开始糊涂了，早就忘记了自己的反革命身份，有的只是支配着我全身心的爱情要求和欲望。我差一点就可以占有她的童贞了，而且从她的动态看，她好像也很有这个意思。

如果我头脑里不是那么根深蒂固地牢记着《婚姻法》，我想我肯定会这么做了。然而我还是痛下决心悬崖勒马了——我不能只图一时的欢快和满足害苦了小慧，害她为我受罪一辈子。我始终没有忘记小慧的年纪，当年她虽已虚岁十九，但她的生日还没有到，按实足年龄计算，还不能说是一个年满十八周岁的成年人……

四十五

　　我相信刘乡长和任茶花一样也是一个非常难得的好人。他能安排我这个反革命管制分子到小学里去做临时工，这对我简直是不敢奢望的大照顾。听长根婶婶说，刘乡长这么做，也有他的理由，因为我在犯罪以前是一个公职人员，过去还担任过这个小学的校长，让我到小学里去当临时工，熟悉学校的情况，既能在监督劳动中做好这个工作，也更加有利于我的改造。村里的农民听说法院也已同意，他们就没话可说了。

　　这座白墙头屋没有经过多大的改建，只是楼上楼下都多开了几扇门窗，作为教室就更加亮堂，出入也更加方便了；此外，还扩展了周围的围墙，又把屋前的园地平整以后铺上了黄沙，成了一个像模像样的操场。教师办公室设在底层，就是原来由小慧暂时睡觉的东房。

　　我的卧处被安排在楼梯底下的角落里，正好能摆进一张小小的木板床。从杭州的报社里搬来的生活用品和手风琴合子都塞在床底下。

李薇已正式被任命为校长，显然比以前有经验、有风度得多了。她对我的态度也还和气，尤其是在边上没人的时候。另外还已增聘了一位姓孙的青年男教师，听说也是从县城来的，晚上在办公室里搭起行军床睡觉。他除非命令我做什么事，从不和我说过一句废话。

我的主要任务是屋内屋外的清洁卫生工作，包括打扫厕所和清除粪坑。屋子后面还留着一片园地，仍然种着花草树木，也都由我负责修整和保养。此外就是挑水、劈柴、通阴沟、擦玻璃窗、按时摇铃等等日常杂务，都使我胜任愉快。李校长一直在学生家里搭伙和住宿，孙老师的饭菜都由他自己动手烧，所以我只需烧我自己吃的。

每天晚上，我必须到农会小组长阿水家去汇报一次思想，每周必须到乡政府去汇报一次思想。实际上汇报思想也不过是例行公事罢了，每次总是那么几句话。阿水家已经分到了亲娘的一部分出租田，他和阿莲对我的态度比在土改运动中和婉得多了。

我的通信自由没有被完全剥夺，但写了信自己不能封口，必须交给乡政府审查后由他们代我投邮，每次来信也只能寄到乡政府拆看后才由他们交给我。如果我有什么私事须要离开学校，白天必须向李校长请假，晚上必须向农会小组长请假；如果须要外出离开萧山县境，例如到富阳家里去看望妈妈，那就必须向乡政府请假。

学校的大门钥匙都由孙老师保管着。但遇到了星期六晚上他和李校长先后回了县城，钥匙就不能不让我临时保管一个晚上。这正是我唯一可以用来冒险"干坏事"的机会，如果我和小慧偷偷见面也算是"干坏事"的话。实际上我唯一想"干"的也就是这件"坏事"。

因为冒的风险太大，我过上了管制分子生活已有两个月，却一直不敢对此进行任何尝试。有一次在湖边河埠上遇到了长根婶婶，她一见面就问：

"听说小慧姑娘已和你划清了界限，取消了婚约，真有这回事吗？"

"是的。我知道她已经向学校领导表明了决心，我完全同意。这个问题我也已向乡政府汇报了。"

"你们这就错了！好好的一对未婚夫妻，为什么要这么做啊？你们不是一直都亲亲热热的吗？虽说你现在……那也不过是半年的时间，时间一到刘乡长肯定会让你留在学校当教师，那时候你们就可以堂堂正正地结婚了，也算是了却了她亲娘生前的一个心愿！"

我不再说话，低头走开了。

这样又过了一段时间，虽已到了初秋时节，但天气还是十分炎热。一个星期六的晚上，学校里只有我一个人，正忙着在偷偷写小说，长根婶婶突然悄悄前来找我了。

"快到我家去，小慧姑娘就在我家。她是和我约好了才来的。我知道今天晚上学校里只有你一个人，村里的人大都出湖捕鱼去了，我叫老头子也下船出湖了。"

"小慧好吗？"

"还问什么呀？快走，你去了就知道。"

长根婶婶家就在学校围墙外，我却还是第一次进去。她家住的还是原来破旧不堪的老房子，不像她侄子阿水家那样已经盖起了新屋。院子里的鸡鸭虽已进了窝，但还到处是鸡鸭粪的臭味。前后有两间相连的泥地平屋，看不到一扇窗，进了门就像是进了一个热气腾腾的蒸笼。有不少亲娘家的家具堆放在墙边，不知道是小慧送给了她家的，还是寄放在她家。

长根婶婶把我推进了后间的门，我这才见到了一扇小窗。窗口已拉上了窗帘布，小慧就坐在避开窗口的长木凳上。凭着小小的一点豆油灯光，我一眼就看出小慧的衣着打扮已完全变了样。她脑后那两根粗粗的长辫子不见了，已剪成了男孩子似的短头发，身上穿着一套男式的黑色学生装——尽管如此，看上去却依然是一副女孩子特有的身姿，反而比以前显得越发妩媚动人了。

她的自行车放在床边。

"你们这两个不懂事理的读书人啊，"长根婶婶苦笑着说，"我还是那句话：你们错了！你们怎么能随便对人说，已经解除了婚约呢？不解除婚约，你们总是未婚夫妻，正大光明，要想见面就见面，大不了小慧姑娘会在学校里吃点批评。现在这样偷偷摸摸见面，万一被人家捉住了，就更加理亏，更加没话可说了，反而会把事情闹得不可收场。也罢，我也不想多说了，现在就给你们去放风，望见有渔船回村，马上回来通知你们。你们有什么话要说就赶快说吧，说完了可以让小慧姑娘早点回学校。"

长根婶婶说着就匆匆走了。

长根婶婶的提醒，使我更加认识到了我们这样做的危险性，小慧也已意识到了事态的严重程度。精神上的压力影响了我们久别重逢的欢快，两个人面面相觑地对望了很久，不知道该从哪里开始诉说我们的想念之情。

"要不，我们现在就离开这里怎么样？"小慧说，"去年夏天，我们不是到双龙山山脚下去乘过凉吗,那里距离所有的村子都很远,湖水特别深,也不是捕鱼的地方,晚上见不到一个人,肯定十分安全。快走吧,留在这里我最怕连累了长根婶婶,我们连累她的已经够多了。"

"要是路上碰上了人该怎么办?"

"不会,肯定不会。一路上没有一家农舍,有谁会见到我们?如果你不放心,我可以骑了自行车先走,先去和长根婶婶打个招呼,然后在第一个岔路口等着你。你可以等上三四分钟后再动身。"

"好吧,反正我什么都听你的。"虽然我一点心理准备都没有,但我怎么能辜负了小慧的殷切情意呢。

小慧举起双手叫我和她相互对拍了一下手心,又回头朝我微微一笑,立即推起自行车出了门。

可是,还没等我准备动身,小慧已经不声不响地跟着长根婶婶一起回来了。原来长根婶婶坚决阻止我们这么做。长根婶婶说,我们这一去肯定会在那里逗留很长时间,让小慧一个人深夜回学校去,她不放心;我这样长时间擅离学校,擅离村子,也难免会被人们发觉。而且,她已经望见有渔船在往回游动了。

怎么办? 小慧的计划破产了!

我只好当机立断,决定和小慧赶快离开长根婶婶家,和她一起从屋后出村,冒险送她一程回城的路。

四十六

　　这样，这天晚上我和她虽然见上了一次面，但能说的正经话并不多。一路上她只是对我说，自从她向校方表示和我解除了婚约以后，她在学校里什么都很好，团支部甚至还推荐她去听了党课；现在最大的问题倒是发生在她自己的家里。她哥哥听从了她妈妈的主意，已经给她在杭州安排了一个担任小学总辅导员的工作，非要她暑假结束以后便回到杭州去和他们永远生活在一起不可了。她妈妈和哥哥已经赶到萧山来找过她两次，还专门为此和学校领导交换了意见，取得了校领导的同意，这就更加逼得她无路可走了，寻死觅活，他们也不肯松口。

　　"要不你就暂时顺从了他们吧？"我说。

　　"你也说这样的话？"她很吃惊，生气了，"你也说这样的话，我就真的只有死路一条了……"

她哭了，不再走路，把自行车一放，一屁股坐落在山边小路旁。

"快别这样，小慧。"我连忙把她扶了起来，"我这完全是为你好啊，其实我心里哪会有这样的想法？这一点你肯定了解！可是，如果你妈妈和哥哥一定要这么做，而且已经取得了组织上的同意，我们还能有什么办法？"

"你准备什么时候再到富阳去看望妈妈？"她边哭边问。

"我准备下个星期日就去。他们允许我每个月去一次，只要能事先请得出假。怎么样？"

"如果你事先请得出假，来得及早点写信告诉妈妈吗？"

"这没问题，我可以提前几天去请假。"

"好，下个星期六晚上我就到富阳去看望妈妈。这样，只要你请得出假，星期日我们就可以在自己家里见面了，能有时间好好商量一下对付他们的办法。我们还可以让妈妈给我们出出主意。"

"你真聪明，思路开阔，想得比我周到！这才是我们见面的好办法！"

这以后，一切都很顺利。刘乡长又在无意中帮了我的忙，批准了我的假。我就及时写信告诉了妈妈。

这天我到达富阳县城特别早，走近家门口的时候太阳还刚刚升起，红红的曙光照耀着屋外的墙壁，也照耀着妈妈的身影。妈妈一边忙着在晒衣服，一边老是抬头往我所在的方向张望。

相互望见了，我加紧脚步奔到了妈妈面前。

"小慧昨天晚上就来了。刚才她要出来给我帮忙，我让她留在屋子里。"妈妈小声说，神情有点紧张，"赶快进去吧，小慧什么都对我说了。回头有机会我再和你好好商量。"

屋门关着。我推门进去一看，小慧在灶间里洗碗。她听说我还没有吃早饭，便动手给我下了一碗满满的面条。

妈妈也进来了，又随手关上了屋门，还插上了插销。这样，我就一边吃面条，一边听妈妈和小慧说话。

妈妈说，朱大伟前来看望过她了，还来过了两次。朱大伟说他这几天正在富阳采访土改运动的胜利成果，所以就趁便前来看看她。第二次是昨天晚上来的，正巧和小慧碰上了面。看上去他对小慧也相当熟悉，问长问短地问了她不少话。不过小慧不肯多开口，什么也没有回答他，后来他就走了。"你说说，朱大伟已经知道了你的政治身份，现在还肯到我家来，为的是什么？真像他自己说的那样只是前来看看我吗？"

"我已经对妈妈说了，朱大伟肯定另有目的，但妈妈还不肯相信我的话。"小慧抢先回答道，"我很怀疑他是听了我哥哥的话才来的，而且已经去过了我们的学校，见我不在，才连夜赶到这里来的；否则怎么会有这么巧，我刚前脚进门，他就后脚赶到？这一下才提醒了我，他们很想知道我是不是还常常到这里来和你约会！我真怕他们像在杭州的医院里那样，硬把我拖到杭州家里去……我哥哥的心胀硬得很，什么事都做得出来的！另外我还想对你和妈妈说一件事，希望你们听了不要想到哪里去……"

"快说吧。"

"前些天朱大伟已经到我们学校里来找过我几次了，说是要采访我，根据我最近的种种表现写一篇报道，怎样从后进成为先进。我没答应他，他还是采访了学校领导和不少同学，写成了这篇报道发表了。那上面既写到我如何热爱少年儿童队的工作，活动开展得如何丰富多彩,还说到我在政治上和个人问题上如何痛改前非,自觉转变立场,要求进步,成了由后进变为先进的典型,成了一个名副其实的青年团员……"

"这篇报道发表在什么报纸上?"我问。

"就发表在他所在的那家报纸上。"

"杭州的报纸?"

"是的。"

"那上面提到你和北英的婚姻问题没有?"妈妈急着问。

"指名道姓地写了,还写到北英在土改运动中犯的罪行,写到北英现在被管制的政治身份。"

"奇怪!在这样文章里何必把我的名字也写上去呢?完全没有这个必要!"我冷冷地说。

"我也觉得很奇怪,所以我认为他写这篇报道肯定另有目的,就是想彻底毁坏我们的爱情关系,使我们永远也无法结婚。朱大伟知道我和你的关系以后,他每次见到我,在我面前已经表现得够多了,有时简直使我非常害怕,尤其是在边上没人的时候!这家伙太厚颜无耻了!本性难移!"

我和妈妈相互对望了很久,一时之间再也说不出一句话。

"当然,最使我害怕的还是我妈妈和哥哥对他的态度。"小慧继续说,"他们已经和朱大伟勾结在一起,早就把他当作自己人一般对待了。这从我妈妈对我说的话里完全能听出来,夸他的个子长得有多么高大,年纪又比你轻,还是解放前就参加了革命的进步知识分子,政治上肯定很有前途……如果他们真有这个意思,我真不知道今后还怎么能生活得下去!你说说,我们究竟应该怎么办?"

"小慧,你先说说吧,你准备怎么办?"妈妈问。

"我能说的已经都说了,我多么希望北英能想个对付他们办法,也希望您妈妈给我们出出主意。"

"好吧,小慧,就让我和北英好好商量一下再说。不过我劝你还是要放宽心,天无绝人之路,你还这么年轻,对自己今后的生活一定要有充分的信心。"

小慧好像已经觉察到妈妈想和我私下谈些什么,就站起身到卧室里去了。她说她打算先去把留在这里的一些东西整理一下。

老实说,这时候我已经心乱如麻,根本想不出什么对付他们的办法。他们本身的力量已经够强大了,何况还有更加强大的力量作为后盾,叫我这个反革命管制分子还能有什么办法可想?我相信妈妈也不过是在那里安慰安慰小慧罢了。

但是,我绝对没有想到,等小慧走进了里屋以后,妈妈便把我一把拉到了大门外,咬着我的耳朵说:"你还没有听出小慧的内心想法吗?实际上这也怪不了她,现在我们已经是这么一种处境,我看也只好如此了。算了,北英,你现在首先要做到的是争取早日摘掉你头上的反革命帽子,婚姻问题只好以后再找机会了。你也的确应该为小慧想一想,让她去争取自己的光明前途吧!"

"妈妈,你这算是什么意思?"我对妈妈也不留情面地厉声问。

"我的意思还不明白吗?你一个反革命管制分子怎么能抢得过一个革命新闻记者啊,何况小慧一家也都是革命干部!本来我也一直觉得小慧的年纪差你太远了,又长得像朵花,你们的感情决不会怎么牢靠。还是早点断了这个念头吧,免得害苦了小慧的一生,弄不好还会加重你的罪名。这使我想起来就心惊肉跳,浑身冒冷汗。为了小慧,我看你吃的苦头也够多了,现在落到这个地步,根源还不是在她的身上?再这样下去,我真怕你为她丢掉了自己的性命……"

我什么话也不想回答,转身就进了屋子。

四十七

妈妈也回到屋子里来了。她不再和我说什么,却急匆匆走进了里屋,和小慧说些什么去了。她们先是低声细语地交谈着,接下去便哭哭啼啼地说了很长时间的话。

好不容易,小慧独自走出了里屋。她手里拿着一个用手帕包着的小包裹,塞到了我的手里:"这都是亲娘留给我的,不过是一些首饰之类的东西。妈妈不肯拿,只能先让你暂时替她拿着,等会儿由你交给她,也算是给她留个纪念吧。我现在就想走了,我受不了妈妈对我说的那些话……"

话音未落,小慧泪水满面地冲出了大门。

小慧是没命地奔跑着离开我家的。当我把小包裹随手一放,急急对妈妈说了句什么，便紧跟着追出屋门去的时候，她已在远远的街道十字路口消失了踪影。

我当然不会让小慧这样痛哭流涕地离开我。我在十字路口的街道上到处寻找，终于在开往萧山的长途汽车站上见到了她。可惜她已经上了车，汽车已经开动。

于是我就等着下一班的汽车。我知道每班汽车需要相隔一个半钟头，到了萧山能不能再次见到她，只能看我们的命运了……

我是上午十点多钟到达萧山车站的，一下汽车，就在整个车站里四处张望。当时我还以为她有可能会在萧山的车站里等我，因为在汽车开动的时候她似乎曾在车窗里见到了我。结果，我找遍了车站的所有角落也没有找到她。

我焦急万分了，萧山那么大，还能到什么地方去找她？她甚至把我也躲开了，这是为什么？

一个令人不寒而栗的不祥念头时时涌现在我的心头：她会去走绝路吗？希望不至于如此吧？如果她真的准备去走绝路，可能到什么地方去？

不过我还是竭力让自己镇定了下来，仔细排摸了一下她可能去的地方。我决定先到她任教的学校里去。我也顾不得自己的政治身份了。好在这天我的衣着穿得还算整洁，不认识我的人不可能看出我是一个反革命管制分子。

萧山县立第一小学距离汽车站不远，走没多久就到。但在传达室值班的一位年轻女老师对我说，她和吴慧是同寝室的室友，吴慧从昨天晚上离开学校后一直没有回学校，自行车也一直放在宿舍里。她问我和吴慧是什么关系，我搪塞了一句就赶快离开了。

然后我就抱着一种侥幸心理去了团市委。目的当然是去寻找任茶花。我没忘记小慧对我说过,她想请任茶花给她出出主意。我相信,任茶花不会因为知道我是一个管制分子而对我怎么样吧? 可是我没有见到任茶花。传达人员对我说,星期天任茶花在家休息,不可能见到她。我问了问任茶花的家庭地址,但传达人员不肯告诉我。因为我拿不出任何工作证和介绍信。

　　离开了团市委,在县城里已经没有别的地方可找,我更加焦虑不安了。摆在我面前的只有一条路——到乡下去寻找。或许我还可以去向长根婶婶打听一下,是不是见到了小慧? 不过,到了乡下我就不是一个自由人,得处处小心行事了。除了长根婶婶,我决不能让别的任何人看出我是在寻找小慧。到长根婶婶家里去打听小慧的下落,也存在着一定的冒险性,只有在无路可走的情况下我才能这么做。

　　当天早晨我离开乡下时,按规矩应该把校门钥匙交给乡政府,请他们暂时保管,幸而我忘了这么做,所以还一直带在身边。这时候我想到白墙头屋在改成为小学的校舍以后,原来的大门并没有换,门锁也仍然是原来的门锁。很可能小慧还保存着这个门锁的钥匙吧? 我多么希望她已经先到学校里来等着我了……

　　但事实很快证明,这不过是我的异想天开而已!

　　时间紧迫,我很快离开了学校,毫不犹豫地往长根婶婶家跑去。到了她家屋外的小院子里,我都快要叫门了,突然听到里面有人在和长根婶婶大声说话。

　　我连忙凑着门缝偷偷往里一看,天哪,那不是吴必芳和朱大伟这两个家伙一起在盘问着长根婶婶吗! 在他们身边还坐着一个脸色阴沉的刘乡长！果然不出小慧之所料，他们穷追不放，非得逼迫她生活到杭州去不可了！

我匆匆考虑了一下，现在的首要问题是赶在他们前头找到小慧，希望她还能活着和我见面。别的一切都只能置之于度外了。

我一转身跑出了小院子，觉得自己已经没路可走。怎么办？我还应该怎么去寻找她？

我左右一望，湖岸西面村口处有人在走动，东面却见不到一个人影。我立即决定往东面走。对了，我的确应该往东面走。如果小慧真的打算去走绝路，最大的可能就是去投湖自尽，我去找的当然应该是特别清静的地方。

这时候我猛然想起了小慧在长根婶婶家里说过，她准备和我一起到双龙山脚下去的话。那里的确是一个特别清静，对我们两个又特别有纪念意义的地方。先到那里去寻找她，准不会错！

这样一想，我越发加紧了脚步，找到她的信心也骤然增强了不少。即便她已经投湖自尽，我也一定要找到她的尸体，然后抱着她的尸体和她同归于尽，到另一个世界里去实现我们的夫妻梦！

我一路狂奔，曾经遇上了几个打柴的村民，他们目瞪口呆地望着我，我也管不得这么多了……

终于，当我最后跑到了双龙山脚下的青龙潭边，跳上了岩石朝四处扫视了一下，天哪，呆呆地坐在湖岸附近矮树丛旁边的，不正是我心爱的未婚妻小慧吗！

她没有死！她没有投湖自尽！她还活着！我的心一下子就完全放松了！

小慧也看到我了。她不再避开我了。她迎着我走来了。她的脸上已经没有泪水,不过神态非常严肃,目光炯炯有神,直盯着我的双眼,仿佛想看穿我的灵魂似的!

我们站在湖边的山路上相互对望了很久,既没说一句话,更没抱头痛哭。我们还需要说些什么呢,要说的都表达在我们的相互对望中了。等我走近去默默地抱了抱她的双肩,她立即拉起了我的手,朝湖岸的东面飞步跑去——那里有十分茂密的野竹和树木。

是的,我们到那里去隐藏起来,至少在短时期内还不至于被人们轻易发现,至少在短时期内我们想做什么还可以做什么……

四十八

真正的爱情是怎么一回事?男女之爱究竟由何而生,出于什么样的目的?其中包含着些什么样的内容?对此,我相信世界上有过爱情经历的人肯定会做出各不相同的回答,一百个人可以有一百个不同的回答,一万个人可以有一万个不同的回答。

我无法知道小慧是怎么会爱上我的——因为我不是一个女性,

我无法说出其中的奥秘。这里，我只想根据我自己的切身体验，说一说我之所以会爱上小慧的缘由，以及由此而产生的至死不渝的感情。

我以为，小慧在她少女时代就对我表示了发自内心的好感，而且毫无顾忌地对我做出了那些天真烂漫的亲密举动，这正是事情的关键。因为她当时并不对所有男青年都采取这样的亲密态度。她对朱大伟就是避之而唯恐不及的。我也从未听说过她对别的任何男青年有过这样的亲密举动。只有对我，她才像对待她最亲的亲人一样，是那么喜欢我，亲近我，那么信任我，尊重我，时时都依恋着我。尽管那时候我还丝毫不敢对她滋生任何非分之念，但对她的知遇之德和感恩之情却早就在我心头扎下了深深的根。这种无形的根，虽然并不自觉，却让我一辈子都刻骨铭心。

后来，当我赶到萧山乡下去看望她时，刚一见面我就发现她对我的感情并不是过眼烟云似的孩子气，而是一如既往地情意深长，丝毫也没有变化——这从她的言语动态和所作所为中都可以觉察得出来。投桃报李，正当青春年华的我，还怎么能无动于衷而不对她产生相应的感情？于是，在管鱼棚子里发生了那件不该发生的事，也就在所难免了。这对我和她都是人生的第一次——该是多么美好的第一次啊，从此，谁还能忘得了谁？谁能还舍得了谁呢？

当然，无可讳言，随着小慧身心两方面的不断成熟，她的青春美貌、她的婀娜多姿、她的聪明智慧、她的温柔多情，还有她那敢说敢为的大胆性格，都已经使我爱之不尽了；况且随着爱情关系的不断发展，我们之间又有了越来越频繁的肌体之亲——这种种肌体之亲，尽管距离夫妻关系还有一大步，却已经把我们全部身心都结合在一起了,结合得那么紧密,就像是两个人已经结合为成为一体,她的身上有我,我的身上有她,永远也无法分离。

说出来事情就有那么怪——这时候,她身上所有的一切,她的面貌和表情,她的体形和体态,她的嗓音,她的一言一笑,一举一动,以至于她身上的任何一个部位,哪怕是她的头发,她的手臂,她骑上自行车去时的姿势,在我看来都是与众不同的,都是那么令人赏心悦目,爱之不尽。再加上我和她在生活中早就相依为命了,患难与共,休戚相关,她愿意把她的前途命运都交付给我,我愿意把我的前途命运都交付给她。因而,只要她需要,我还有什么不能为她牺牲呢,甚至包括我的生命!

所以,当我跟着她进入到那处隐蔽的密林里去时,我已经抱定了这么一个主意——她叫我做什么我就做什么,她叫我去死我也决不会有半点犹豫!

我永远不会忘记,我们一进去就在茂密的野草地上仰面朝天地躺了下来。长长的杂草立即淹没了我们的身子。这里长的大都是江南野地上最容易生长的狗尾巴草,差不多有半米高,叶子非常繁盛,躺在这样的草地上,身下软软的,就像是躺在毛毯上,而四周未曾被我们压倒的草正好把我们围了起来,十分严密,给人以一种与世隔绝的感觉。

往上望去,相互连接着的树冠几乎完全挡住了中午的阳光,使我们感到特别凉快和特别舒心。我们刚来到时曾一度惊飞了树枝上的鸟群,但没过片刻它们就都飞回来了,依然在树枝间跳来跳去,唧唧咕咕地鸣叫不停,为我们演奏着大自然的乐章。有不少蝴蝶和蜜蜂在我们身周围飞来飞去地打着转,仿佛和我一样也闻到了她身上的好味道,跃跃欲试地想到她身上来吸取花蜜似的,久久不愿离开。

我们这样静静地躺着大概有五六分钟,后来还是由她先开了口:

"肚子饿了没有?我想我们首先应该吃点东西才对!"

"你说该怎么样就怎么样,不过我并不觉得怎么饿。"

"不可能不饿,你还是早上六点钟吃的一碗面条呢。我相信你今天已经跑过了不少地方,这碗面条肯定消化完了。我先去弄点吃的来,让我们的身体增加一点热量再说。我们要做的事还多着呢!"

"荒野地方,你能到哪里去弄吃的?"

"我当然有办法。几年前我刚来乡下时,阿莲还刚刚和阿水结婚,和我要好得像亲姐妹一样。第二年也是在这个季节里,她已经有了身孕,还不得不到这里来给牛割草,她说这里离开白龙溪和白龙潭已经不远了,是一个非常荒僻的地方,我就陪着她一起来了。她告诉我这里有几棵野桑树,带我去采了不少桑果,吃得我们的牙齿也变了颜色,几天都不肯褪掉。现在正是桑果成熟的季节,如果你不怕牙齿变颜色,我马上就可以去采来不少给你填肚皮,酸中带甜,滋味还不错。"

我哪有不听她的道理。结果,我们不仅采到了很多桑果,还意外地采到了一些野葡萄,也顾不得牙齿变颜色,两个人都吃得饱饱的,满嘴都是甜酸味。我们赶快到临近山脚的小溪边上,用溪水漱了口,然后又回到原来的地方,依然仰面朝天地躺了下来。

"你见到了长根婶婶没有?"小慧驱走了她面前的蜜蜂,问。

"我去找过她。但发现你哥哥和朱大伟正在她家里和她说话,刘乡长也在那里。我只好返身走开了，没有和她说上一句话。"

"那，你怎么知道我在双龙山下呢？"

"我自己也莫名其妙，大概是'心有灵犀一点通'吧！"

她不再作声，侧过身来面向着我了。于是我也翻过身去面向着她。我们这样面对面地侧身躺了不到一秒钟，双方的手臂自然而然搭上了对方的腰，接下去就迅速搂抱成了一团。我们搂抱得那么紧密，脸贴着脸，胸贴着胸，两条腿也竭力交叉在一起。

"我们大概不会有太多的时间了，"小慧在忘情状态中喃喃地说，"他们肯定会到这里来寻找我的。我进山的时候长根婶婶见到过我。"

"我也相信他们会到这里来寻找我们的。我进山的时候也有人在山路上见到过我。"尽管我早就处于忘情状态中，但还是没有忘记搁在心头的那个问题："小慧，我问你，你小时候对我说过，你是在夏天出生的，你十九的生日已经过了没有？"

"就是三天前过的。你现在问这个干什么？"

"我……我想……如果你已经过了十九岁的生日，那么，你现在该是一个年满十八周岁的成年人了！"

"我当然是一个成年人了！实际上我早就是一个大人了，可是你总是不肯把我看作一个大人！你现在这么说，大概终于把我当作一个成年人了吧？对，现在你完全可以把我当作一个成年人对待了！因为我终于到了法定的成年年纪！你放心，现在你想对我怎么样，用不着再害怕什么了……"

四十九

我不再回答，却再一次轻轻地叫唤了她一声：

"小慧……"

"你想说什么快说吧。"

实际上此时此刻我还能说得出什么话来呢？我的心已在怦怦乱跳——谢天谢地，她终于成年了！成为一个法定的成年女子了！我苦苦等待了这么多年的美好愿望终于来到我的眼前！这也是小慧和我心心相印的共同愿望啊！我们为了这个共同愿望已经付出了多么巨大的代价，如果现在再不去实现它，还能等到什么时候去实现呢？

这样一想，我的心头顿时充满从未有过的轻松感和幸福感，这种轻松感和幸福感自然而然地滋生了从未有过的强烈欲望——只想把我的全部身心都奉献给小慧，然后把小慧的全部身心都占为己有而后快！

我开始解她的衣扣了……

小慧对我的行动并不感到意外和吃惊。她对我微微一笑,便柔情满面地舒了一口气,推开了我的手,由她自己动手解开了所有的衣扣,一下子就脱去了那件黑色的学生装上衣。紧接着她又毫不迟疑地脱去了她身上所有的一切,然后连同我脱下的衣服,把它们一起抚平整了,郑重其事地铺到了我们身下的草地上……

"你啊,"她躺下身去的时候微微合上了双眼,"其实我早就等着你了……"

然而,意外发生了。我这才意识到我们的行动太慢,或者说我的动作过分迟缓,过分的书生气。正当我双膝跪地,面向着初临人世般的小天使小慧,满含着难以克制的爱意,小心翼翼地俯合到她身上去的时候,不知道从什么地方传来了人们的话语声。我抬头一听,那声音正来自我们刚才进来的那个方向。在这同时,猛然传来了几下吆喝声。显然,人们已经见到了我。他们已经进入了密林!

我心慌意乱了,越是心慌意乱就越是不知道应该怎么做。幸而小慧比我镇静得多,立即采取了果断的行动——她先把我推开,跳起身子就冲在前头朝最最荒僻的密林深处跑去。我们都忘了拿起铺在草地上的衣服,只顾没命地往前飞奔。

我们越过了刚才漱口的小溪,弯腰钻过一大片长满了尖刺的矮树丛,绕过几道往外延伸的小山脚,又侧身穿出了一条岩壁的隙缝,好不容易来到了高山脚下一个大水潭的边上。

呵,好大的一个大水潭。大水潭上头高山上是一条高低起伏的大溪流,较之我们见过的青龙溪宽阔了许多倍。水流汹涌澎湃,白浪滚滚,倾泻而下,声如雷鸣。大水潭上面水花四溅,到处飞溅着雨点一般的大水珠。

我估计这里就是小慧说过的白龙溪和白龙潭了,不过也无心多问,紧跟着她翻过了一块高高的大岩石,来到了岩石下面的湖岸边上。

这里的湖岸高出湖水水面至少有两三米,全都是由光溜溜的岩石构成的,相当狭窄,刚好能容得下我们的身子。湖岸两头也都有岩石阻挡着,只有一面是临水的。

我们想躺下休息却无法并排躺下,除非各自躺在各自的地方。我们没有这么做。因为在这样的情况下我们随时都得商量着办,采取一致的行动。我们只能肩并肩坐在临水的湖岸上稍稍休息一下,让自己喘过一口气来。

说来惭愧,直到这时候,我才猛然醒悟到我们一路奔来完全是赤身裸体的。中午黄澄澄的阳光照在小慧的裸体上,一眼就能看出她那白皙、细腻的肌肤上到处都是一条一条带有血印的伤痕,尤其是脸上、肩臂部位和两条小腿的前侧,显然都是在矮树丛里被树上的尖刺划伤的。

她这都是为了我啊!她太可怜了,真的太可怜了!

我的眼睛里已涌上了泪花。

我不由一把抱起了她的身子,让她侧坐在我的身上,然后用嘴轻轻地吻着她脸上和身上的那些伤痕,包括乳房上的几条伤痕。除了这么做,我还能怎么抚慰她呢?

小慧动了动腿,很快就面向着我坐正了身子,和她小时候的样子很相仿。

"瞧你自己的!"她一边说,一边也到处吻着我脸上的伤痕。

我们这样相互抚慰了很久,渐渐地,我们都变得不太安静了。这毕竟是裸体和裸体的拥抱,何况我们早就抱定了相互献身的决心。肌肤之亲和至诚至性的爱,使我们心头的美好愿望顿时复活了。

　　好在这时候还没有听到任何打搅我们的人声,于是我们就尝试着做起了渴望着想做的那件事,尝试了几次,果然成功了——我们的身体不仅拥抱在一起,而且连接在一起了。这是一种什么样的连接啊,我们终于赶在结婚以前成为事实上的夫妻了!在经历了千辛万苦的磨难以后,在如此危急的可怜处境中,在白龙溪飘洒着的大水珠下面,在阳光灿烂的月亮湖边上,我们这么做了……

　　在当时这样的处境中,又是在这样的场合下,我们都很明白这样做会造成怎样的严重后果,但我们还是这么做了……

　　人在极端愤怒或极端焦虑的状态中头脑会糊涂,但在极端欢快和极端幸福的状态中头脑也会糊涂。当时我的头脑糊涂了,仿佛除了我怀抱中的小慧,世界上所有的一切都不复存在了……

　　“我们该不是在梦中吧?”我紧抱着她的身子问。

　　“我不知道……我仿佛……仿佛见到了……一个天堂……”小慧说话都已经有点喃喃不清了。

　　“希望这个天堂永在人间!”

　　“我相信它永远……永远在……在我们的心间……只要我们……我们永远……不再分离……你……你……你能永远……永远和我结合……结合在一起吗?”

　　“当然!”

　　“就是……就是太……太对不起……我们双方……双方的妈妈了……”

"不，为了你，我们都只能对不起妈妈了！"

我们不再说话，相互越抱越紧，只想把自己的身体全都融入到对方的身体里去……

这样，当她最后在陶醉状态中示意我一起朝湖水里滚下去的时候，我早已同有此心。我们仍然配合得那么默契，那么协调，正像我们刚才在相互满足着对方时那么默契和协调。我们就这样紧紧地搂抱着对方的裸体，像奔赴天堂一样奔赴到深深的湖水中去了……

五十

当我从昏迷中苏醒过来的时候，不知道我怎么还能活着。我不知道是什么人把我打捞起来的，是在怎样的情况下打捞起来的。我也不知道小慧怎么样了。我只记得我在半昏迷状态中感觉到小慧也已处于半昏迷状态。但我们仍然没有放开搂抱着对方的手臂——她搂抱着我的脖子，我搂抱着她的腰。后来我们就完全昏迷过去了。等我感觉到自己已恢复了神志以后，已经躺在草地上，周围站着不少人……

　　不久，我就作为死不改悔的反革命分子和无法无天的坏分子，被判处了十年徒刑，被解送到安徽劳改农场去劳动改造。从当地监狱出发以前，人们让我和妈妈见了一次面。下述这一切都是妈妈偷偷告诉我的。她说这一切都是从长根婶婶那里听了来的。

　　小慧也没有死，也被打捞起来了。她没有被判刑，也没戴任何帽子，但团籍和公职都被开除了。如今就被她妈妈和哥哥当作疯子关锁在杭州的家里。把我们打捞起来的有很多人，其中有刘乡长、小慧的哥哥、朱大伟和长根婶婶的阿水侄子。这件亘古少有的下流事轰动了月亮湖岸上所有村子里的人，甚至还惊动了区里的领导。区里为此专门进行了布置，不许任何人再加以流传，以免败坏了全区的社会风气。

　　不过妈妈并没有怎么责备我，也没有在我面前责备小慧，只是在临别的时候说了这么一句话："要是你早点听我的话，早点结婚，就不会像现在这样害了小慧又害了自己！"

　　我是在 1962 年服刑期满解除了劳动改造的，然后留在农场里当了二十年农业工。1983 年，国家实行改革开放的政策已有多年，社会面貌发生了天翻地覆的变化。当年我已将近六十岁，退休后回到富阳老家生活，有关部门给我按月发放养老金。我妈妈早已故世，原来的住房由房管部门代管出租，这时候就连同租金一起归还给了我。我一个人居住在富阳老家。

　　我回到富阳后什么事也来不及做，第二天就赶往萧山去打听小慧的消息。但事过境迁，原来熟悉的人已经大半故世或去向不明，哪里还能打听到小慧的消息。月亮湖岸上的白墙头屋和龙王庙倒还是原来的样子。不过白墙头屋已成了街道办事处（因为当地已经城市化），龙王庙的香火倒很盛，可惜和尚已换成了不相识的人，据说心明师父已经到杭州的什么寺庙当住持法师去了。所有的人都一问三不知，根本不知道世界上曾经有过一个姓吴名慧的人。后来我又去了乡政府，人们告诉我说，当年的刘乡长在"文化大革命"中作为走资派被斗得半死，如今虽已平反昭雪，官复原职，还成了区委委员，但整天躺在床上已认不出一个人。长根婶婶和她的丈夫都已去世，他们的侄子阿水在大跃进中被当作"白旗"挨了斗，还被查出是个新富农，死于发疯。只有他老婆阿莲熬出了头，享了老福，如今跟了她做生意的儿子在深圳过上了茶来伸手、饭来张口的生活。至于小慧教过书的那个县立第一小学，我没有去，因为我相信那里也已改天换地，不可能知道小慧如今的去向。我倒是去了一趟团市委，结果人们告诉我说，任茶花早在反右运动之前成了一位青年作家，然后被调到了外地，后来在报刊上却见不到她的名字了，也不知道如今生活在什么地方。

在萧山打听不到小慧的任何消息，我就去了杭州。

我住进了城站（即杭州火车站）附近的一家小旅馆。好在这家小旅馆里有电话。我打了大半天的电话。市园林局人事科、省教育局人事处、全市所有的报社、有关派出所和所属居委会，我都打了电话。但结果也一无所获，不仅打听不到小慧的任何消息，吴必芳和他的妈妈，还有朱大伟，也打听不到任何音讯和线索。

最后我又想到了小慧的姐姐小敏，便给市歌舞团人事部门试着打了一个电话。

没想到对方听了电话就说："请稍候，吴团长正在开会，马上就去叫她。"

不一会儿，电话里响起了一位上了年纪的女同志的声音："我是吴敏。哪一位？"

"我是郁北英，您也许已经记不起我来了。对不起，我想打听一下您妹妹吴慧的消息。"

电话突然哑了很久。

"你现在还想找她干什么？"

很明显，小敏还记得我的名字，说话的口气一下子已变得非常严肃和冷漠。

"我不过是想知道一下小慧的情况。她好吗？能告诉我她的通信地址或电话吗？"

电话又哑了很久。

"没有这个必要！"小敏的口气更加不客气了，不过她还没有挂断电话。

"您妈妈身体好吗？您哥哥现在哪里工作？"

"抱歉，我得去开会了。请你以后别再给我打电话！"她到底把电话挂断了。

我猛抽了一口冷气，颓然坐倒在椅子上，低头寻思了片刻，便外出到马路上去无目的地游荡了半天。我还趁机去了开元路，但开元路上已经大变样，原来的弄堂已经成了一片建筑工地，到处都在建造新工房。

后来我还是厚着脸皮给吴敏打去了一个电话。她一听到我的声音就毫不客气地挂断了电话。这就逼得我只好死了这条心，不想再去自讨没趣，过分和自己的自尊心作对了。找小慧，只能通过别的途径去找了。

　　岁月匆匆，又是二十多年过去了，转眼间我已经八十出头，成了一个白发苍苍的高龄老人。在此期间，我们国家在改革开放政策的指引下，经济有了飞速的大发展，政治上强调依法治国，以人为本，意识形态方面的宽松和民主气氛更是前所未有的，尤其是在文学艺术领域。这使我很有点生逢其时的感觉，就把自己的晚年生活完全寄托在文学创作中。我很快成了一个作家，几乎全国的报刊都有我发表的作品，出版的单行本也为数可观。我多么希望小慧能读到我的作品，看到我的名字，通过哪家编辑部和我取得联系，告诉我她现在的生活情况。然而，这么多年过去了，我一直得不到小慧的任何音信。

　　倒是陆春芳和任茶花看到了我的作品后都给我来过信，她们都在反右运动中吃过苦头，现在都已成了光荣的离休干部，欢享晚年幸福。吴必芳，还有朱大伟，他们却从未和我有过任何联系，现在究竟怎么样了，直到现在我仍然一无所知。我一直为朱大伟担心的假冒"浙大"学生的问题，也无法知道结果如何。我想，如果出了事，一定出在肃反审干运动中。我估计他十有八九逃不过这一关。

　　任茶花对小慧的情况也一无所知。但她对赵蕊这么些年来的情况却了解得很多。她说，一生中最富有戏剧性的该是赵蕊。赵蕊在反右运动中是积极分子，火线入了党。"文革"开始后，她理所当然又是积极分子，十分自觉地和家庭划清了界限，揭发了她爷爷和父亲的很多反动罪行，提供了不少反动罪证，由此立下了大功。这一来她就有资格参加了抄家队伍，抄了她爷爷和父亲的家，还抄了不少同事和邻居的家。没想到这次她却站错了队，受到了批判。于是她又很快转变了立场，立即起来造反，在单位里组织了自己的造反队伍，当上了头头，成立革委会的时候便当上了单位的领导成员。可惜"文革"终于结束，同时也结束了她的做官梦。不过她却摇身一变变成了受压制的知识分子臭老九，说她为了家庭出身的问题吃了几十年的苦头。改革开放以后，她父亲又当上了市政协委员，她便通过她父亲的关系定居到美国去了，如今已拿到了绿卡，据说不久就可以加入美国国籍，成为一个名副其实的美国人，还准备到国内来投资办公司，继承并发展她父亲未竟的事业。

我是2004年秋天经由中国作家协会的安排，居住到上海来的。房子是我自己买的，内环线以内，坐落在市中心的新华路，解放前叫作"外国弄堂"的别墅区内，一幢二层楼的独立式花园洋房，条件非常好。我在七十岁以前已经学会了使用电脑，常常在网上寻找小慧的信息，但依然杳无音讯，使我永远在魂牵梦萦中过日子。

从2005年秋天到2006年冬天，我虽然已经是一个名副其实的高龄老人，还是打起精神陆续去过几次萧山，不断到月亮湖岸上去打听小慧的消息。在此期间，月亮湖一带正在日新月异地大变样。人们办起了不少以月亮湖土特产为原料的食品加工企业，产品远销海内外，尤以莼菜、白杨梅、土步鱼闻名于世。当地政府还把月亮湖周围开发成了现代化的旅游度假区，自然景观和人文景观经过重新整理和修建，更加显示了月亮湖的美丽风光和历史文化内涵。2006年还举办了"杭州世界休闲博览会"，和杭州的西湖一样，以其丰富多彩的姿态展现在世人面前，名闻遐迩。面对着换了人间的新月亮湖，更令我感慨万端，越益思念着我的初恋情人和未婚妻小慧了！

小慧！小慧！你在哪里？尽管我们的青春已经一去不能复返，

我多么希望能和你在故乡见面，一起欢度我们的晚年生活啊！

大结局

到了 2007 年初春的一天（那是 2 月 2 日——这个日子就像当年我和小慧在白龙潭投湖的日子一样使我永远都不会忘记），我到附近新华路邮局去取一笔稿费汇款。当时邮局的窗口都排着长队，因为每个窗口经办的业务都很繁多。站在我前面的是一个上了年纪的妇女。等她寄挂号信的时候，我无意中见到电脑屏幕上显示的寄信人是"吴慧"两个字。

吴慧！难道这就是我的吴慧吗？有这个可能吗？

这当儿她已经拿起收据匆匆离开了邮局。我顾不上取款了，连忙快步追了上去，在邮局门外停放自行车的地方追上了她。她已经推起自行车准备上车。

"对不起，请问，你在杭州……不，你在萧山月亮湖边上生活过一段时期吗？"

那位老年妇女非常吃惊。她紧盯着我打量了很久。她的脸色突然变了，一下子由白变红，很快又由红变白，白成了纸一般的惨白。

在这同时，我已经看出了她的确是我的小慧！的确是我朝思暮想的未婚妻小慧！我至死不渝地深爱着她的小慧啊！

尽管她的脸上已经有了粗粗的皱纹，满头白发，身材比年轻时候瘦弱得多了，行动也不像那时候那么轻盈和灵活，但她脸上的神情，她看人的眼光，尤其是她那双与众不同的大眼睛，还保留着昔日的光彩，保留着让我一辈子都不会忘记的风韵！

"我是郁北英啊！你还认出得我来吧？"我这样说着的时候，不由已热泪盈眶，朝她身前跨进了一大步。

"对不起，我不认识你！我不认识什么郁北英！"

她慌里慌张地推动自行车，背对着我，似乎想马上跨上车去了。但在这最后的时刻里，她却突然用手背抹了抹脸，就像她小时候一样把两大滴泪水甩到了我的身上——不过不是落在我的衣服上，而是落到了我的裤腿上。

她跨上自行车走了，头也不回地走了。

等我从激动状态中转过了魂来，她的自行车离我已有相当一段路。我不再犹豫，立即奔跑着朝她没命地追去。可惜我年纪太大了，怎么能追得上她？

"小慧！小慧！"我大声喊叫了起来，也顾不得路人们的议论了。

小慧一直没有朝我回过头来。她的自行车加速了，不一会儿就在前面拐进了一条小弄堂。我知道这是一条直通法华镇路的小弄堂。她穿进小弄堂，目的肯定是为了更加容易地逃离我的视线。

事实也正如此，等我气喘吁吁地赶到了弄堂口，哪里还能见得到她的踪影！

不过我还不肯就此罢休，返身回到了邮局里，花费了不少口舌，竭力想打听到小慧的发信地址。但遭到了邮局的断然拒绝。邮局的负责人对我说，他们决不能向任何第三者透露任何寄信人的所有信息，即便是组织出面也没有用，因为这是国家的法律法规所明文规定的。

回到了家里，我已经处于失魂落魄的可怜境地中，又是失望，又是伤心，又是迷惑不解，又是忧心忡忡，头脑里充满了心灰意冷的失落感。我什么事也不想做了，一直在回忆着这次和小慧见面的经过。

我终于渐渐记起来了，小慧的挂号信好像是寄到青海的什么地方去的——是的，当时邮局的电脑显示屏上的确出现过"青海查查"这么四个字！虽然我是在无意中看到的，但我绝对相信自己的记忆力！"青海"当然是青海省，"查查"两字有点怪，就使我留下了不灭的印象！

为了弄清楚这一点，我当即给我的一位作家朋友打了电话。这位作家朋友曾经在青海湖边吃过很长时期的苦头，他可能知道"查查"两字是怎么一回事。这位作家朋友很快对我说，他知道那里有一个名叫"查查香卡"的农场，过去是专门让劳改期满后的新生分子就业的，环境非常荒凉，生活非常艰苦，现在怎么样了，他就无法知道，也许已经完全变了样。

结果，这个电话反而使我更加惶恐不安，更加抽紧了我的心……

小慧为什么要寄信到这样的地方去啊？她在那里怎么会有亲

人或朋友呢？

也许，小慧在那个地方生活过一段时期吧，这是为什么？她为什么要到这样的地方去？她在那里曾经过的是怎么样的生活？这究竟是怎么一回事啊？

我敢于断定，小慧在上海过的也决不是富贵人家丰衣足食的好生活。她的自行车还是当年用过的那辆老旧不堪的自行车。她的一身衣服是外地人穿惯了衣服，很像是保姆们专门穿来劳作时穿的衣服。我还注意到她的双手已变得十分粗糙，根本不再是当年那双柔嫩洁白的手了……

小慧到底怎么样了？她为什么要这样无情地逃离我？

不管怎么说，小慧毕竟还活在世界上，而且就活在上海离我家不远的地方。这一点毕竟给了我极大的安慰和鼓舞。既然如此，只要我生命不息，我为什么不去继续寻找她呢？

我一定要竭尽一切可能去找到她，说服她，让她回心转意，打消一切不必要的顾虑，再次来到我的身边，和我永远生活在一起！就算她在青海曾经结婚生子，或者遭受过别的更为可怕的变故，也无法打消我的决心！

我相信她是永远深爱着我的，就像我永远深爱着她一样！她永远是我的爱妻！永远是我的初恋情人小慧！

小慧，等着吧，我一定要找到你！

我决不放弃！决不放弃！

把感情和艺术情趣放在第一位

任大星

我受家庭影响，从小热爱文学，不到17岁就开始学习写小说。那时我写的都是孩子生活题材的小说，作者自己还是一个初涉人世的大孩子，想写自己熟悉的题材，不写孩子生活还能写些什么呢？我当时还根本不知道世界上有一种名之为"儿童文学"的文学门类，只是在那里自得其乐地满足自己的精神需求罢了。

到了今天，我从事儿童小说创作已有60多个年头。这60多年来，创作已成了我的一种精神享受，一种生活方式，一种无可替代的兴趣爱好。

我在少年时代一开始学习写小说时，写的就是以我的童年生活为背景的小说，兴趣勃勃地写了三部中篇小说。当时我生活在贫穷落后的旧中国农村，还不知道可以到什么地方去投稿，只能自己画插图，自己设计封面，自己装订"出版"，自己写了，免费"卖"给自己看。除了我自己，另有"半个"读者就是我的弟弟任大霖，他虽然看在兄弟感情的分上，不得不拿了去看，但看了一半就丢开了，因为离开小说应有的艺术水平还很远，实在看不下去。这三部由我自己辛辛苦苦地"手抄"的"非法出版物"，现在已经不知道丢到哪里去了。

等到我出版了儿童文学处女作以后的1956年，《人民文学》为了迎接全国青年文学创作会议，来信约我写一篇短篇儿童小说，题材不拘。我受宠若惊地抓紧时间，从"早就成竹在胸"的题材中，写了一篇题名为《雨亭叔公的双筒枪》（后改名《双筒猎枪》）的短篇儿童小说，发表后居然受到了各方面的鼓励，还被有关部门翻译成四种外文，选送参加了世界青年联欢节的文学评奖活动。这应该是我从事儿童文学创作后，第一次发表的以我的童年生活为背景的童年小说。此前，我也曾写过不少同类题材的儿童小说，但投稿命中率简直为"0"；我很感谢《人民文学》编辑部，使我在这方面得到了零的突破。于是我再接再厉地写了我的第一部长篇少年小说《野妹子》，出版于1964年。此书在新时期以来也连续重印，发行量接近30万册。

可惜《野妹子》初版不久，"文化大革命"很快就发生了，直到1978年我才开始重新发表作品，在两鬓霜白以后才恢复了创作新生命。十年动乱结束后，我发表的第一篇儿童小说，也是以我的童年生活为背景的童年小说，题名为《我的第一个先生》，发表于1978年的《少年文艺》。没想到这篇小说在少年读者的邮寄投票评奖中，获得了小说类的最多数票。我的作品都是写给少年儿童欣赏的，少年读者对我的鼓励，极大地增强了我创作这类作品的自信心。

自此以后，我就一发而不可收，写了包括《三个铜板豆腐》在内的一系列以童年生活为题材的中、短篇儿童小说，如《湘湖龙王庙》《摔碎了的奖品》《外婆的死》《鱼》《灾荒》《病魔》《心中的桃花源》《我的童年女友》《大钉靴奇闻》《狐狸女儿阿梦》和《菜园里的大枣树》等等，其中有几篇侥幸地获了奖，有几篇被翻译成为外文，走向了国外。这些都是对我很大的鼓励。最近几年里，我还陆续写了20多篇以自己的童年生活为题材的自传体童年小说，都已在各类儿童报刊上相继发表。

从心底里说，我自己最喜欢写的正是这类作品。自古以来就有这样的说法，即"文以情贵"。写自己小时候熟悉的生活题材，不仅感受特别深刻，更有感情，更能满足我的创作欲望，激发我的创作热情，似乎还更能促使我实现创作中的艺术追求——赞颂生活之美。显然，因为我的少年时代是在苦难深重的战争环境中度过的，当时对生活中遭遇到的一切美好事物特别敏感之故，所以留在我记忆中的乡土之情、骨肉之情、山村小伙伴之间淳厚朴实的友爱之情，多年来一直印象鲜明地活跃在我的心头。那里面包含着多少跃跃欲出的题材，呼唤着我的创作啊。

此外，我在创作中还有这样一个想法：认为文学创作必须首先感动了自己，才有可能去感动读者。这就是文学作品动之以情的艺术感染作用。

外国有人曾经说过："作家的资本是童年。"这不失为寓有哲理的经验之谈。根据我的切身体会，文学创作的最深源泉往往是创作者的家乡，家乡的乳汁不仅哺育他成人，还会从里到外给他留下不可更改的乳香，给他的性格、素养、气质和审美观，造成深刻的烙印。这种乳香，必然会充溢在他的作品中，评论家称之为"乡土特色"。由于一个人的童年生活总是构成家乡生活的主要内容，所以说"作家的资本是童年"，这话并不算夸张，对于儿童文学作家来说，更有其特殊意义。例如鲁迅的短篇小说《社戏》，他描绘的江南农村风光，和农村小伙伴们月夜驾船去看戏的欢快情景，他们之间天真纯朴的友谊，以及农村孩子热情、爽直的性格，都跃然纸上，如诗如画，令人心向神往。我以为这就是艺术情趣对读者的感染力量。又如我国现代作家冰心的《寂寞》和《离家的一年》，林海音的《城南旧事》，意大利作家亚米契斯的《爱的教育》等小说，也多有这样的艺术情趣，都使我百看不厌，诱导我进入了渴望进入的文学殿堂。我一辈子不会忘记这些作品对我的文学启蒙教育作用。

也许可以这么说，新时期以来文学创作的大环境、大气候，对我创作上是十分有利的，发表这方面的作品，相对而言就比较容易。这使我一直深受鼓舞。到了现在，我写文学作品，包括写儿童小说，始终抱着这么一个宗旨：自己想写什么就写什么，爱怎么写就怎么写，只写自己喜欢写的作品。这在改革开放以前是比较难以做到的——那时候我所以会多次遭遇到退稿的命运，就是一个例证。我这样说，决不是说我现在就不再写当代少年儿童生活题材的作品了。实际上，我近年来也常常写些这方面的作品，例如发表于《人民文学》的《画眉鸟》，发表于《电视·电影·文学》的《收起你的刀》等，不在少数。但是，我写这方面的作品，也仍然力求把感情和艺术情趣放在第一位。

根据我的理解，儿童文学首先应该是文学。文学，是用语言塑造形象以反映社会生活的艺术，故又称语言艺术。文学的功能必须以审美功能为前提。儿童文学和成人文学在本质上完全是同一回事。儿童文学唯一不同于成人文学的，只是读者对象的不同——专为适应少年儿童的阅读兴趣和阅读要求而创作的文学作品。孩子的童真具有一种天然的诗意美，一种特别富有吸引力的迷人力量。因而，儿童文学，包括儿童小说在内，在满足不同年龄阶段的少年儿童读者的不同阅读要求和阅读兴趣的特殊要求下，必须称得上是真正的文学作品，老少咸宜，大人小孩都爱看，能给予他们应有的艺术审美功能——艺术情趣、艺术欣赏价值和艺术感染作用。

甚至还可以这么说，作为一位儿童文学作家，如果他对社会和社会人的了解，不局限于儿童世界而包括整个成人世界，了解得广阔和深入，这就必然能使他的儿童文学作品更加具有社会意义和社会价值，以此丰富作品应有的审美内涵。

（本文原载于2008年6月28日《文艺报》）

我的老师任大星

王安忆

　　一九七八年底的一天，接到《少年文艺》的电话，要我立即去编辑部，谈谈一周前寄给他们的一篇小说《谁当选》。

　　就在这天，我认识了任大星老师。确切地说，是贴近地看见了任大星老师。因为很早以来，他对我就不是陌生的了。小时候，我无数遍地读过《吕小钢和他的妹妹》《刚满十四岁》《耐心的中队委员》《野妹子》等。在"文化大革命"中的那些无聊而乏味的日子里，我手边一直有一本精装的《儿童文学作品选》，那是从妈妈送到废品站的书堆里硬扣下来的，其中，就有一篇《吕小钢和他的妹妹》。漫长的十年过去了，我从一个孩子长成了大人，到了《儿童时代》社工作，开始与儿童文学打交道。有一次，我去听一个儿童文学讲座，有人告诉我，那做报告的人就是任大星。远远的，看不清，也听不清，他的声音似有些喑哑，而麦克风效果又不太好。

　　这会儿，我坐在他对面，相距只几十厘米。不过，看见他本人的愉快却远远不及看他作品的心情。他作品中那种亲切而轻松的气氛，在他身上不大能感觉到。他瘦削，很客气，使人感到有点拘谨。他说的一口绍兴话，听起来也远不如作品里的语言生动、活泼。

　　聆听了意见，取回稿子，开了两个夜车，急匆匆地改了出来。连抄都来不及，就剪剪贴贴地又送了去。好像去晚了一步，人家就会变卦了似的。铅字对于初学写作的我，有一种神秘感，一旦看到自己的东西被印成铅字，激动得简直透不过气来。稿子送去后，就开始了度日如年的等待。

　　又过了一周，一个寒冷的雨天，楼下传达室打电话上来，说有《少年文艺》的同志找我。我连走带跑地下了楼，走进接待室，看见了任大星老师。他坐在一张宽大的乒乓球台边上，显得更瘦削了。他从手提包里取出我的稿子，对我说，你的字写的太潦草，最好能抄一抄。他又说，这也是一个创作态度问题，要认真。他的话很直截了当，口气却好像很抱歉，很遗憾。我简直无地自容，赶紧拿过稿子，压在胳膊底下，再也不敢多看一眼。他又说了几点小意见，就站起身告辞了。前后总共只坐了一刻钟。我想留他再坐坐，可也明白该说的都说了，除非再来几句"天气，哈哈哈……"而我看出，他是极不善于此道的。他走了，撑起一把很大很笨重的伞，走进了细细蒙蒙的寒雨中。

当天晚上，我就开始抄稿子。当我还没掌握好"横平竖直"的写字基本要点，老师就被赶下讲台。这下子可得了自由，写起了"草体字"，我以为字写得叫人看不懂才是"水平"。于是，我的字便呈现了一派无人管教的赖样，简直无可救药。这天我写得极认真，每一笔一划都极下功夫。稿子寄去不几日，就收到任大星老师的一封短信，信上说"小楷一百分！"过了几天，接到任大星老师的电话，告诉我，小说已发一九七九年第四期，《谁当选》这个题目太简单，是不是改成《谁是未来的中队长》？他的绍兴口音，很滑稽，叫人很难听懂，他重复了好几遍。最后他急了，便用绍兴味很重的普通话一个字一个字地说："谁、是、未、来、的、中、队、长！"这下子我听清了，却险些儿笑出声来。说真的，我常常给我的作者改题目，却从未想到去征求一下意见。我以为任大星老师这么做是多余的，更何况我是这么一个无名小辈。

后来，我听一位江苏的青年作者说，他给《少年文艺》投稿，用的稿纸很破烂。任大星老师便细心地把那破纸片一块一块地贴补起来，像修补一件珍贵的出土文物。而这篇稿件的作者年轻得像个娃娃，连胡子都没有呢！我不由想起在电话里，他那句绍兴味极浓的普通话，却一点也不想发笑了。

"任大星老师很尊重我们。"那年轻的作者说。

我点点头。

我想起了我所收到过的那些油印或铅印的退稿信，想起自己心爱的段落被编辑大刀阔斧砍掉的遭遇。

　　在以后的日子里，我又在《少年文艺》发了一些东西，同任大星老师打了几次交道。时间总是很短，谈完稿子就走。他不会寒暄，不会闲聊，不会没话找话；有话就说，无话便只有沉默了。一沉默，他又感到怠慢了对方，十分不安。然而，假如对方要没话找话，寒暄几句天气，表示一些感谢，他则越发不安起来，以至于惶惑了。

　　他似乎是不适合当编辑的，因为他没有编辑的外交手腕。可是，作为一个编辑，他对作者是尊重的。无论作者是名人，还是无名之辈，这尊重是真诚的，决无一点做作。

　　一九八一年三月，中国少年儿童出版社在成都召开儿童中长篇小说座谈会，我有幸同任大星老师分在一个小组。一个小组同志常在一起活动，彼此熟悉得很快，讨论起来很随便，很活跃。大家抢着说话，比着声高，争论儿童文学的功能：为了教育还是为了审美；发着牢骚：儿童文学作品没有评论园地，对儿童文学作家不够重视；谈着创作的疾苦：作品不反映尖锐矛盾，引不起反响，反映了却得不到发表……回头一看，任大星老师静静地坐着，于是大伙儿一致要求他发言，谈谈看法。他略略推辞了一下，又稍稍沉吟了一会儿，开口了：

　　"我写的东西，必须是要使自己最最动情的。"他说，似乎从大家争论的问题上游离开去了，可大家都安静了下来。

　　"我曾经碰到过一些电影厂的编剧，他们说'这种电影我不要看，我才不看呢'，而他自己的工作却是在编这样的电影。这不应该。他创造的东西必须是他主张的，必须是他自己动情的。"他渐渐地提高了声音，努力地与绍兴口音做着斗争，咬准普通话。因为在座的有不少同志是北方人。

　　"有一次，我听一个年轻作家说，他写过的东西，自己从来不看，不喜欢看。我感到十分奇怪，自己不喜欢的东西为什么去写呢？"他认真地说。

"当然，光靠动情也还不够，还有个构思的问题。写《刚满十四岁》的时候，我常去学校。有一段生活相当动情，在一生中很值得怀恋。我想写，写了十几万字，主要写一个辅导员。'文化大革命'时，当废纸卖了。在运动中，我又忍不住重新写，写了五六万字，批林批孔时又卖了。后来又写又没成，写不下去，气得把稿子撕了。女儿又帮我贴了起来，我还是要写的，真苦恼……"

他侃侃地谈着，我第一次听他说了这么多话，却并不感到有丝毫的不自然。他想说的时候就说，不想说的时候决不做假。同样，他写作也是如此，想写的才写，不想写的决不虚情假意，来几句"啊！呀！哦……"

成都会议以后，过了一段日子，我有公事去《少年文艺》，遇到了任大星老师，他悄悄地告诉我：

"我那个东西，好像一把钥匙开了锁似的，写下去了。"

"真的？"

他点点头，那幸福的神情是我很久不能忘记的。

以后，每当我看到那些生编硬造的所谓小说，看到那些荒诞不经的所谓电影，看到那些矫揉造作的所谓抒情诗，看到一切功利主义的东西，我就情不自禁地想起任大星老师。

他作为一个作者，对读者是尊重的。无论这读者是大人，还是孩子。这尊重是真诚的，他从来不俯就地对孩子说话，所以会有那么多孩子喜欢他的吕小钢、吕小朵，他的中队委员，他那些操着绍兴口音、捕鱼捉蟹的小伙伴……孩子们的叫好不那么引人注目，不那么得到重视，可他们的叫好却充满着真情，绝无一点功利的目的。孩子是最懂得真诚相交的。

当我还是个孩子的时候，是他真诚以待的读者；当我学着创作时，是他真诚以待的作者。如今，我在做编辑了，又在学着做小说了，在学着一切必要的知识。当然，首先应该学会真诚地为人。在心底，我一直把任大星同志当作的我的老师。

（原载《浙江青年》1982年9月号）

记忆中的大星先生

秦文君

我是在台北花莲访问时,得知任大星先生仙逝,心里悲伤。任老师一生写下善的故事、美的文字,有着金子一样的心,做人作文,从来不做一点点对不起自己心灵的事,还以他的善意恩泽,扶持我等后辈。

我们有两段时间交流颇多,第一时期是我刚发表作品,调入少年儿童出版社。我生平的第一次"出差",是和任大星及任大霖兄弟一起赴合肥参加安徽儿童文学创作会,是1982年的夏季。其实说"一起"有些牵强的,两位任先生是作为嘉宾前去的,而我跟着老编辑钱景文女士和高逸先生一起去组稿。但因为是同一个出版社的同事,任氏兄弟也不摆名人架子,把我们视为同行者,我们快速地组成了"五人组合",吃用也在一起,不分彼此。

看得出,任氏兄弟珍惜朝夕相守的日子,手足之情笃厚。两人形影不离,不时小声耳语,伴有心领神会的点头。大霖先生发言时,大星先生深情微笑,凝神聆听,心神和眼神都聚集在兄弟的言谈中,渗透进每一个微小的停顿里。而大星先生发言,大霖先生也饶有兴致地倾听,神情里不时闪出从心灵里焕发的愉悦。出差回来,只要在出版社或者作协的活动中,碰见大星先生,总会谈论创作。他很看重我这个晚辈,与我平起平坐,其实他随意道出的一席话,对我而言往往就是拨开迷雾的艺术和做人的真知灼见。

第二段时期是在1985年到1993年间,我调入《少年文艺》任编辑,大星先生曾是编辑部主任,刚从编辑部退休,我与他擦肩而过。好在每天临到中午了,他还是会抵达编辑部,几乎天天如此。

他上午在家埋头写作，因为家在编辑部附近，中午11点左右，像上午班一样准时出现在编辑部，和大家畅谈文学现象与作品。他特别喜欢讨论作品的品质，说到作品的优劣，每每击节称快或扼腕叹息，交谈一小时左右，他慢慢走回家吃午饭去了。

　　我对大星先生的尊敬，来自于他对艺术的忠诚。延续多年的每天的交谈，大星先生的本心、品性和面貌，大家都熟知。有的时候大星先生匆匆来，匆匆走，紧缩双眉，只简单说几句，在人群前一闪而过。谁都不能阻止一个真正的作家的思考、保持天性上的忧郁和来体验艺术追求的孤独。他如此热爱创作，是一个为写作而生的人，一个专注而纯粹的作家。他的《吕小刚和他的妹妹》《野妹子》《我的第一个先生》，以及后来的《湘湖龙王庙》《罪恶的种子发了芽》等作品，都有着很大的社会影响，被儿童文学界口口相传。

　　2011年，带着年幼时的梦想，我创办了"小香咕阅读之家"，根据孩子的天性，开展富有创意的情境化阅读，展示古今中外老中青几代作家的作品。有一次预约任大星先生到"小香咕之家"做嘉宾，他答应后，却因为那天夫人金老师身体欠佳，颈椎病发作，而未能赴约。之后，路上两三次遇见，他抱歉两三次，说从来没有过，答应过的事情，他却做不到，所以坚持要说对不起！

　　大星先生是一个挚情的人，他深爱着他的女儿、妻子及侄子。大星先生的妻子金老师非常贤惠贴心，有一次她请编辑部的全体同仁去家里，备的菜式非常别致，有很多种不同烧法的鱼。她的招待含有浓郁的人情美，使客人松弛而舒服，因而至今难忘。大星先生和我们说起过当年和金老师恋爱的情景，爱用他的浙江萧山官话说金老师是被他"骗了来的"，一边得意地笑起来。关于这个话题，多少年来他谈及它时都那么说，从来没有说过第二个"版本"。他是滚滚红尘的世间中，一个难能可贵的好玩的人和好心的人。

　　大星先生仙逝后，我们上海日儿童文学美术交流中心举办"任大星先生的人品和文品"的研讨，并邀请到了任大星夫人金老师和女儿雪蕊参加，会开得那么真诚、温暖。最让我感慨和感动的是哥舒提及的大星先生八十岁那年写的《八十自咏》（仿14行诗）。大星先生毕生保持着天真与热爱生活之心，高龄的时候，因患有帕金森病，手抖，不能用笔书写，但他学了电脑，天天用电脑写作，和年轻人一样，笔耕不辍至最后，实在令人感佩。

　　我主持《任大星先生的人品和文品》会议的时候，脑海里想的是任大星先生的音容，他的很多作品，比如《刚满十四岁》，以及当时刊登在我所喜欢的五十年代和六十年代初的《少年文艺》上的一些作品，曾滋养过我的情感及对于文学的挚爱。还有当时读他的作品《三个铜板豆腐》的感觉，写得真好，既有抒情性，又有纪实性："记得我很小的时候，听人说，豆腐三个铜板一箬壳摊。谁家来了难得的远客，谁家才到山外去买一箬壳摊豆腐请客。老豆腐一摊两块，嫩豆腐一摊三块，另添一小角，倒进山海碗，铺上咸菜，像模像样一碗。"

　　任大星先生的文学悟性是一流的，叙述语言独特，和别人不一样。他的主要贡献在少年小说创作上。如果说，中国儿童文学的主要成就，体现在少年儿童小说的创作上，那么，这就和当年任氏兄弟（大星、大霖）的大力开拓分不开的。　任大星先生的一辈子，只写在心灵上有声音的作品。在历次的运动中，他都保持着自己对艺术的坚守。以前政治上的风向标并不能改变他，现在的市场得失也不在他的考虑之中。他永远是倾听内心声音的人，一个老老实实搞创作的人，一个不被风吹草动改变的人，一个追赶着艺术的人。不会因为什么红，就去赶着写什么……他为我们展示了一个真善美的世界，一个正直的文学前辈的高洁灵魂。

师友任大星

殷健灵

按年龄，任大星先生可以做我的祖父了。但在我心里，他更多的是一位师友。恐怕在很多后辈的心目中，他都是这么一个平易的形象。我曾经听一些比我年长的人谈起，当年他们初出道时，在文人相聚的场合，大星先生如何以真诚亲切的姿态安抚后生的紧张不安。作为早于20世纪50年代成名的老作家，此等姿态绝非人人都有。

我也很幸运，在还不知这世界为何物的时候，认识了大星先生。

上世纪八十年代末，我还在南京的一所中学读高二。一次偶然，参加了上海《少年文艺》杂志举办的获奖小作者夏令营。那几天的日子过得如在云雾中。平生头一回见到敬仰已久的活生生的作家，又第一次踏进了出版社的大门，这一切，对一个怀揣文学梦的小孩来说，有非常不真实的虚幻感。

大星先生是那次夏令营受邀发言的嘉宾之一，我则代表获奖小作者讲了话。大星先生说了什么，我自己说了什么，全都不记得了。唯有他的形象和声音，还记得真切。约摸花甲之年，个子不高，瘦脸，戴一副大框架的近视镜，说话的嗓音有些嘶哑，一口带浓重浙江萧山口音的普通话，声音很高。说是普通话，其实还是浙江话。他似乎很在意自己的发音，若发现咬字不那么"标准"，会再重复一遍。

那时，我正处于混沌之中，对很多事情木知木觉。我得知任大星是任大霖的哥哥，任氏兄弟在文学界鼎鼎大名。不过遗憾的是，之前，我没有读过大星先生的作品；即便读过，恐怕也是懵懂，小孩子往往不记作者名字。就这么远远观望这位大作家，没有面对面的交流。真正有近距离的接触，还是在我上了大一那年。

上海作家协会的儿童文学委员会每年举办笔会，由少年儿童出版社、儿童时代杂志社和少年报社轮流牵头主办。这一年，轮到少年儿童出版社下属的《少年文艺》做东，笔会的地点为浙江天目山。大概出于对一个小作者的提携，他们邀请了我这个刚上大学的"萝卜头"。身处一群长一辈的大作家、大编辑当中，无年龄相仿的人做伴，我的紧张局促可想而知。和人说话就要红脸，也不知道手该往哪里放。一行三四十人，里面就有大星先生。记得是在天目山腰的一条泥路上，大星先生手里拖着一只拉杆箱，走得有些吃力。路不平，箱子七扭八歪，不太听使唤。走在后面的我，便小步赶上前帮了他一把，于是自然而然有了交谈。他大概问了我一些家常问题，诸如在哪里上学、什么专业、几年级、父母在哪里工作之类。我高兴地得知，他的女儿任雪蕊和女婿王晓明都是我的校友学长。距离一下子就拉近了。叫我愉快的是，我每回答一个问题，他都喜欢很真诚地"噢"一声，音调上扬，带点孩子气的吃惊的天真，还附带一句"真的呀"，让你觉得自己似乎很稀罕，很受重视，于是更加乐于回答他的问题。

那次笔会，长了不少见识，也领略了大星先生跳华尔兹的风采。舞会上，他是每曲必跳，无论是三步、四步、吉特巴、伦巴，样样都很拿手（这么多年过去了，如今年逾八旬的大星先生仍旧不减舞场风采，跳快三，潇洒如初）。他也爱唱日语歌，一首《北国之春》唱得字正腔圆。至于他的标志性动作，更令我印象深刻。他吸烟，但似乎烟瘾不大。从一个用过的旧铁烟盒里取出一根，不紧不慢地拗成两截，套上自制的纸烟嘴儿，用右手食指和拇指轻轻拈住，幽幽地吸上一口。看上去，他似乎并不十分沉醉于烟所给予的刺激，甚至没有吞云吐雾的酣畅。对他来说，烟或许只是一个载体，可以让他的思想稍稍地歇一歇，或者让脚步略微地停顿一下，仅此而已。

我对大星先生作品和为人的认识也就是从那时开始的。

我们有时在出版社或杂志社举办的一些活动上遇见。大星先生多半会主动和不善交际的我说话。记得有一回，他提到一位与我同辈的作者的短篇小说，说到她的一些心理描写，大星先生由衷道：这样的文字我写不出！又鼓励我，你将来的前途未可限量。在旁人可能是一些套话，但由大星先生的口说出来，似乎特别实诚认真。他用强调的语气，在有些字眼上用了重音，不由你不把他的话当真。他也送我他的书，除了儿童文学作品《我的童年女友》《刚满十四岁》《吕小钢和他的妹妹》《湘湖龙王庙》等，还有一些成人小说作品《芳心》《依依梦，梦依依》。那时，我涂写的一些东西，全都是不成熟的幼稚之作。尚未入门的我，能得到大星先生的赠书，十分受宠若惊。我在朝北的狭小幽暗的寝室里兴奋地翻读他的书，偶尔，给他写信，汇报一下大学生活和读书心得。悠长的日子一路过来，但说起来，对大星先生作品的认识，是直到今天才逐渐清晰和清醒起来的。

说到大星先生的作品，不得不说一下他少年时期生长的环境。

1925年，大星先生出生于浙江萧山农村的一个知识分子家庭，排行老三，还有两个比他年长得多的哥哥和一个弟弟（即任大霖）。他的父亲是清朝末期的秀才，乃一名教书先生。母亲虽不识字，头脑里却有说不完的故事，还能吟唱许多浅显易懂的古代诗词。据大星先生回忆，由于父亲长年在省城杭州当职员和教书，家庭生活一直维持着某种气派和水准——一家老小共用一个窗明几净的书房，内有大量父亲读过的线装古籍，也有两个哥哥爱看的文艺书刊。他们居住的那个小山村，在人情风物方面足以同陶渊明笔下的桃花源媲美；父亲的教诲更是激发了他对文学的兴趣，他慢慢懂得如何写"自己心里的东西"。"我的创作生命也是父母给我的——是他们孕育了我的创作性格"。然而，十六岁那年，兵荒马乱，家庭变故，大星提早结束了孩童生活，带着满身稚气在一个破龙王庙里当起了小教书先生。每天傍晚，学生放学回家，他孤零零一人留在庙里与龙王泥塑像做伴，于是便开始以写小说打发凄凉时光，"力图从自己创造的艺术境界中去寻求生活的美和人生的美，用来满足我情感上的需要"。这大概就是他最初的小说创作观，也奠定了他一生的创作基调。而他童年和少年时代生长的水乡环境，深深浸染了他的血脉。童年、故乡，那些渗透于字里行间的浙东地域风情，可以从中依稀窥见与鲁迅一脉相承的气息，曾有论者认为"任氏兄弟的作品堪称鲁迅的传人，《故乡》的族类"，此话不无道理。而评论家刘绪源先生的评价，我以为更加贴切，他称大星先生的作品，有着一种"高雅的乡土气"，乡土气之所以能够"高雅"，多半是因为内中饱含了情趣与美的芬芳吧。

相比一批以当下生活为题材的儿童小说，我无疑更钟情于他那些取材于自己童年生活的作品。

无论是《双筒猎枪》《我的第一个先生》《三个铜板豆腐》，还是《外婆的死》《摔碎了的奖品》《我的童年女友》《大钉靴奇闻》，几乎每一篇都保持了很高的艺术水准。精致、短小，童趣盎然，且带有浪漫主义的悲剧色彩，着墨不重，却力透纸背。小说反映的时代，苦难深重，战争频仍。在这样一个环境里，小说人物的命运往往凄惨，但通过一双孩子的眼睛望出去，依然能看到美好的自然风物、乡土和骨肉之情、儿童的纯朴友情。那些人物简洁明了，三两笔轻轻勾勒，不赘一词，如中国画里的白描，但笔力厚重，与人深刻印象。好些小说，读后五味杂陈，不禁想起明朝张岱语："不箫不拍，声出如丝，裂石穿云，串度抑扬，一字一刻。听者寻入针芥，心血为枯，不敢击节，唯有点头。"

大星先生曾怀疑，凭着自己的文学欣赏趣味和童年题材进行创作，能否在当代觅到知音？这个问题早已得到答案。我深深认同他的儿童文学创作观，并受其影响。"儿童文学首先是艺术品。儿童文学的功能，正像所有的艺术功能一样，首先是向欣赏的对象提供必不可少的艺术欣赏价值，然后，在此基础上给欣赏对象以潜移默化的精神影响，使他们在艺术美中感受到生活之美，识别生活中的美丑，陶冶他们爱美的情操。我创作中的社会责任感，首先就是希望自己的作品能在此意义上有助于儿童的健康成长。"（任大星《我的成长道路和我的艺术追求》）他以"真、情、奇、趣"四字贯彻自己的创作观，是为了使作品实现用艺术美表现生活的创作目标。虽然现今"审丑"横行，但在儿童文学这条道上，"审美"却是颠扑不破的真理，它游离于"说教"之外，也与"小儿科"扯不上边。

在他另一批以当下孩子生活为题材的作品里，同样可以清楚看到这一创作理念的实施。中篇小说《吕小钢和他的妹妹》得到了第二届全国儿童文学创作评奖一等奖，深得茅盾等人的赞许。小说写哥哥对妹妹的帮助，并在帮助中共同成长的故事。这个主题看似"正面"，却毫无说教味，兄妹之情纯真透明，童稚谐趣，十分可爱。

"文革"之后的十年，是大星先生写作旺盛期，中篇《湘湖龙王庙》《女友阿蛇》，短篇《三个铜板豆腐》《鱼》《告诉我秘密在哪里》，都是那个时期的作品。每写一个新作，他都在寻找某种突破，希望把自己的艺术追求向前推进一步。从少年儿童出版社编审位置上退休后的二十年间，他始终没有停止过笔耕，并有日益旺盛之势。他不懂拼音，却顺利地学会了电脑写作，至今仍保持着上午写作三个小时的习惯。八十岁那年，大星先生写了一首诙谐的仿十四行诗《八十自咏》，散发友人并发表于《文汇报》："……手机在握，交际宽广；收发短信，频若反掌。电脑陈室，弃笔从洋；既通妹儿，又写文章……遇有舞会，整装赴场；三步飞转，犹显倜傥。卡拉OK，撩我技痒，高歌数曲，宠辱全忘……外出观光，偕妻同往，重觅芳菲，添美夕阳。晨起锻炼，暮开音响，动静兼顾，神形俱养……"

每见我，他都会滔滔不绝地跟我讲述他的新构思，并孩子气地叮嘱我"保密"。他自豪地说："肚子里的素材多得写不完，只担心我的寿命不够，来不及写。"这种状态实在让人羡煞。我断断续续看到大星先生在耄耋之年的多篇新作，《罪恶的种子发了芽》，说一个男孩青春期的生理萌动，一部笔调细腻的心理小说；《恕》则是一部惊心动魄、波澜起伏的推理小说；《大力王子》却是想象力奇特的童话……他的创作题材呈现纷繁的样貌，仿佛注入了新的活力，真可谓"老夫聊发少年狂"。而这几年，他在坚持儿童文学创作（手头正在写一部反对家庭暴力为题材的少年小说）之余，还写作并发表了一些成人爱情小说，半年内就完成一部长篇，令人称奇称绝。今年春天，八二高龄的他以"任氏"之名，在新浪网开出博客，与网友共享其崇尚的"艺术之美"和"人性之美"。我笑言："大星老师，您大概是年龄最大的新浪博主了！""真的呀！"先生朗然笑道。

　　近日，欣闻大星先生喜获陈伯吹儿童文学奖杰出贡献奖，先生获此奖当之无愧。谨记此文，表达对大星先生的祝贺和敬意。

　　　　　　　　　　　　（原载《中华读书报》2007年6月20日）

编 后 记

　　《新娘年满十八》是父亲任大星的最后一部小说。父亲虽是以儿童文学创作成名，从青年到壮年，从白天繁忙的编辑审稿到早晚挤出时间来的伏案写作，一直都是为了孩子们，他晚年却热衷写爱情小说，刻画他所理解的青春浪漫和爱情。如果不是他所感慨的"儿童文学作家要出版爱情小说实在难啊"，父亲可能会一部连着一部地只写他的爱情小说了。

　　到了将近九十岁的时候，他完成的这最后一部小说，依然聚焦在年轻人的爱情上面，我想，这一定是跟他对自己年轻时代的深情回忆、跟他从那个时代继续下来的精神向往有关吧。

　　父亲是一个多情善感的人，对人总是怀着善意，每当称赞什么人和事的时候，哪怕所赞的只是一个小学生的短短的作文，他都不吝言辞，说："真是写得好啊，我是写不出来的……"他对人世的感情的要求，也相应就比较强烈。如果他起劲地描绘他计划做（或正在做）的事情——通常是要写一部如何如何的小说，而我们做女儿的，因为听得多了，反应就不热烈，甚至明白地表示不以为意："爸爸，这个题材写得太多了，不容易写的……"他就会非常失望，而且一点也不掩饰这失望之情，甚至耿耿于怀。

　　但是，无论我们如何反应，他依然继续自己的计划，一部一部地写他的爱情故事。尽管他成年以后的政治环境，让他这样"从旧社会过来的"年轻人养成了小心谨慎、轻易不据理力争的习惯，但在内心深处，他对于人性、诗意、爱情、美和善的信念，却依然保持。到他晚年的时候，外界的气氛相对宽松了，他就在写小说的同时，也开始写一点评论性的文字，将他对文学的认识，直接表达出来。这样的文字其实不多，但却是对他的创作的一种说明，所以，我从中选了一篇《把感情和艺术情趣放在第一位》，作为他的创作自述，附在本书的末尾。

父亲多年担任《少年文艺》编辑，交往了不少年轻的写作者。他一直有一个坚持，就是自己看无名作者的投稿和少年作者的作文习稿。那段时期他下班回家经常会兴奋地大声对我们说："啊呀，这小姑娘（或者男孩子）真会写啊，文字咯（萧山话很的意思）生动来。"他的不少忘年交就是这么来的。

这里收录了王安忆、秦文君和殷健灵三位的文章，为他的编辑生涯做一个纪念。

父亲以九十二岁的高龄辞世，即便晚年因身体原因，很少外出交游，他依然与他的朋友们，继续以电邮的方式交谈。我想，当他戴着老花眼镜、对着电脑屏幕一字一字敲打键盘的时候，他一定也是感受到了人情的温暖吧。如果知道辞世以后，他的朋友们这样张罗：在报纸上写文章悼念他、组织追思会、申请基金会的资助、出版小说集，他一定要说："这太难为情了，害得大家大忙了……"

作为本书作者的女儿，我更要深深地感谢促成此书的各位朋友：殷健灵、刘绪源、周伯军、张衍……和提供资助的上海文化发展基金会。这并非只是为了父亲生前对这部小说的愿望能得实现，更是为了他对于人性和人情的那份也许是过于天真的期盼，通过这件事情，再一次获得了证实。

任雪蕊
2017年1月

图书在版编目（CIP）数据

新娘年满十八 / 任大星著． -- 上海 ：文汇出版
社，2018.2
ISBN 978 - 7 - 5496 - 2399 - 0

Ⅰ．①新… Ⅱ．①任… Ⅲ．①长篇小说－中国－
当代 Ⅳ．① I247.5

中国版本图书馆 CIP 数据核字 (2017) 第 090615 号

新娘年满十八
（本书为上海文化发展基金会资助项目）

作　　者 / 任大星
责任编辑 / 乐渭琦
特约编辑 / 许丽勇
装帧设计 / 陈益平

出 版 人 / 桂国强

出版发行 / **文匯**出版社
　　　　　　上海市威海路755号
　　　　　　（邮政编码200041）
经　　销 / 全国新华书店
照　　排 / 上海歆乐文化传播有限公司
印刷装订 / 当纳利（上海）信息技术有限公司
版　　次 / 2018年2月第1版
印　　次 / 2018年2月第1次印刷
开　　本 / 890×1240　1/32
字　　数 / 180千字
印　　张 / 8.25（插页2）

ISBN 978 - 7 - 5496 - 2399 - 0
定　　价 / 35.00元